蓝眼泪

晓 梦 ○ 著

花山文艺出版社

图书在版编目（CIP）数据

蓝眼泪 / 晓梦著． -- 石家庄：花山文艺出版社，
2018.9
ISBN 978-7-5511-4017-1

Ⅰ．①蓝… Ⅱ．①晓… Ⅲ．①言情小说－中国－当代
Ⅳ．① I247.5

中国版本图书馆 CIP 数据核字（2018）第 124555 号

书　　名：**蓝眼泪**
著　　者：晓　梦

责任编辑：梁东方
责任校对：林艳辉
出版发行：花山文艺出版社　（邮政编码：050061）
　　　　　（河北省石家庄市友谊北大街 330 号）
销售热线：0311-88643221/29/31/32/26
传　　真：0311-88643225
印　　刷：北京雁林吉兆印刷有限公司
经　　销：新华书店
开　　本：787×1092　1/16
印　　张：16
字　　数：238 千字
版　　次：2018 年 9 月第 1 版
　　　　　2018 年 9 月第 1 次印刷
书　　号：ISBN 978-7-5511-4017-1
定　　价：39.80 元

一弯浅海，挡不住我对你的眷恋 /

两地鸿雁，载不动你对我的离愁 /

血浓情浓 /

天涯不过咫尺 /

当上海遇见台北 /

我们的爱 /

越洋跨海，无问西东 /

目 录

第一章　蓝眼泪

台湾来的漂亮女孩竟然能随口背诵《古相思曲》：再见君时妾十五，且为君作霓裳舞。

不过，"妾十五"居然曾被小顽童解释为十五个老婆。

一

台北街头，台湾杉和樟树绿意葱茏，在风中身姿招展。

台大医学院附近，一个戴墨镜的女孩子试图拦出租车，即使两片亮蓝色的大镜片遮住了大半张脸，仍然感觉到她的焦虑，因为她不时警惕地注意周围，看起来要么是个便衣警花，要么是蹩脚的犯罪嫌疑人。好容易来了辆空车，却被后来的一老一小捷足先登，她也不好意思跟老人孩子去抢。终于，又有一辆空车过来。女孩子把行李放上车后座，上车前又四处张望了一下，然后飞快地钻进了后车门，这才松口气，吩咐道："去松山机场。"

看起来像一场逃亡。

不应该是这样。林雨蓝根本没想到，事到临头自己居然会失控。

在台北松山机场候机大厅，她的泪水一阵阵涌上眼眶，简直无法压下去。

不，真的不应该是这样。之前网上报名、订机票的时候，这个二十来岁的女孩觉得自己的心轻盈得像一团棉花糖，不，像一朵白云，恨不得马上可以飞走。

此外，她发现了一个新的、不愿面对的自己：温顺的乖乖女及桀骜不驯的"小太妹"，竟然是没有绝对界限的。也许是这个发现加剧了她的失控情绪。

像小太妹一样不听话，独自出逃，是林雨蓝干出来的事吗？如此忤逆行事究竟是为什么，难道真是为了一场根本不知道是否存在的爱情？爱情，当然是所有年轻人的兴奋点。可是，林雨蓝才不是那种除了爱情就什么都不感兴趣的女孩子。如果心里、眼里只有爱情，那这个人得有多么寂寞又多么贫乏啊！世界精彩得很哪！

这位忐忑不安的漂亮女孩非常打眼。引人注目的不是她的好身段以及一张毫无瑕疵的脸，而是她脸上一望而知的矛盾重重的表情。她孤身一人，眉头紧锁，眼神里却似乎有藏不住的喜悦。她还太年轻，实在无法隐藏好这些自相矛盾的心事。

一位很绅士的中年男子望了林雨蓝好一阵，终于好心地开口问她："有什么事需要帮忙吗？"林雨蓝慌乱地摇头，连声说："没有没有没有，我很好，谢谢。"

林雨蓝定定神，环顾四周。突然，一位肥胖的中年女子引起了她的注意。那人困难地拖着一个看起来并不沉重的行李箱，身体歪向一边，慢慢走来。她面色发青，嘴边看起来有一丝白沫，没有拖行李箱的手微微地颤抖。靠近林雨蓝的时候，这个女人正在接电话，说话含混，有气无力，口齿不清。

"糟糕！这个人看起来情况非常不妙，极有可能脑中风啊！这种情况坐飞机会有生命危险的！"马上要毕业的医学院高才生林雨蓝暗暗想。她完全忘了自己的处境，密切盯着这个女人。突然，那个女人的嘴角涌出更多的白沫。而她自己完全意识不到危险临近，只是找出一张面巾纸，不停地擦拭。

林雨蓝坐不住了，她赶紧找到负责登机的工作人员——是个相貌端庄的年轻女子，轻声说明最好采取措施，劝说中年女子去医院，不能贸然让她登机。工作人员问："小姐，你是什么人？你确定她会脑中风吗？"林雨蓝急切地说道："我是学医的，虽然不能百分百确定，但是可能性非常大，真的很大。"

工作人员为难地说："可是没有确切证据表明她会发病，我们不可以禁止她上飞机的。"

林雨蓝道："你们机场应该有医生啊，可以请医生过来判断一下。但最好先不惊动她，医生来了再说。如果她突然受到刺激，会更不好办。"

工作人员道："好吧，我打电话叫医生来看看。"

五分钟之后，医生还没赶到，那位中年妇女突然歪倒在椅子上，昏过去，她的嘴里涌出更多白沫，引起众人一片惊叫。工作人员赶紧维持秩序，说："请大家别慌，医生马上就到了。"

又过了两分钟，两名医生到了，立刻采取紧急措施，用带来的折叠式担架将病人送往医院急救。因为救助及时，病人得救的机会大大增加。林雨蓝拍拍胸脯，长长舒了一口气。

工作人员说："小姐，多亏你提前发现危险，医生及时赶到，不然场面会更加慌乱。"许多人投来钦佩的目光。林雨蓝道："不客气。"

这起突发事件使林雨蓝振作起来。

二

一上飞机，林雨蓝马上放好行李，还没坐下，就把事先保存的一条短信发了出去："亲爱的妈妈，原谅我直到现在才告诉你，我正在飞往上海的途中，去上海协和医院实习一年。请您原谅我。从小到大，我一直很听话，可是，乖乖女也有自己的梦想。请放心，我已经长大了，知道自己在做什么。请您多多保重。"

短信刚发出，林雨蓝立刻神经质地关机。好像如果不马上关掉手机，一旦妈妈谢思虹追来电话，仅仅听到那严厉的声音，她就会条件反射般地缴械投降，乖乖走下飞机，前功尽弃。

手机关着，却一直被紧紧抓在手里，她不时瞟屏幕一眼，叹息一声。这回偷偷跑出来，算是这个乖乖女这辈子第一次胆大包天任性行事。她太想知道妈妈谢思虹会如何反应了。这名个性强悍的女医生，应该做梦也想不到一向温顺的女儿竟然敢逃出家门吧？

一个多小时以后，飞机在上海虹桥机场落地，还没停稳，林雨蓝就赶紧开启手机，神经质地盯着屏幕。

这是 2015 年春夏之交。

从台北到上海的途中，台大医学院毕业生林雨蓝一直在胡思乱想。一会儿为自己的英雄之举暗暗自得，嘴角不自觉地上扬；一会儿又难过得泪水盈满眼眶，然后拼命忍住。她感觉到邻座的年轻帅哥一直想搭讪，可她不愿理会任何人，就想自己静一静。

家人有没有乱成一团？

爷爷林又喜，一位经历过枪林弹雨、颇有故事的老人，倒是不用她太操心。命运以神奇之力，像龙卷风一样，把他卷入一种特别的安排，他经历过的风浪太多了，不会被这件事困扰。何况，老人一直格外娇宠自己的孙女，要星星给星星，要月亮给月亮，孙女的意愿就是他的意愿。七年前，林雨蓝到武汉参加两岸中学生夏令营，就是受宠的孙女在爷爷面前撒娇的战利品。那次武汉之行认识了何明睿，如同蝴蝶效应一样，注定了今天的局面。是啊，人生就像一场又一场蝴蝶效应，起初只是蝴蝶翅膀轻轻扇动的微小力量，一步步叠加，居然成了一场无坚不摧的风暴。看吧，这场风暴把一个台湾女孩刮到上海来了。

爸爸也无妨。作为一名国学讲师，在他的生命里，就没有想不开的事。他的口头禅是"既来之，则安之，接受事物本来的样子"。

弟弟林戴维还在读高中，不太管姐姐的闲事。每当妈妈和姐姐意见相左，他一定是表面上赞同妈妈，暗地里支持姐姐，小小年纪就会玩平衡。

至于她的几个死党，丁雯雯估计是瞪圆了眼睛，喃喃自语："啊！你真的说走就走啊？"——会不会又一次，边说话边喝珍珠奶茶，然后奶茶溅在浅色的裙子上，再惨叫一声："NO（不）！"蔡意涵估计是嘟着嘴皱着眉质问："你抛弃我们单飞啊，大陆到底有什么好？"——其实她自己马上也要赴美国留学。游思聪呢，估计是叹息一声，一副很绝望很受伤的模样。

最让她担心的就是妈妈。她会不会真的再也不认这个女儿？谢思虹医生真是霸道惯了，什么事都要管，女儿的学习，女儿的朋友，女儿读什么大学、选什么专业，通通要遵从她的意志。如果不是她硬逼着女儿学医，林雨蓝这会儿应该正准备进入台北哪所中学教书，或者在哪家文化公司做平面设计，也不会跑到上海的医院实习了。

好吧！老妈，这会儿看你还怎么管。

手机终于跳出一堆信息。林雨蓝首先点开谢思虹的短信：

"你还是不是我女儿？你不是私奔吧？真的去找何明睿？"

"我被你气死了！恨不得马上把你抓回来！如果你在我面前，我一定要狠狠扇你一个耳光！从小到大，妈妈从来舍不得打你！"

"唉，算了，雨蓝，也许你爸爸说得对，毕竟你22岁了，好好照顾自己吧！一定一定一定要注意安全！多跟家里联系！"

连续三个"一定"。

林雨蓝终于控制不住了，泪落如雨，她边简单收拾行李边腾出一只手直接拨打谢思虹的手机。刚拨通，谢思虹就立刻接听了，她爆发道："雨蓝，你是不是鬼迷心窍？怪不得我做了一个噩梦，梦见我把你弄丢了！你有没有考虑妈妈的感受？你怎么这么狠心啊！那个何明睿那么重要吗？"谢思虹说着，声调变了，在电话里哭起来。

林雨蓝身子瑟缩了一下，继续泪奔，她语无伦次道："妈妈，对不起！我真是来上海协和医院实习，跟何明睿没有关系，他根本不知道我来到大陆……"林雨蓝背对人群压着嗓子低声解释，泪水把衣服都打湿了。如果不是因为机场里有那么多人，她一定会放声大哭；如果谢思虹在眼前，估计母女会抱头痛哭。

"好了好了，别哭了，刚下飞机就哭，以后有你哭的时候。好好照顾自己，做一个聪明又懂事的女孩子。再警告你一次啊，我绝对不会接受何明睿，不接受你跟大陆的男孩子谈恋爱，不希望你离开台湾。你要找时间去武汉看望你姑姑，她自己说好多了，可是，癌症要彻底治好很难的。你要好好安慰姑姑。"谢思虹的声音无奈而凌厉，但也有满满的关心。

妈妈居然说绝对不会接受何明睿，林雨蓝黯然。倒不是谢思虹对何明睿有偏见，而是她不想让女儿离开台湾。

此行真的像自己申明的那样，跟何明睿没有关系吗？挂断电话，擦干眼泪，林雨蓝边往前走边默默地问自己。

林雨蓝的姑姑林青青是一名心理咨询师，美丽优雅又神秘，一直独身。两人第一次见面的时候，林青青状态非常好，年轻又美丽，完全没有一丝病态，那次林雨蓝印象最深刻的是姑姑让她虚惊一场。想不到七年之后，姑姑居然遭遇如此严重的生命滑铁卢。林雨蓝肯定要再去武汉探望她。

唉，算了，现在哪有时间厘清这些太复杂的事，先安顿下来要紧。

三

林雨蓝叹口气，双手掩面，用指尖在眼眶周围按摩几圈，希望别人看不出来她刚刚哭过。谢天谢地，幸亏没有化妆，化过妆的人很难掩饰脸上的泪痕。

林雨蓝知道自己有一张奇异的脸。奇异之处在于，化妆和不化妆，绝对是两个人；化淡妆和化浓妆，完全是不同的效果。素颜的林雨蓝虽然也是美女，干净清纯，气质相当好，但那种美像一幅宁静的水墨画，不会过于引人注目。可是只要一化浓妆，等着吧，到处有人看她，人人一脸惊艳。她保留着一张照片，这张照片曾经被放大，张贴在台大医学院的橱窗里。那次参加一个有影星林心如出席的慈善活动，她化了浓妆，站在林心如身边，浅笑倩兮，所有人都说她是林心如的亲妹妹——公平地说，身高一米六九，身材比例黄金分割，在照片上，林雨蓝比林心如更加打眼。

"喂喂喂，美女！林雨蓝！美女！"一个年轻的男人手里挥舞着写了她名字的牌子，一下子引起了她的注意，也把她的思绪牵回上海虹桥机场。医院果然派人来接她了，她在电子邮件里说自己对上海完全不熟悉，假如方便，希望有人接飞机，末尾附了航班信息。林雨蓝快步朝那个看起来让人很舒服的年轻男子走过去。

"你好。怎么称呼你，你怎么会认识我？"林雨蓝表情有些腼腆，轻轻发问。

"我姓袁，袁世凯的袁，名叫袁来，你可以称呼我袁医生。我看过你的照片，美女总是让人过目不忘，而且你长得又这么高。女孩子怎么可以长这么高啊！"袁来身高一米七五，可是不知道什么缘故，女人就是比男人显得高，他看起来简直跟穿了中跟鞋的林雨蓝差不多高。

"噢，袁来，原来如此！"林雨蓝忍不住粲然一笑。

"好多人都会这样联想，我的名字过耳不忘。"他停顿一下，看一眼林雨蓝，接着说，"名字太好记的人轻易不能干坏事，不然会让人记一辈子。"袁来是标准的理工男，平常不喜欢多说话，可是这次很奇怪，见到林雨蓝，他居然脑洞大开，无师自通地耍贫嘴，他内心希望给林雨蓝留下好印象。

"你的意思是，你是大好人。"林雨蓝抿嘴笑。

"还好。但是，不得不做的坏事，一样也不会少。"袁来望着她笑，眼神充满好感。这个女孩子太让他好奇了，他觉得自己的整颗心都活跃起来。

如果状态好，林雨蓝会继续跟他打趣。可是，刚刚还掉过眼泪，又人生地不熟，真是没兴致。她微笑一下，决定转移话题，礼节性地问："袁医生，你在哪个科室？"

"我在新药研究中心。"

"哦，研究什么新药？"

"我主攻抗癌类新药。"林雨蓝后来才知道，袁来是抗癌新药课题组领头人兼中心主任。作为一位 28 岁的年轻医生，袁来有好几篇论文获得国家级大奖，在同行当中出类拔萃，非常受医院器重。

"抗癌新药？"林雨蓝反问，突然有了兴趣。因为她马上想起患了淋巴癌的林青青，但并不提起，以后跟袁来熟悉了再说事吧！还没有交情，没必要说事，以后有的是更好的机会。

　　"是啊，现在癌症成了人类的大敌，越来越多的人因为癌症离世。更为可怕的是，这种重大疾病有加速蔓延之势，而人类还没有非常有效的对抗措施。即使偶尔有痊愈的病例，医生也不知道究竟是如何痊愈的。即便是一模一样的病，使用了一模一样的治疗方法，结果也大为不同，有的痊愈，有的恶化，有的时好时坏，有的离世了。而且中医、西医各执一词，有人干脆说：'西医让人明明白白死，中医让人糊里糊涂活。'谁说得清是怎么回事？总之，事实上，现在全世界的医学界都还没有掌握疗效确切的手段。"

　　袁来受到林雨蓝表情的鼓励，侃侃而谈，林雨蓝睁大眼睛注意地听着。

　　"主管我们中心的潘副院长刚好要去参加一个全国抗癌新药论坛，他时间太紧，又有工作需要跟我交接，于是我来送他，两个人在路上谈。恰好你今天来，医院行政部门就把接机任务也交给了我，算是一石二鸟。"袁来忍不住笑。

　　林雨蓝听了也觉得好笑，那她和潘副院长岂不成了"鸟人"？她只是嫣然一笑，道："看来我运气很好，沾了你们潘院长的光。"

　　袁来说："应该算我运气好吧。听说你是我们医院唯一从台湾来的实习生，院里很重视，行政部本来要专门派人来接。我时间凑巧，成了全院第一个看到你这位台湾美女的人。非常荣幸。"

　　"袁医生，你太会说话了。"林雨蓝仍是浅笑。

　　袁来见她谈兴似乎不浓，便说："你真是被特殊对待的，我们医院还给你安排了单身宿舍，等下行政部会有人带你过去。其他实习生可没有你这样的运气，他们都要自己解决住宿问题。"

　　"噢，那真是不好意思。谢谢你们，谢谢医院的安排。"林雨蓝礼貌地应对，神情恍惚起来。一个对台湾女孩而言全新的世界在眼前慢慢打开。

　　隐约中，穿越时空的帷幕，林雨蓝看到一张阳光帅气的脸，向她展露笑颜。

四

"还有谁，不服，来战！"

十八岁的何明睿站在平衡木上，手里挥舞着两头包着海绵的大木棒，大声挑战。

这是 2008 年 8 月 7 日，武汉青少年素质教育基地，"两岸青少年夏令营"活动正在进行。与此同时，全世界翘首以待的奥运会开幕式马上要在北京举行。

何明睿参加的这个游戏项目叫"英雄敌手"。游戏规则很简单，对阵双方站在平衡木上，用手里的大棒击打对方，先从平衡木上掉下者为败。大棒两头包裹着海绵，无论如何用力都不会伤人，但是平衡木比较窄，把握不好身体平衡就容易掉下来。这个游戏很受同学们欢迎。

已经有六名挑战者败下阵来。

何明睿身高一米八，不胖不瘦，眉目俊秀，玉树临风。他干净利落击败了前面几名小伙伴，潇洒之态，端的是人见人爱。

"阿肥，上！"人群中有人叫喊。

被称为阿肥的少年犹豫不决。之前的其他游戏环节，他非常积极地挑战何明睿，吊杆、短跑，都输了，只有搬动重物的环节胜了一局，好不容易赢得一点点心理优势。但平衡木取胜的把握真是不大。

"阿肥，上！一、二、三、四、五，我们等得好辛苦。"人群在起哄鼓动他上。

好吧，拼了！阿肥一咬牙跳上平衡木。那笨拙的样子引发一阵笑声。

想不到阿肥身体还挺灵活，几个回合下来，双方似乎真有一比。

可惜关键时刻，听得"嘶"的一声，阿肥感觉衣服猛然一松，估计不是掉了纽扣就是开了拉链，一分心，整个人从平衡木上掉下来。他咧嘴大叫一声："哇！"样子滑稽，人群大笑，笑声里充满了嘲讽的意味。

"笑什么！有什么好笑！"

一个清脆娇嗲的女声在人群中响起，紧接着，一个长发飘飘的身影拿着棒子跳上平衡木。

传说中的侠女？何明睿愣了一下，人群也在瞬间安静下来。

这个女孩子几乎每个人都认识，上午的"两岸青少年夏令营"开营仪式上，她简单介绍自己说："我叫林雨蓝，林，树林的林，林雨蓝，树林里下一场蓝色的雨，就这里面的几个字。今年十五岁，来自台湾。嗯，其他没有什么啦。"如此短暂的露面，居然让所有人都记住了她。首先，她的声音娇娇嗲嗲的，标准台湾腔，还特别甜美好听，不像某些过于做作的声音——那会让人浑身起鸡皮疙瘩。台湾来的美少女，当然容易引起关注，林雨蓝和丁雯雯一直在一起，这两个台湾女孩识别度太高了。

只是，林雨蓝居然挑战何明睿？没看见前面已经有七个人败下来，这女孩子是有真本事还是想出风头？

何明睿扬扬手里的大棒说："你还是算了吧！都说好男不跟女斗。"

林雨蓝昂着头回答："鹿死谁手，还说不定。怎么，你怕了吗？"

何明睿笑："怎么可能！我会怕你？"

林雨蓝一棒打在何明睿肩上，娇声叫道："那开始吧！"

何明睿就势回打了林雨蓝手臂一下，应道："好！开始！"

二三十个回合下来，林雨蓝身轻如燕，姿态优美，简直像在跳舞，而何明睿求胜心切，已经有两次站立不稳。

男孩子大叫："何明睿，加油！何明睿，加油！"

女孩子兴奋地喊："林雨蓝，加油！林雨蓝，加油！"

何明睿实在熬不住了，对着林雨蓝用力一棒打过去，而林雨蓝灵巧地一闪身躲开。何明睿用力过猛收不住，身子晃悠两下，狼狈地掉下了平衡木。

人群中有人喝倒彩，嘘声四起。丁雯雯更是拼命拍手，嘴里大声叫好。何明睿狼狈不堪，脸红了。

林雨蓝大声说："各位同学，请安静。我是专业练过平衡木的，所以平衡能力特别强，赢了也不奇怪。"小伙伴们安静下来，林雨蓝继续说：
"何明睿大哥哥其实很厉害，他是业余爱好，没有经过专业训练，能够坚持这么久真的厉害得不得了。我佩服！想玩的小伙伴继续。"

然后林雨蓝扔下大棒，跳下平衡木，拉着丁雯雯跑开了。何明睿的目光一直追随着她们的背影，半天回不过神来。

晚餐时，何明睿很想跟林雨蓝坐在一桌，他的眼睛到处搜索，却怎么也找不到她。惆怅瞬间袭击了少年的心，何明睿茫然发呆，完全没有食欲。幸好突然看到了丁雯雯，他立刻两眼发光，走到她身边搭讪道："台湾来的小妹妹，吃得惯这里的菜吗？"

丁雯雯大方答："挺好啊！"

何明睿直接问："怎么没看到林雨蓝，你们不是总在一起吗？"

丁雯雯马上明白了打听林雨蓝才是他的本意，笑着说："她请假。她姑姑来把她接走了。"

何明睿道："哦，她姑姑是本地人啊！"

"是的。"

"改天我请你们两个在武汉玩，放心，我绝对会是一个好向导。"

"那太好了。林雨蓝应该也会同意的，她很好说话。"

何明睿马上胃口大开，三口两口把碗里的饭扒拉完了。

五

夏令营门口，林雨蓝第一眼见到林青青，简直觉得惊异。一看见她，亲切感便油然而生，两个人果然是一家人，所谓人亲骨头香。到底是相貌有相似之处，还是眉眼间流露的气质相像？说不清楚。从没见过面的两个人居然似曾相识，哪怕她们之间的年龄差了十几岁。

林青青是林又喜亲妹妹的女儿，他们失散多年，最近才辗转取得联系，但一直未曾见面。这次林雨蓝所在的学校招募两岸中学生夏令营成员，林雨蓝积极报名，也怂恿丁雯雯一起参加。起初谢思虹不答应，觉得女儿年龄太小，不适合出远门，而林雨蓝一再承诺会照顾好自己，林又喜也有心让雨蓝去见见大陆那边的亲人，老人家发了话，说是要让孩子独立，才有了这次武汉之行。

"姑姑，我觉得我们好像认识很久了。"

"哦，雨蓝，我也有同感。你真的才十五岁吗，看起来像个大姑娘。还真别说，你跟我年轻的时候是有几分像。"

"怎么说年轻的时候？姑姑非常年轻啊！"林雨蓝不清楚林青青到底多大，依稀记得爷爷说她已经三十多岁。可是如果她自己说二十七八岁，也是不过分的。女人的年龄是一个秘密，一个女人看起来多大，就是多大，林青青根本不老好吗？

"哈哈，姑姑心老了。"林青青开心地笑。

上车前，林青青似乎漫不经心地朝四处望了一眼，林雨蓝马上觉得情形好像有些微妙。接下来的事实证明，她的感觉是对的，确有蹊跷。

林雨蓝坐在那辆白色"天籁"的副驾驶座上，随手系好安全带。林青青发动车子，有一搭没一搭地跟林雨蓝聊聊家常，不时警惕地瞄一眼观后镜。

"姑姑，你真的好漂亮。"林雨蓝转脸看着林青青，由衷地说道。林青青笑。突然林雨蓝发现了什么，诧异地问："姑姑，你额头上是做了文身，还是有一个疤？不是很明显，看起来像弯弯的小月亮。"90后的年轻人热衷文身，在身上文动物、花朵、心形、恋人的名字……也有人在耳朵上打洞，但不是那种规规矩矩用来戴耳环的洞，而是打在别的位置，标新立异。林雨蓝本来也想尝试，怕被爸爸妈妈批评，也怕痛，于是作罢。起初她以为林青青额上的月形标志是文上去的，但又觉得不太像。

林青青哈哈笑着答："一个疤。小时候贪玩、斗狠，跟小伙伴比赛爬树，结果从好高的地方摔下来，脑袋碰到了砖头上。"

"啊！那不是摔得好惨？"林雨蓝掩嘴惊问。

"是好惨！我妈妈说，我脑袋上的骨头都露出来了。"

"天哪！那你妈妈不是心痛得要死？"林雨蓝追问。

"是啊，我妈妈心痛得……怎么说呢，她被小伙伴叫过来，看到我的惨状，心疼得哭了起来，然后，控制不住自己，给了我一个耳光，骂我不听话。"林青青笑着说，眼里却莫名其妙地蒙上一层泪影。

"什么？你都已经摔得那么惨了，还打你一个耳光？"林雨蓝傻了。

"是啊！我妈妈实在是太心疼了。唉，母爱，有很多种……应该说，所有的爱都有很多种。"

林雨蓝只好呆呆地回应："啊！这种母爱，是不是太酷了。"

"是啊，很酷。我舅舅身体好吗？"林青青转移话题问。

"噢，"林雨蓝愣了一下，才明白林青青是在问林又喜，于是答，"您是问我爷爷，他这两年身体不太好，不过精神还不错。"

"噢，你爸爸妈妈都好吧？"

"他们倒是挺好的。"

"天籁"在武汉最繁华的步行街附近停下来。全国所有省会城市的步行街都差不多，永远人头攒动，各家门店里陈列着来自全国各地乃至世界各地的商品，以服装、珠宝、化妆品居多。

林青青带林雨蓝去一家餐馆吃有名的秘制烤鱼。一整条烤得油亮亮的鲫鱼横卧在铺得满满的黄豆芽、辣椒上，油汤兀自咕嘟咕嘟地冒泡，蒸汽腾腾，瞬间让人垂涎三尺。林青青还叫了一大罐酸梅汤，用这种酸酸甜甜的饮料止辣，真是爽爆了。美食很容易令幸福指数飙升。两人吃得饱饱的，开始逛街。

服装店的橱窗里，一件水蓝色桑蚕丝连衣裙吸引了两个女人的目光。那种蓝色明亮又纯净，材质飘逸又有质感，裙子长，裙摆大，领口还点缀了一圈水钻，闪闪发光，实在让人移不开眼球。林青青不由分说抓着林雨蓝的手走进去，让她试穿一下。

林雨蓝穿上之后，感觉简直是为自己量身定做的，她真是爱死了这条仙气十足的裙子，可是一看吊牌，居然要三千多人民币。这个价格对林雨蓝来说太离谱了。平常她在台湾买的衣服，折合人民币才两三百块。

林雨蓝讷讷说："姑姑，算了吧，我年纪还小！您自己穿倒是挺合适。"

林青青道："十五岁，不算小啦！主要是，我们家雨蓝穿这裙子真是太漂亮了！必须买！姑姑第一次送礼物给你，不能拒绝。"

于是林雨蓝不再坚持，心里暗暗决定以后工作了一定加倍对姑姑好。

林青青刷卡，店员先用透明的塑料袋把裙子包好，然后装进一个漂亮的纸袋子里，双手递给林雨蓝。林雨蓝小心翼翼地接过，笑着说："谢谢姑姑，太让您破费了！"

林青青道："没关系，姑姑难得奢侈一回。真正的好东西是可遇不可求的。所以我们要尽可能让自己足够好，遇到好东西的时候，配得上它，有本事得到它。"

再次坐上车，刚开了一会儿，林青青突然严肃地说："雨蓝，跟你说个事儿，你别害怕，千万别回头往后面看，不要回头！有人在跟踪我们。"

六

被人跟踪？林雨蓝失声低叫道："啊！你确定吗？"

林青青镇定地说："别怕。非常确定。我去接你的时候，那辆车一直跟着我，我已经觉得有点不对，可是又想，也许只是巧合。我接了你开车走，结果它又跟过来。我估计真是遇到麻烦了，但我没说出来，怕吓到你。我带你吃饭、购物，也是希望能够甩掉那辆车，结果它盯住我不放，躲都躲不掉。雨蓝，别怕，我有一个警察朋友，我给他打电话。"

"世界上最帅的大队长，在干吗？"林青青的语气又俏皮又亲切，还有点撒娇的意味，显然跟这位大队长关系相当密切。林雨蓝记得妈妈说过，林青青一直没有结婚。这么优秀的女人，三十多岁还不结婚，应该是有原因的。说不定有什么故事。林雨蓝忍不住暗暗猜想。

得到对方回应之后，林青青语调一转，急切地说："跟你说，有辆车一直跟踪我，跟了半天了。没有挂牌，是一辆黑色的路虎。我看不清车里究竟是什么人。你亲自来？那太好了，太谢谢你了！这样，我往你公安局的方向慢慢开，把它引到你那边去。"

林雨蓝的心扑通扑通剧烈跳动起来。长这么大，她从来没有遇到过任何危险，这次可真是有些惊悚啊！这个姑姑太不一般了，第一次见面，就在林雨蓝的大脑里留下如此深刻的痕迹，估计一辈子都不会忘掉。

林青青看到那辆黑色无牌路虎被警车拦截，刑侦大队长严国安带着一位民警，正做手势要车里的人下来。于是她把车停在路边，叮嘱林雨蓝别动，自己下车走过去。

林雨蓝在车里紧张地看着他们。路虎车上下来的是一个戴墨镜的青年，看起来不太像歹徒。才过了几分钟，就见林青青跟两位警察握手，跟墨镜青年招招手，重新往回走。

"吓我一跳，虚惊一场。"林青青边系安全带边解释，"没事了，是我的一个心理咨询来访者，富二代。他的爸妈忙于事业，没时间管他，导致他从小缺乏关爱，有点神经质。今天他无所事事，偶然在路上看到我的车，居然决定跟踪我，看我到底在干什么。"

林雨蓝拍拍胸口，长舒一口气，说："啊！真是紧张得不得了，幸亏没事。姑姑，你做心理咨询是不是常常遇到怪人？"

"那倒也没有。正常人遇到困惑，也会来找心理咨询师。"一路聊着，林青青把林雨蓝领进了市区内一个高端社区，并带她参观自己舒适的住宅。

林雨蓝把谢思虹准备的礼物——一套高档护肤品送给林青青，当晚就住在林青青家里。她梦见自己穿着那件蓝色的长裙子，变成了一个仙女，但老是飞得不够顺利，飞不了多久又落在地上，或者只能从一个屋顶飞到另一个屋顶，不能尽情翱翔，真令人沮丧。

七

早晨醒来，林雨蓝还记得这个关于飞的梦，也马上记起这是一个特别的日子。

2008 年 8 月 8 日，北京奥运会开幕。对中国人来说，这确实是一个不寻常的日子，举办奥运会被称为"百年梦想"。晚上，夏令营的老师和学生要一起看开幕式直播。林雨蓝一下子跳了起来。林青青今天上午有心理咨询，没时间送她，她得自己想办法回去。

林雨蓝站在路边等出租车。正是交通高峰期，又下着小雨，十几分钟过去了，就是打不到一辆车。这时，一辆摩托车停在她身边，司机是个三十多岁的男子。他问："美女，要送吗？"林雨蓝略略犹豫了一下，上了摩托车。

摩托车开动不到一分钟，林雨蓝还没搞清楚怎么回事，突然飞了起来，然后重重地摔在地上。

路人纷纷围上来，问："你没事吧？"林雨蓝动了动手脚，感觉到一阵疼痛，她勉强支撑自己坐了起来。摩托车司机也摔倒在地，他爬起来，检查了一下自己，只是膝盖上擦伤了一块，接着马上走到林雨蓝面前，紧张地问："你怎么样？"

原来，摩托车和一辆突然开过来的小轿车相撞。摩托车倒了，林雨蓝被甩了出去。毫无疑问，这种情况，摩托车和轿车都有责任。

林雨蓝带着哭腔答："我也不知道。"轿车司机走过来看了看，说："我们先送这女孩到附近医院吧！"

于是两名男子都伸手来扶林雨蓝，轿车司机说："来，上车吧！送你去医院。"林雨蓝正要上车，突然警惕起来。

她不止一次听说过各种可怕的骗局，比如一个女人好端端地走在街上，突然被陌生男人扇耳光，嘴里狠狠骂："你这个臭婆娘，小孩都不管，跟我回去！"然后几个人一拥而上，用家人的口气骂骂咧咧，把女人拖进车里，可怜的女人大喊救命，旁人却以为是家事纠纷，无人出手相助。被拖进车里的女人，命运可想而知，被强奸啊，被卖掉啊，甚至被杀害……这些传言实在是太恐怖了。

现在，谁知道这两个陌生男人是不是串通好了要害她呢？她怎么能不清不楚就上他们的车？

于是，林雨蓝说："等等，我先给我姑姑打个电话，她是一名警察，本来她要亲自开车送我，因为有事，才让我自己打车的。我要告诉她等下来医院找我。"她边说边拨打林青青的电话，却无人应答。

林雨蓝心里急得不行，表面上却不动声色，她自言自语道："可能她们公安局在开会。我姑姑昨天说了，今天上午有领导过来。"其实她估计林青青在做心理咨询，把手机静音了。

两名男子看着林雨蓝打电话，他们神色一直很正常。林雨蓝觉得这两个人看起来不像坏人，于是说："我还是继续坐摩托车去医院吧！"

林雨蓝上了摩托车，轿车一路跟着，开往附近医院，很快顺利地到了医院。医生检查之后，说要先打消炎针，再拍片，然后观察一阵。两名男子都是负责任的人，轿车司机承担了林雨蓝的所有费用。

在观察室，林雨蓝再打林青青的电话，仍旧没有应答，于是只好打夏令营老师的电话。半个多小时以后，一位老师带着何明睿、丁雯雯过来了。林雨蓝非常不安，拼命向老师道歉，说："我应该没什么事，就是小腿这里划了一道口子，走路很正常，也没什么不舒服。"

林青青做完手头的事回电话过来，林雨蓝觉得自己没什么大碍，于是决定不提被车撞的事，只说自己已经安全到达。不然姑姑一定非常紧张，说不定消息传回台湾，林雨蓝以后就别想出远门了。

何明睿跑进跑出地帮忙，他把拍片结果取回来，大声宣布："医生说没事，没有伤到骨头。"林雨蓝用感激的眼神望着何明睿，微微一笑，心里涌起暖流。丁雯雯拍着胸口说："吓死我了！幸亏没事。"于是，林雨蓝跟大家一起回夏令营了。

八

下午三点，老师讲解奥运会知识的时候，阿肥和另一位男同学你推我搡地打了起来。两人起初悄悄地用胳膊肘你碰我一下、我碰你一下，接着动静越来越大。

　　老师停止讲课，让他们两个人站起来，笑着却又不失威严地说："你们俩喜欢打架是吧？来，站到后面去，每个人打对方的手，只准打手啊！"

　　阿肥打一下那个男生的手，那个男生更用力地打回去，一来二去，彼此都加大力气，打着打着，两人忍不住笑了，同学们更是哄堂大笑起来。老师说："好了，好了，算了，你们这就算和好了啊。本来大家都是同学，不要动不动就仇人一样。"林雨蓝几乎忘了腿上的小伤，也忍不住大笑起来。一片笑声中，课程继续进行。

　　当天晚上八点，夏令营的老师组织集体收看中央电视台直播的北京奥运会开幕式。身高 2.26 米的著名篮球运动员姚明高举着五星红旗，牵着汶川地震中的小英雄林浩，这一大一小、一高一矮两个领队，带着中国运动员出场，屏幕内外响起疯狂的呐喊。大家高喊："中国，加油！中国，必胜！"只有百来人的夏令营都人声鼎沸，真是无法想象容纳了九万人的"鸟巢"——外形酷似鸟巢的国家体育场——会是什么样子。林雨蓝对小林浩不熟悉，特意坐在她身边的何明睿介绍说，林浩小小年纪，非常聪明勇敢，不仅自己在地震中逃生，还救了两名同学。丁雯雯趁着林雨蓝和何明睿说话，用手机给他们拍了几张合影。

　　夏令营不少同学也学着电视上人们的样子，用红色颜料在脸上画国旗。当中华台北代表团入场时，林雨蓝指着那位女旗手尖叫："赖圣蓉！赖圣蓉！"有人大声问："赖圣蓉是谁？"丁雯雯骄傲地回答："是台湾的女子垒球队队长。我们好多女生都是她的粉丝。"

<h2 style="text-align:center">九</h2>

　　夏令营最后一天下午，学生自由活动，何明睿邀请林雨蓝和丁雯雯去市区玩。他们的第一站是雄踞长江边的黄鹤楼。

　　"你们台湾的中学生有没有学过唐代诗人崔颢写的《黄鹤楼》？"何

明睿边快步上台阶边问。

丁雯雯说："我不知道这首诗。"

林雨蓝在父亲林致中的引导下，自幼便能背诵不少唐诗宋词，她说："我能背这首诗。据说李白也来过黄鹤楼，看到崔颢的诗都不敢写黄鹤楼了。"

"对对对！太对了！这首诗确实是千古名篇。"

两人不约而同地吟诵起来："昔人已乘黄鹤去，此地空余黄鹤楼。黄鹤一去不复返，白云千载空悠悠。晴川历历汉阳树，芳草萋萋鹦鹉洲。日暮乡关何处是，烟波江上使人愁。"

何明睿还记得，在语文课上，语文老师要求把"日暮乡关何处是"恢复成正常语序，语文课代表 —— 一位戴眼镜的女生是这样恢复的：何处是日暮乡关。何明睿大声说："不对！"而班上大部分同学同意语文课代表，集体叫："对！"语文老师让何明睿到黑板前写下他的答案。何明睿写道：日暮何处是乡关。语文老师不作声，只是拿红粉笔在何明睿的答案上打了一个大大的钩。从此，这首诗如同他脑海里的一棵树，时时摇曳生姿。

林雨蓝倚在栏杆上，眺望长江，白云数片，天空蔚蓝，两岸高楼林立，江面汽笛数声，刹那间，内心被此情此景以及这样一首诗唤醒，竟然涌出无以名状的忧伤。

何明睿走到林雨蓝身边，轻声说："你的古诗文很不错啊！这首诗我能背不奇怪，毕竟黄鹤楼就在我身边，而且我们教材里有这首诗。你能背诵就太不简单了。"

林雨蓝道："因为古诗词实在是太美了，听一遍就会让人着魔一样喜欢。最先电到我的是南唐后主李煜的一句词，'流水落花春去也，天上人间'。当时看到这一句，简直惊住了，这么简单的字，怎么会组合成这么深刻又唯美的意境？是真的一下子说不出话来。"

何明睿道："是啊，如果没有一点震撼人或者令人迷恋的效果，这些诗词怎么可能传世呢？最近国内的电视媒体也在推广古典诗词，有个段子挺有意思，我说给你听。据说看完诗词的节目，有人顿悟：读书很重要！开心的时候你可以说'春风得意马蹄疾，一日看尽长安花'，而不是只会说'哈哈哈'；伤心的时候你可以说'问君能有几多愁，恰似一江春水向东流'，而不是只会说'我的心好痛'；看到帅哥时你可以说'陌上人如玉，公子世无双'，而不是只会说'好帅，太帅了'；看到美女时你可以说'北方有佳人，绝世而独立'，而不是只会说'她好美，她真美'；遇见渣男时你可以说'遇人不淑，识人不善'，而不是只会说'瞎了老娘的狗眼'。"

林雨蓝笑得腰都直不起来，直呼："我的眼睛要笑瞎了。"

何明睿道："还有呢！向一个人表达爱意时你可以说'山有木兮木有枝，心悦君兮君不知'，而不是只会说'我喜欢你，天荒地老，海枯石烂'；思念一个人的时候你可以说'衣带渐宽终不悔，为伊消得人憔悴'，而不是只会说'我想死你啦'；失恋的时候你可以说'人生若只如初见，何事秋风悲画扇'，而不是只会说'难受，想哭'；结婚的时候你可以说'春宵一刻值千金，花有清香月有阴'，而不是只会说'嘿嘿嘿'；分手的时候你可以说'相濡以沫，不如相忘于江湖'，而不是只会说'我们不合适'；看见大漠戈壁的时候你可以说'大漠孤烟直，长河落日圆'，而不是只会说'呀，这全都是沙子'；看见夕阳余晖的时候你可以说'落霞与孤鹜齐飞，秋水共长天一色'，而不是只会说'哎呀，这夕阳！哎呀，还有鸟哎呀，真好看！'"

林雨蓝笑得叹息，揉肚子。

何明睿问道："你喜欢哪些句子？"

林雨蓝答："你刚刚说的那些我都喜欢，都能背下来，另外还有，比如说'小楼昨夜听春雨，深巷明朝卖杏花'，还比如说'只缘感君一回顾，使我思君朝与暮'，嗯，还有……"

何明睿马上打断道："哎，等等，这一句'只缘感君一回顾，使我思君朝与暮'，我是第一次听到，炽热深情，读过就难以忘怀。出处是哪里？"林雨蓝却突然结舌，羞红了脸，她也不知道怎么就脱口吟出这样的句子。何明睿笑吟吟地望着她，接着问："是真的，我真心觉得这一句很好，而且从来没有听到过，你得告诉我。"

林雨蓝只好解释道："我也不知道怎么就想起了这一句。这里还有一个笑话，我弟弟闹的笑话。"

何明睿道："说来听听！"

林雨蓝道："这是《古相思曲》里的句子，全诗我大概念一遍，因为跟那个笑话有关。'十三与君初相识，王侯宅里弄丝竹。只缘感君一回顾，使我思君朝与暮。再见君时妾十五，且为君作霓裳舞。可叹年华如朝露，何时衔泥巢君屋。'"林雨蓝念得婉转清亮，何明睿不觉听呆了。她继续道："那时候我只有十三四岁，偶然读到，很喜欢，就自己背下来。有次读的时候，我弟弟戴维也跟着念，那时候他八九岁，我就逗他说，你什么也不懂，别念了。但是戴维说他懂，我就要他解释。"见何明睿听得非常认真，林雨蓝继续道："前面几句，我弟弟居然真解释对了，可是，'再见君时妾十五'，戴维念出这一句，停顿了一下，然后果断说，嗯，这句诗的意思是，再见你的时候你已经有十五个老婆了！"说到这里，林雨蓝忍不住笑，何明睿也大笑出声，何明睿边笑边说："你弟弟真的很聪明啊，对事物有自己的理解。你看他小小年纪，起码知道妾是老婆的意思，也知道古代的男人可以有许多个老婆。"林雨蓝害羞道："不理你了，不跟你说了。"何明睿还是笑个不停。

在另一边转悠的丁雯雯听到笑声，跑过来问："你们笑什么？"林雨蓝赶紧道："其实没什么，何哥哥喜欢笑。"

何明睿止住笑，说道："我们再去别的地方看看吧！"

十

下楼的时候，林雨蓝一个人走在后面，买了三把牛角梳，一人一把，作为纪念。也许因为有一头飘飘秀发，她平常就喜欢买梳子，在黄鹤楼上买的，当然更有纪念意义。

丁雯雯嚷着要去东湖划船。在夏令营她就打听过了，东湖是武汉市区主要旅游景点之一。而何明睿怕她们对东湖印象不佳。因为这些年环境污染，东湖水质不清，还有不少死鱼，去划船会闻到一股明显的臭味。政府正在积极治理，但还没有明显的成效。这时已经下午四点多，何明睿就说："这样吧，要不去武汉大学看看。我已经被保送到武大的生命科学学院，带你们去看看我的大学。"

林雨蓝说："喔，生命科学，我也很有兴趣。还有，听说武大樱花特别漂亮，可惜现在不是春天。"

何明睿笑着说："那你们也可以来武大念书啊！现在已经有台湾学生来大陆念大学了。"林雨蓝眼睛发亮地说："真的？那太好了。到时候我一定争取来！"

何明睿问："真的？"

林雨蓝认真地说："真的。不过，只能说是一定争取，因为我妈妈希望我考台大医学院，跟她一样当医生。"何明睿笑着说："希望你成功说服你妈妈。"然后转头问丁雯雯："你呢，不来吗？"

丁雯雯说："我可能来不了，这次参加夏令营，雨蓝都去我家磨了半天，我爸爸妈妈虽然答应了，但是一点都不开心。来读大学，想都不要想。"

何明睿说："没关系，读大学的事还早，我们先去看看，然后我带你们去吃烧烤，还有油焖虾。"

在武汉大学的校园里逛了一圈，三个人开开心心地去吃烧烤。丁雯雯生怕自己像平常那样把饮料洒到裙子上，特意不肯喝饮料。结果，却把一勺辣椒酱淋在袖子上了，她惨叫一声："No！"

夏令营结束的联欢晚会上，林雨蓝化了浓妆，穿着林青青送的那条蓝色桑蚕丝长裙，跳起了优美的孔雀舞。她的舞姿美妙，赢得全场热烈的掌声。那一刻，何明睿的心底仿佛涌动着温暖的光，把这位舞动着的台湾少女深深藏进了自己的心房。

晚会结束之后，想到很快就要分别，三个人不约而同地提出去散散步。

林雨蓝走在中间，何明睿和丁雯雯一左一右。

林雨蓝聊起她在台湾老家的海边看到过一种神奇的海洋景观，当地人称作"蓝眼泪"。据说看到蓝眼泪的人，会吉祥如意，美梦成真。

丁雯雯惊讶道："蓝眼泪真有那么好看啊？可惜我就在台湾，竟然没有去看过。"

"是真的。真的让人惊呆，像一个梦幻世界，反正我无法描述，美得不行呢！你们一定要找机会去看看。"林雨蓝热切地说。

何明睿道："以后我们一起去！"说完，他忍不住悄悄拉了拉林雨蓝的手。

林雨蓝心头一震，但她不动声色。她自己也没有意识到，也许就是这么细微的一个小动作，像一种发酵剂，使得这颗未谙世事的少女心对何明睿的感觉发生了质的变化。

何明睿怕丁雯雯发现，赶紧把手收了回来。

何明睿决定连夜画一幅画，作为送给林雨蓝的礼物。虽然第一次听说，可是自己心底依依不舍的情愫，不就是一腔温暖的蓝眼泪吗？

这幅《蓝眼泪》，何明睿画得非常用心。他先在网上搜集蓝眼泪的图片，有了大概感受，然后才饱含深情开始动笔。他四岁起学画画，业余时间一直坚持，从未间断。画面上的蓝色被他调得如梦似幻，一个身材袅娜的女孩在这梦幻的蓝色海边翩翩起舞，整体效果简直接近凡·高的名画《星空》。

林雨蓝看到这幅画，简直惊艳。那位蓝裙少女应该就是她自己吧？她凭海而立，衣袂飘飘，海面上是如梦如幻的蓝眼泪。真是想不通，何明睿从来没有看过蓝眼泪，怎么会画得如此逼真。

一定真有天赋这回事。天赋、天分，不是什么神秘莫测的事情。有的人，轻易就能把有兴趣的事做得非常完美，不仅自己入迷，也能令别人痴迷，这就是天分。入迷、痴迷，是人们心甘情愿追求的状态，平淡无奇的生活往往因此变得深刻。在情感的世界里，甚至可以极端地说，唯有令人入迷才能存在，其余的只能出局。在潜意识的世界里，林雨蓝、何明睿都已经彼此入迷。只是他们自己尚未明白地觉察。

后来，这幅画成了林雨蓝极为看重的宝贝。其实，林雨蓝还没有意识到，她真正视若珍宝的，是画画的那个人。

返回台湾的飞机上，林雨蓝的脑海里一幕幕回放着跟何明睿一起度过的分分秒秒，尤其是他悄悄拉起自己手的那一幕。她无法确定，这究竟是不是爱情。

隔着时间和空间的浩瀚海洋，隔着有形或无形的海峡，这样一份少男少女萌动的初心，究竟会有怎样的命运？谁知道呢。

七年之后，当年的少女林雨蓝在心底低声呼唤："上海，我来了。"

第二章　台湾：如果我们不曾相遇

遇见什么，什么就是你的命运。

那一天、那一刻、那个场景，你出现在我的生命中，从此，人生重新定义。

一

2015 年春夏之交，天气忽冷忽热。

上海外滩，阴天，薄薄的雾气，人行道上人群熙熙攘攘。路旁的法国梧桐焕发着生机，叶片青葱翠绿，空气里流淌着植物的芬芳气息。

一位高大英俊的青年步履匆匆，突然被一位极有气质的中年男子喊住："帅哥，你好！冒昧打扰一分钟。真的就一分钟。"中年男子披着条薄薄的羊绒格子围巾，一望而知是有风度、有修养的人。

青年停下来，抬抬浓眉问："您有什么事？"

中年男子说道："我们公司从事网络游戏研发，最新的一款游戏在做活动，想找两位真人版男主角。你的形象气质都非常棒，是否愿意去我们公司试镜？就算不适合，只要入围前十名候选人，我们公司也会支付一千块劳务费。如果适合，我们的待遇一定让你满意。我是这个项目的负责人，第一眼就觉得你就是我们的游戏英雄，忍不住冒昧跟你聊两句。"他的语速极快，思维之敏捷显而易见。

青年明显愣住，说："这个……抱歉，我没有考虑过这个方向。我是做科研的。"

"做什么的？我知道美颜、颜值，你做的是什么颜，ke颜？"中年男子一时反应不过来。可见他习惯追逐社会热点，想到的是看脸，可是，ke颜是什么？年轻人又捣鼓了什么新玩意儿？"科研"这个如此寻常的词，实在没在他大脑的常用词库里，一时脑子短路，转不过弯。

青年何明睿微笑道："科研，科学研究。"

中年男子恍然大悟，又惊诧道："噢！科研啊！呃，我劝你好好考虑，做网络游戏形象代言，绝对是收入很高的事情，多少人梦寐以求呢！"

何明睿想想，答："我没有学过表演，对着镜头会不自然。而且，我确实更喜欢做科研。"

男子答："我们不需要专业演员，像你这样，帅一点，酷一点，就很好。"

青年答道："谢谢，不用考虑了。"然后快步进了一家饭店。男子望着他的背影，摇头叹息，似乎惋惜不已。

何明睿拿着手机，无聊地玩着游戏。饭店包厢，这根本不是他想出现的地方，也不是他喜欢的场合。本来约好的晚餐时间是六点，可现在快要七点了，菜还没上桌，因为主宾没到。他眼神空洞地望着这家著名酒店装修得富丽堂皇的小包厢，尽量不把内心的不耐烦表露出来。

何明睿现在的身份是上海天源生物科技有限公司工程师。

天源公司总裁吕谦坐在与何明睿隔了两个空座位的地方，打过几个电话之后，正在用手机软件处理文件。他微微皱着眉头，左手大拇指和中指卡住下巴，食指弯曲着按在唇上，这是他的招牌动作。开会的时候、听下属汇报的时候、沉思的时候，这个动作就会出现。他的手指白皙修长，把冷峻的脸庞衬托得更加英气逼人。

何明睿身边坐着吕谦总裁的漂亮侄女——吕卓晴。她拿着手机不停地自拍，不时嘟嘴卖萌，不时装酷，或者挤眉弄眼。不能不承认，这个女孩子不管怎么拍都好看，简直没有死角。

此时，吕卓晴伸直手臂，将手机拿远一些，把何明睿也框进了相机。何明睿丝毫不配合地把头转开。

吕卓晴娇声道："这么不给面子？想跟我同框的人需要排队好吗！"

何明睿微笑道："抱歉，我确实不喜欢拍照。"

吕谦叹口气道："自恋狂。"

吕卓晴脱口道："自恋有什么错呀！上帝爱不爱我，是上帝的事；别人爱不爱我，是别人的事；我自己必须爱自己。"

吕卓晴偏转头，继续对着何明睿攻坚："我们拍个合影，保证有人舔屏，说我们是一对璧人。"何明睿不作声，不回头，没有要理会的意思。吕卓晴实在不是他喜欢的款。

吕卓晴泼辣地笑道："我已经在撩汉了有没有。只是……不知道是我段位不够，魅力不足，还是因为我撩的是一块木头。"这位涉世不深的美女目前只有两种恋爱模式：要么虐别人，要么虐自己。大学期间，总有三五成群的男孩子围着她，有人给她买饮料，她高兴了会笑吟吟地接过来喝，边喝边含糊地道谢，不高兴了直接甩出好远。而现在她在何明睿面前低声下气，简直是自己找虐。

何明睿笑道："一块木头。"依然不合作。吕卓晴便自顾自用美图秀秀处理自己的照片，不再理他。

何明睿也奇怪为什么自己对吕卓晴完全没感觉。这样漂亮又富有的女孩，怎么就收服不了他呢？模糊地，他的脑海里浮现出一个穿蓝色连衣裙的美丽身影，轻盈舞蹈着，可这个影子是不是太遥远，已经模糊？

他拿出手机，打开微信，翻出一个女孩的头像，仔细端详。

她是上海一家时尚杂志的编辑，笔名叫小七，应该也是二十出头，几天前在朋友的生日派对上认识的。小七长得很像一位当红的大明星，非常美，是个又美又有气质还有才的女孩子，真是不多见。在何明睿看来，不是能背几句别人不会的锦绣诗文、会写几个人家不会写的生僻字就叫有才，那大不了是个学究。真正的有才是对世界上的事物有通透而独到的领悟、自己想做什么能够得心应手。何明睿后来看过小七写的一些报道，为之折服，才真正觉得小七是才女。

当时他们坐在一起，召集人一一做了介绍，小七立刻成为众人的焦点。闲谈中，有人问："你为什么叫小七啊，真有七个兄弟姐妹？"小七大叫："怎么可能啊！你们谁家有七个兄弟姐妹？我们这一代，有两个的都算多好吗？"

那人继续逗小七："那你叫小七总有原因。难道你是七仙女中最小的小七？"小七没心没肺地笑道："这个解释很可以啊！不过，最正确的解释是，我喜欢7这个数字，所以自名小七。"

又有人问小七是哪里人，小七说："我是湖南人。"何明睿就开玩笑道："湘妹子啊！听说湘女多情，不知道是不是真的。"话音刚落，何明睿觉得，话题似乎有点过，于是赶紧补一句："对不起，小七，这玩笑可能有些轻薄，我不是故意的，也很少开这类玩笑。"

小七看他一眼，笑道："还好，我没有觉得被冒犯。人长得帅呢，总是容易被原谅。你倒是有资质开这样的玩笑。"她歪头想了想，然后说："湘女多情这话也许是真的。目前我没爱什么人，如果真被我爱上，也是蛮辛苦的，因为我对人对事都容易上瘾，不小心被我爱上就难脱身了，我很烦人的。"说完她笑起来。何明睿看着她的笑脸，很难得地，花痴病犯了。

座中一个男青年不服道："小七，他有资质，我有吗？"小七爽朗地笑着答道："今天只能有一个人获得资质。"

男青年酸溜溜地道："好吧，有资质的帅哥帮你代酒。"小七道："你说反了，我可以帮有资质的帅哥代酒。"这话真是一语惊人，大家都呆了，等反应过来，一片惊呼声。小七继续说："不是开玩笑噢，虽然我平常很少喝酒，可是不知道为什么，好像天生不醉，拼酒的话，只要你们当中没有特别能喝的，加起来都喝不过我。不过呢，今天我要开车，高挂免战牌。改天再说。"

漂亮有才还特别能喝酒，这小七太令人刮目相看了。于是何明睿热情地说："小七，我们加微。"小七美丽的眼睛瞪圆了，说："交杯？可我今天要开车啊！"何明睿蓦地脸红了，笑着说："我是说加微，加微信。

我可没那么大的胆子跟头一回见面的美女交杯。"小七自己也红了脸，说："啊？这个误会太大了，我自己想多了！来来来，我们以茶代酒，碰碰杯。"碰杯的时候，小七调皮地给了何明睿一个媚眼。那道眼波扫过来，何明睿不禁心荡神摇。

喝过茶，他们马上互相加了微信。何明睿感觉到小七对他也很有好感，这种感觉，彼此眼神接触几次，心里就有数了。难得有一个女孩子对得上何明睿的感觉，假如他去追，肯定是很有希望的。他承认，心底有些东西在蠢蠢欲动。

何明睿对着手机上小七的照片，展开一个白痴式的笑容。

这时候包厢门开了，何明睿收回思绪，抬眼看过去。

袁来一进门就连声道歉："对不起对不起，害你们久等了，我一直在等实验结果，耽误大家时间了。"

"木头"何明睿突然张口结舌，脸上不受控制地呈现惊喜得难以置信的表情，眼神聚焦在跟袁来同时进来的女孩子身上。林雨蓝跟在袁来身后，当她看到何明睿，立刻傻了。何明睿脸上的表情似乎在瞬间传染给她，她也惊讶得傻傻地张开了嘴。

世界怎么可能这么小，难道这是真的吗？两年前何明睿惊现台湾的时候，林雨蓝已经傻眼过一次了。她搞不懂，这个男人，怎么每次出现的时候，都要让她目瞪口呆。不同的是，上一次，一切都在何明睿的掌握中，他微笑淡定；而这一次，他也是毫不知情，大为惊讶。

"你们认识？"袁来和吕卓晴异口同声，袁来问林雨蓝，吕卓晴问何明睿。何明睿和林雨蓝对望一眼，心照不宣地淡淡说道："是。"

吕卓晴狐疑地说："奇怪，你们怎么可能认识？"林雨蓝只是微笑，不说话。何明睿说："这可真是一言难尽，以后有机会再讲故事。"

吕卓晴不依，叫道："不行不行，我现在就想知道。"吕谦道："来来来，坐下说话。"

大家入座，袁来挨着吕谦；林雨蓝右边是袁来，左边是何明睿；何明睿坐在林雨蓝和吕卓晴之间。

"说说看，你们是怎么认识的？"吕卓晴挑衅地望着林雨蓝，那口气，好像何明睿是她的什么人。林雨蓝不知就里，以为这位咄咄逼人的美女是何明睿的女朋友，不知道怎么回答，于是掩饰地端起茶杯喝水，不小心呛到，咳嗽起来。她掩嘴咳了一阵，稍微消停便说："对不起！"马上又咳了起来。何明睿和袁来同时伸手想帮林雨蓝捶捶背，两只手差点碰到一起，又触电般同时缩了回去。

好不容易停止咳嗽，恰好菜上来了，服务员也已经逐一给各位倒了酒。吕谦举杯说："来，今天我们大家聚在一起，就是缘分，先干一杯，待会儿慢慢介绍，互相认识。"吕卓晴本想继续追问，闻言只好把话咽了回去。

酒杯见底，何明睿怕林雨蓝难堪，主动解释道："今天在这里见到林雨蓝小姐，真是出乎意料。我们很早就见过，在中学的夏令营认识的。来，为今天的相逢，我敬林小姐一杯。"简单的几句话，似乎交代清楚了，吕卓晴警惕地望望林雨蓝，倒也不再问什么。

林雨蓝暗想："他这话是为了撇清自己，还是为了替我解围呢？"

何明睿见林雨蓝和袁来一起进来，刚刚林雨蓝咳嗽的时候，袁来又伸手准备为她捶背，也在暗暗揣测林雨蓝和袁来是什么关系。

袁来起初还打算介绍林雨蓝是他带的实习医生，见到何明睿之后，出于第六感，立刻把他当假想敌，故意含糊其辞，干脆不介绍，内心希望别人误以为林雨蓝是他的女朋友。林雨蓝在医院报道之后，想起姑姑的病，主动要求到新药研究中心。而袁来悄悄找了院长，要求带林雨蓝。

于是这餐饭只有吕谦和袁来闲谈，偶尔聊一两句正事，其余人各怀心事，吃得很潦草。

这时候，意外状况发生了。服务员把一份三鲜拼盘往沸腾的火锅里倒的时候，手一滑，连食材带盘子一起掉到汤锅里，在服务员发出惊叫的同时，不少菜汤飞溅出来。林雨蓝、吕卓晴、袁来三个人都中了招，衣服被溅上油污。

林雨蓝和袁来都是一惊，吕卓晴开口就发飙："怎么回事，你弱智啊？！"

服务员惊惶地连声说："对不起对不起，都怪我。这盘子太滑了。"

"怪你有什么用？我的衣服都弄脏了，这外套好几千块一件，你赔得起吗？"吕卓晴大声呼叫。

"幸亏人没事，还算好。"林雨蓝打圆场。

吕谦也开口道："卓晴，算了，一个服务员，也不是故意的，就别为难她了。等下我让领班打个折，差价算你的干洗费。这种普通的油污都是可以洗掉的。"吕卓晴只好作罢。

何明睿赶紧说："来来来，吃点东西，喝酒，今天真是太热闹了。"突然，吕卓晴不由分说，故意把自己杯子里喝剩的酒倒一半给何明睿，何明睿开始没留意，等他反应过来，大叫一声："喂，你怎么回事？"却也无可奈何，总不能不给面子把她的酒倒掉。吕卓晴娇声暧昧地笑。

吕卓晴是有意为之，希望让她跟何明睿的关系看起来很不一般，林雨蓝果然一阵黯然。

道别的时候，何明睿还是鼓起勇气，要了林雨蓝上海的新号码。

晚上，林雨蓝和丁雯雯微信聊天：

今天居然遇到了何明睿。

天哪！你们真是太有缘了！如果他再对你表白，不要拒绝了，你心里明明有他。

表白什么呀，他貌似有女朋友了。

啊！男人真是易变！才三年多，上次他来台湾不是对你信誓旦旦的吗？

可是那时候我拒绝他了呀！何况也谈不上信誓旦旦，表达得很含蓄。唉，算了，不提他。你最近开心吗？

我很好。其实，我有一个秘密要告诉你，没想到你这么快去了大陆。

什么秘密？

我们台湾有名的富豪居然对我表白，我不敢相信，不敢接受。

什么？真的？天哪！恭喜！

你现在什么也别问，问了我也不方便回答。以后慢慢跟你说好吗？他还说在大陆有不少投资，会带我去大陆。我们应该会在大陆见面的。马上有事了，拜拜。

现代版灰姑娘遇到王子？林雨蓝真是又惊又喜，很为丁雯雯感到高兴。然而转念想起何明睿，又有些难过。

三个死党闺蜜，丁雯雯与富豪有了密切交往；蔡意涵求学美国；自己却一意孤行地开启了一段未知旅程，林雨蓝禁不住黯然神伤。美国也曾经是林雨蓝的目标之一，妈妈谢思虹曾经力主她去美国继续学医。现在她孤身一人来到大陆，而心里在意的人看起来又有了别人。是不是真的走错了路呢？

二

午餐后，林雨蓝坐在办公桌前，想起何明睿的事，有些心神不定，警告自己不要胡思乱想，拿出手机给谢思虹打电话。

"妈，你在干什么？"

"没干什么，就是生病了，住院。"

"什么，住院，什么病啊！以前从来没有住过院的，这次怎么回事？"

"还能怎么回事，被自己的女儿气病了！"

"妈，你是说气话，还是真病了？"

"也说气话，也真的病了。你爸爸出差，戴维上学，连个照顾我的人都没有。你如果还把我当妈，最好马上回来。"

林雨蓝叹口气道："妈，你先好好休息，我想想办法。"

"除了赶快回来，还有什么办法好想！"

"妈，我会想出办法的。你住在什么医院啊？"

"你又不回来，我懒得跟你说。挂了挂了。"说完就挂了电话。

林雨蓝马上给林致中打电话，林致中果然在外面出差。"爸，你什么时候回家？妈妈是不是病了？"

林致中道："你妈妈这两天身体是不太舒服，但没有太大关系，你不用担心。"

"噢，爸爸你自己要多保重。"林雨蓝以为林致中只是安慰她，也就不再多说，马上给丁雯雯打电话，嘱托丁雯雯下午下班之后买点水果去谢思虹上班的医院看看。林雨蓝说："雯雯，我妈妈说自己病了，在住院，拜托你帮我去看看她究竟怎么样。如果很严重我就必须回去。我妈妈在医院也算半个名人，很容易问得到的。"

黄昏时分，丁雯雯打来电话，说谢思虹没有住院，照常在上班。她说："雨蓝，阿姨根本没有病，顶多是精神不够好，我去找她的时候，护士告诉我她在值班。我估计你妈妈是故意说自己住院了，想让你回来。所以我都没去找她。水果买了，没送，我不好意思去找她啊！不然当面拆穿不好吧？"林雨蓝笑了起来，说："雯雯，我觉得你做得很好，谢谢你。水果你就自己吃吧！拜拜。"

想了想，林雨蓝马上拨谢思虹的电话，开心地说："妈妈，你什么时候学会演戏了？给我演苦肉计！"谢思虹也笑道："鬼丫头，越来越坏，你怎么知道的？"

"我让朋友给你送水果，她说你在值班，没有住院，朋友就不好意思露面了。"

谢思虹道："反正我用心良苦，就是希望你回来。你可千万不要跟何明睿谈恋爱啊！必须回台湾。"林雨蓝道："哎呀，不会啦。你照顾好自己哦！"

放下电话，林雨蓝的思绪又溜到了何明睿身上。仅仅三年多，难道何明睿就真的改弦易辙了吗？往事一幕幕，涌上心头。

三

2011 年底，台北科技大学。

周末一大早，多功能报告厅里座无虚席，连过道都挤满了人。钱教授的报告主题是"生物科技与人体健康"。台北科大很重视这次讲座，特意在台湾多所大学发了海报。

林雨蓝是外校来的，没占到位置，于是静静站在靠前的走廊边。突然她的肩膀被人轻轻拍了一下，转头一看，撞见一张既熟悉又陌生的脸。天哪！居然是何明睿！林雨蓝做梦一般惊异地问："你怎么在这里？"

何明睿指指台上说："我是钱教授的学生，来给他当助理。今天我比较忙，把你的地址发给我吧，改天我去找你。你有我的电话吗？我的号码一直没变。"

林雨蓝点点头。她本来是特意来听报告的，意外遇见何明睿使她芳心大乱，钱教授讲了什么，一句都没有听见。

当天下午，台大医学院。

大二女生宿舍里，林雨蓝正在洗头发。她对自己的飘飘长发异常珍爱，洗得很小心，也有些慢。

可视对讲系统发出管理员的声音："林雨蓝，楼下有人找。"蔡意涵跟着叫："雨蓝，雨蓝，快一点。"林雨蓝应声道："小白菜，你帮我下去看看好吗？可能是快递，我现在一下子出不来。"小白菜这个昵称源于某堂课，蔡意涵走神，老师把她叫起来问："你叫什么名字？"她支支吾吾回答："蔡意涵。"老师问："什么？蔡……什么涵？"一个调皮的男生低声说："小白菜。"蔡意涵居然糊里糊涂地跟着脱口而出："小白菜。"全班哄堂大笑，老师也笑了，说："好吧，以后你就叫小白菜。小白菜同学，上课务请专心。"落下"小白菜"的绰号，真是不能怨人。

两人从小学就是同学，大学又同一间寝室，以前她们省掉姓互称名字，后来林雨蓝也不知不觉跟着大家叫"小白菜"。本来丁雯雯也想考台大，但是她的文化成绩不够好，想着自己动不动就把汤汤水水撒在身上，需要练习身体协调，于是干脆去一所职业学校学舞蹈，准备毕业后当健身教练或舞蹈老师。她每天进行高强度、高难度的训练，很快成了尖子生。

　　蔡意涵帮林雨蓝下楼看情况，等林雨蓝吹干头发款款出来，她还没上来。林雨蓝猜可能不是快递，只好披着及腰的长发下去找她。

　　究竟是谁呢？林雨蓝不太跟人交际，也就是几个闺蜜和几人共同的男性朋友游思聪。林雨蓝感觉到富家子弟游思聪有意于她，但每次都巧妙地回避了。四个人从小一起玩到大，算是发小儿，只是游思聪比几个女孩子大了几岁，这两年在他家族的公司有一搭没一搭做点事，又有钱又有闲。上次武汉夏令营时，游思聪随父母去了欧洲，不然一定会去夏令营凑热闹的。

　　难道这次也是游思聪？他倒是常来，但来之前一般会电话联络好。或者，是昨天见到的何明睿？当时彼此匆匆忙忙的，林雨蓝后来把地址发给了他，他回复："这几天时间特别紧，我尽快来找你。"

　　夏令营分别后，刚开始的半年两人是有联系的，后来各自都忙，加上都不知道是否能再见面，也就慢慢断了交流。两人中断往来不知道是哪个环节的原因，也许因为彼此都忙，也许因为彼此都认为两个人的感情没有希望。

　　其实林雨蓝觉得自己心里一直有何明睿的位置。偶尔去花莲看爷爷，她还会独自抽空到海边散步，希望再次看到蓝眼泪，却一次都没有见到。她还为此惆怅不已。何明睿不是说过要一起来看蓝眼泪吗？会不会有这么一天呢？

　　到了楼下，林雨蓝一眼望过去，跟蔡意涵说话的果然是何明睿。

　　时光的雕刻刀永不停息地雕琢着世间的一切。野蛮生长的青春期里，三年过去，林雨蓝出落得更加灵秀动人；何明睿的体格明显比以前更强壮，看起来也成熟了许多，已经是一个地道的男子汉。两人目光一碰触，都不约而同地避开了，明显是有些羞怯。

林雨蓝对蔡意涵说："小白菜，要不麻烦你给丁雯雯和游思聪打电话，我们一起聚聚。"于是，蔡意涵给游思聪和丁雯雯打电话，何明睿和林雨蓝聊开了。

　　何明睿的导师钱教授应邀到台湾学术交流，他抓住机会申请一起来台湾。钱教授在武汉同时带了五名学生，何明睿是他最得意的弟子，所以毫不犹豫就答应了他的要求。

　　"我想来找我大爷爷，就是我爷爷的亲哥哥。大爷爷曾经是一名国民党军官，听说他到了台湾，也不知道是否还活着。"何明睿看了一眼林雨蓝，接着说，"然后，看看能不能找到你。没想到那么巧就碰上了。今天到你们学校，你又是校花，随便问几个人，一下子就找到了。"

　　林雨蓝开玩笑说："我们学校是有好多校花，你看看，到处都是，一朵一朵，五颜六色的。"何明睿朗声笑起来。

　　林雨蓝正色道："关于你大爷爷的事，如果有时间，周末我可以带你去我的乡下老家花莲，我爷爷在那儿。他以前也当过兵，可以问问他知不知道。"迟疑了一下，林雨蓝又道："还有，如果运气好的话，说不定还可以看到蓝眼泪。"何明睿说："那太好了。这次我可以待半个月，应该有时间。"林雨蓝道："那行，周末我们去花莲，我邀请几个小伙伴一起去。包括丁雯雯，你认识的，她如果有时间也会去。"

　　正说着，游思聪和丁雯雯过来了。丁雯雯一见何明睿，就笑道："何哥哥更帅了！"何明睿打量丁雯雯一眼，由衷说："雯雯才真是越来越漂亮。"丁雯雯笑："在雨蓝面前，哪好意思觉得自己漂亮啊！"说着，丁雯雯亲热地搂住林雨蓝的腰。蔡意涵也过来跟丁雯雯抱在一起。三个美少女笑笑闹闹的，很是开心。

　　游思聪提议去钓虾，然后吃烤虾喝台啤，得到三个女孩子的热烈响应。何明睿自然是客随主便。

　　游思聪说："烤虾配小白菜，是我们台北的超级美味。小白菜呀，很好吃啊！"蔡意涵尖叫着去捶打游思聪，游思聪拔腿就逃。

　　林雨蓝知道何明睿不懂，就解释了"小白菜"绰号的来由。何明睿说："他们两个打打闹闹，看起来像一对情侣。"林雨蓝否认道："不是，我们几个一直从小玩到大，像兄弟姐妹，没有那么敏感。"她顿了顿，接着说："不过，奇怪，游思聪平常从来没有这样跟小白菜开过玩笑。今天表现得过于夸张了。"

何明睿笑道："那一定有原因。"林雨蓝问："什么原因？"何明睿看了林雨蓝一眼，笑笑不语。

丁雯雯快言快语地插嘴道："游思聪说不定是吃何哥哥的醋哦！他平常对雨蓝最好，今天见何哥哥从大陆跑来找雨蓝，心里肯定有想法啦！"林雨蓝涨红了脸，争辩道："雯雯，你少胡说。"丁雯雯笑："好吧好吧，算我错了。我这不是在帮你分析吗？"林雨蓝笑道："少来，你以为你是福尔摩斯。"

何明睿一直微笑，什么也不说。

几个人上了游思聪开来的奔驰车，直奔钓虾场。

四

所谓钓虾场，就是一个人工水池，池子里养殖了许多虾子，以虾头比较大的泰国虾为主。经营者准备了钓虾工具、烧烤工具及食材，钓上来的虾子可以自己带走，也可以就地加工。

大家找地方坐下的时候，何明睿才发现三个女孩子居然清一色穿着破洞牛仔裤和"小脏鞋"，都是人为有意做旧、做"脏"的。不久前他看到过一份资料，措辞有些夸张，大意是说整个人类的未来会毁在人为做旧的服饰上。因为原料加工过程中，为了达到做旧和破洞的效果，会消耗更多清洁的水和能源，使用一些有毒的化学药剂，造成不必要的环境污染。何明睿也曾经是破旧牛仔服的拥趸，读过这份资料后，再也不买这类衣装了。即使喜欢牛仔面料，也尽量买新的。麻烦的是，因为破旧面料流行，他要找新的牛仔装都相当困难。于是，只要有机会，他就会宣传人为做旧面料的危害。这一次，他自然也准备说，但得找合适的机会。

游思聪第一个钓到虾子。他边把虾往桶里丢边说：“你们加油啊！虾子是很笨的东西，看看看，随便把诱饵丢进去，它们就抓住了。”何明睿这才发现钓虾子的工具仅仅是一根小木棍，上面用棉线绑着饵料，连钩子都没有。他以前从来没有钓过虾子，觉得很新鲜有趣。

很快，林雨蓝发出胜利的尖叫，她竟然一下子就钓上两条虾——一只虾子咬住饵料不放，另一只虾子紧紧抱住前面的不放。

大家的兴致被调动起来。何明睿的运气却没有那么好，他明明看到一只大虾子咬住钓饵，屏住呼吸用力一拉，想不到那只虾子却把饵料松开，掉回水池。

丁雯雯笑着说：“何哥哥钓的这只虾子太狡猾了。”林雨蓝叫：“加油啊！”蔡意涵嘴里嘀咕：“怎么，这些虾子都认人啊！长得帅、长得漂亮的人，就有虾子咬饵，我这里一点动静都没有。”

游思聪说：“你最好用小白菜当诱饵，虾子也吃小白菜的。”蔡意涵站起来打他一拳，游思聪大叫：“你干什么？别把我打到水池里去了！我可不想变成虾子。”这时何明睿发出一声胜利的大喊，他也钓到一只虾子，尽管是一只个头比较小的幼虾。他说：“我的人生第一钓啊！”引得大家大笑。

笑闹中，竟然很快就钓了大半桶。

游思聪提着虾子送去加工的时候，不知道怎么回事，桶上的铁丝居然钩住了蔡意涵牛仔裤上的破洞。蔡意涵尖叫：“喂喂喂，把我当虾子啊！”众人笑翻。

笑完，何明睿趁机赶紧说：“女孩子们，建议大家以后别再买破洞款牛仔裤和这种做旧的小脏鞋了，后果非常可怕。”他把有意做旧会有害环境的道理讲了一遍，女孩子们面面相觑，游思聪说：“学我。我的衣服都要穿五年以上。”

“什么？”这下别说女孩子，连何明睿都觉得不可思议，那么有钱的人，怎么可能一件衣服穿五年？游思聪说：“这是我老爸立的规矩啦！我觉得还好，衣服穿久一点也没什么。反正我的衣服那么多，每件穿几次，不知不觉就超过五年了。"何明睿起初以为游思聪是那种传说中的富二代、纨绔子弟，闻听此言，感觉他其实很淳朴，不禁对他另眼相看。

烤虾送上来了，五个人大快朵颐，啤酒加烤虾，简直是台湾第一美味。

正吃着，有几个人走近他们，为选举拉票。何明睿觉得有些意外。林雨蓝告诉他，这几个人是参选者的粉丝，不是正式的拉票团队。这些年，参选人为了拉选票，真是招数迭出，有打美女牌的，有使用卡通形象的，有时候还会送一些小礼物拉拢众人。

蔡意涵故意恶作剧地喊："我支持又帅又有型的啦。"

拉票团队的人面面相觑，无话可说。游思聪打圆场道："小白菜，你这哪是在选领导人，是在选男朋友吧？喝酒喝酒。"大家一阵哄笑。

才喝下一杯啤酒，林雨蓝和丁雯雯的脸颊就泛出两朵桃花。游思聪开玩笑说："看看，只有小白菜的脸一直是白的。真正的美女喝酒都脸红。"这回蔡意涵只是翻了个白眼，懒得理会他。

林雨蓝说："我再喝一杯就不能喝了，喝多了会醉。对了，这个周末何明睿同学要去花莲找人，去看蓝眼泪，我们陪他一起去好不好？"蔡意涵和游思聪都说要去，只有丁雯雯犹豫不已。她在一家机构兼职舞蹈老师，而且是那家机构的金牌教练，不能轻易请假。

何明睿体贴地说："大家能去就去，在一起玩当然最好，如果有事就别勉强。这次我会在台湾待十几天呢，还有机会再聚。"丁雯雯于是说："何哥哥，我就不陪你去花莲了。回到台北我们再一起玩。"

游思聪开玩笑说："该去的不去。不该去的反倒赖着去。"蔡意涵叫："你的意思是谁不该去啊，你自己不该去吧？"林雨蓝笑："你们都该去，我这个不该去的也要去。"

大家都喝得比较节制，喝到开心就自动喊停，旁人也不劝。最后，因为喝了酒，游思聪打电话叫管家开车一一把大家送回。

何明睿觉得非常开心，一切都恰到好处，好吃又好玩，怪不得钓虾在台北如此流行。

五

平常去花莲，林雨蓝和父母一般选择搭火车，两个多小时就到了。不过这一次时间比较充裕，游思聪愿意开豪车自驾，走海岸线，欣赏沿岸的海洋风光，几个年轻人特别兴奋。

还没上车，游思聪就说："雨蓝，你坐副驾驶吧！"林雨蓝错愕了一下。因为她没打算坐前面。蔡意涵大叫："我坐前面吧！"游思聪夸张地说："你不行，太八卦了，等下别害得我把车开到海里去。"何明睿微笑道："确实，让雨蓝坐副驾驶比较好，毕竟是去雨蓝老家。"游思聪抿嘴微笑，于是林雨蓝大大方方坐了前排。其实，她本来希望跟何明睿一起坐后排，更方便交流。

关于怎么坐，游思聪事先动了一点小脑筋。他知道如果自己不开口，结局一定是蔡意涵坐副驾驶。那不是他想要的局面。三个女孩中，他内心最喜欢林雨蓝。虽然从来不曾正式表白，但他觉得总有一天水到渠成，会向林雨蓝求婚，但半路杀出的何明睿让他感到了某种威胁。

敏感如林雨蓝，当然懂得其中的种种微妙。事实上她的心思还没有定。只能说她对何明睿更有好感。新鲜感和好奇，是爱情的强大催化剂。

两次停车去海边疯一阵之后，游思聪的奔驰居然抛锚了。

"真是莫名其妙，我这辈子还是第一次遇到这种事。"游思聪觉得没面子，很生气，第一反应是打电话给管家大发一通少爷脾气，怪他没有把汽车维护好。

何明睿温和地跟林雨蓝说："我以前遇到过这种情况，我们那边是打汽车维修店的电话，不知道这边有什么更好的做法？"

游思聪没好气地说："算了，我的管家会再开一辆车过来。幸亏我们走得还不算远。扫兴死了。"林雨蓝安慰他说："没关系，没关系，反正我们都是好朋友，只要在一起就是开心的，在哪里都是玩。"蔡意涵也说："是啊，这样我们在一起的时间可以更久一点啊！"何明睿微笑道："小事小事，等一等就好了。"

大家东拉西扯一阵，几十分钟后，管家开来一辆白色的福特越野车。游思聪没了脾气，对管家说："辛苦了。我们赶时间，就不管你了。"

何明睿说："花莲很不错，我听不少来台湾旅游的人提起过。"林雨蓝骄傲地说："确实，风景独好。那里是我爷爷选的地方。"

六

林又喜坐在家门口的柚子树下，拐杖靠在椅子边。

这是一栋已经有些年头的老房子，平房，中间一间大屋，算是厅堂；两边各有一间小的，分别是厨房、卧室。白墙黑顶，倒是非常醒目。这套房子是他和太太林颜丽珠修建的。颜丽珠是台湾本地女子，和林又喜年纪相仿，1966 年，生下林致中仅仅一年以后，外出时意外遭遇车祸身亡。林又喜大恸，埋怨自己命运不济，独自把林致中拉扯大，一直住在老房子里，也不思再娶。

林又喜是被长官逼着来到台湾的，经常忍饥挨饿，吃尽了苦头。1961年，年仅二十八岁的林又喜已经患有风湿病，病情发作的时候枪都拿不稳，被列为老弱病残，只领了三个月的微薄薪俸，以及蚊帐一顶、席子一条、衣服两件，就被流放到社会上自谋生活。他辗转来到花莲，认识了不善言谈又相貌平平的颜丽珠，两人彼此疼惜，仅仅过了三年稳定温暖的好日子，命运又把林又喜丢进了苦海。此后，他一个人连拉带扯把林致中养大。幸亏林致中遗传了父亲的英俊相貌以及母亲的好性格，人又勤奋，在台北娶了医生谢思虹为妻，又有一双儿女凑成一个好字，人生已经算是无比顺利。

一阵风吹来，柚子叶沙沙响。

这棵柚子树长得茁壮高大，满树柚子沉甸甸的，在风中微微颔首，大一点的个头跟足球差不多。这棵柚子树是结婚那年林又喜和颜丽珠一起种下的，林又喜视若珍宝。他小心地照看着，施肥啦，浇水啦，如果发现有虫子，一定会亲手捉掉。隔着宽宽的海洋，另一边的陆地上——林又喜的故乡湖北，也有一棵这样的柚子树。

　　凝望着一个个果实，恍惚中，林又喜看见旧时光中那个十几岁的少年，像小猴子一样爬到树上，用剪刀剪、用棍子敲，一个一个地把柚子收下来。他的亲娘在树下叫："喜子，小心一点啊！别摔下来了！"他们每年都会摘下好几筐柚子，一部分送给邻居们尝尝，一部分拿去卖掉。

　　记忆中，他的娘有一张多好看的脸啊！然而这张脸笑着笑着，突然泪流满面，喃喃叫："喜子，你在哪儿呀？快回家，娘想你……"也许人老了，就会变得脆弱。林又喜每次想起亲娘都会落泪。多少年过去了，他都成了快八十岁的老人，他的亲娘早就不在人世了，老家的那棵柚子树是否还在呢？

　　一辆白色的汽车开过来，在他家门前缓缓停下。林又喜正寻思着来人是要问路还是找水喝，却见到林雨蓝从车上跳下，欢叫着"爷爷"朝他跑来。林爷爷大半年没见孙女了，看到林雨蓝真是欢喜得不得了，新的泪水又流了下来。

　　林雨蓝笑道："爷爷，你怎么哭了？"林又喜笑着说："爷爷高兴，高兴……"

　　蔡意涵、何明睿、游思聪一个个走过来，林雨蓝逐一介绍。作为林雨蓝小时候的玩伴，游思聪、蔡意涵还记得林爷爷，但林爷爷已经认不出他们了。

　　林雨蓝指着何明睿说："爷爷，他是从大陆过来的，来找他的爷爷。"林又喜一听，睁大了眼睛说："噢，大陆过来的啊！好啊！好啊！你爷爷叫什么名字？"

　　何明睿迟疑着说："我来找我爷爷的亲哥哥，我叫他大爷爷。我大爷爷的名字是何光远。何，是人生几何的何，光明的光，遥远的远。我大爷爷以前是国民党军官，来了台湾，不知道是否还活着。"

"何——光——远，这名字没听过啊！我们有十几个老兵还活着。有姓田的、姓林的、姓蒋的，没有一个姓何的！可能他已经不在了，好多人都已经没啦！"何明睿默然。他突然想起什么，又说："林爷爷，找到您，就又多了一份希望。说不定我大爷爷还在，只是没人认识他。下次我把他的照片带过来。这次急急忙忙的，没带照片。"

林又喜频频点头道："好，那好……"

吃饭的时候，何明睿问："林爷爷，您是怎么到台湾来的呢？"林又喜抿了一口酒，讲起了往事。

1949年，十六岁的林又喜帮妈妈干活。这一次，妈妈煮好了茶叶蛋，让他拿到火车站去卖，嘱咐他卖完鸡蛋买几包盐、几盒洋火（火柴）回来。过了两趟火车之后，篮子里的鸡蛋已经不多，林又喜打算再等一趟火车。

火车靠近了，林又喜发现这一趟火车上的乘客全是当兵的。其中一个长官模样的人对他喊："小兄弟，到车门边上来，你的东西我全要了。"

林又喜高兴极了，提着鸡蛋走到车门边去，那位长官却像抢一样用力一把拉住他的篮子。林又喜吃了一惊，紧紧抓住篮子不放，想不到那人索性把林又喜一起拽上了车。林又喜拼命挣扎着要下去，那人笑着说："小兄弟，我们不会亏待你的，给你一个好价钱。"后来，林又喜成了那个人的通信兵，就这样一直到了台湾。

听罢，何明睿问："那你家里人都不知道你的下落吗？"林又喜摇头："他们哪里会知道……"

何明睿义愤填膺地说："什么鬼军官！真是可恶！"

林又喜喃喃道："后来我也没便宜他！"何明睿问："怎么没便宜他？"林爷爷摇摇头，不肯说。林雨蓝也觉得诧异，以前她没有听爷爷提起过，没便宜那个人，是什么意思？林雨蓝追问道："爷爷，你说嘛，怎么没便宜他？"

林又喜还是摇头。

何明睿再问："你现在还记得他吗？"林爷爷答："他化成灰我都记得。好人命不长，祸害遗千年哦。这个人姓田，现在还活着，在台北。"他迟疑了一下又说："下次你可以带着你大爷爷的照片去找他。他认识的人比我多。"

何明睿眼里又燃起新的希望。他接着问："您在大陆那边的亲人后来联系上了吗？"林又喜说："联系上了。准备去大陆的时候，雨蓝的奶奶遇到车祸，这件事就放下了。后来我身体不太好，不适合出远门，十几年前我妹妹来了台湾。前两年雨蓝不是去武汉看了她的姑姑吗？那就是我妹妹的女儿。她告诉了我大陆那边的情况，除了我妹妹，基本上也没什么亲人了。""哦，对对对。"何明睿这才想起他听林雨蓝说起过姑姑林青青。

林又喜又说："其实这么多年，一直想回去啊！我认识一个熟人，以前禁止去大陆的时候，他竟然想到一个很奇怪的办法，真的过去了。""什么奇怪的办法？"何明睿一下子来了兴趣。

"那时候我们都还在部队里，没有那么自由，他偷偷地把篮球芯藏起来，篮球皮摆在那里，别人也不知道这篮球没有芯。一天夜里，他把篮球芯绑在自己身上当救生圈，偷偷下海，竟然游回去了。"林又喜回忆道。"喔，那真不是一般的厉害。"何明睿感叹。

"是啊！他身体棒，水性好，才敢这么做。"林又喜说完，摇摇头。话匣子一打开，忍不住絮絮叨叨说起往事。他们刚来台湾的时候，生活条件非常艰苦，住的房子好多都是用甘蔗板搭起来的，又常常思念家乡的亲人，很容易烦恼。其实林又喜不去大陆，除了妻子遭遇车祸，后来身体变差，大陆亲人已经不多，还有一个他从不说出口的原因，那就是并不富裕。他听去过大陆的人说，那边的人日子过得不好，如果他那么远回去了，既见不到几个亲人，又不能给别人帮助，回去干什么呢？所以他索性不再想回去的事。

蔡意涵道："爷爷，现在情况不一样了，您现在条件好多了，我们整个台湾都变得很富裕。您知道吗？在离我家不远的地方，前些年来了一个大陆的美女模特，嫁给我们这里的农民噢！我还听说大陆那边很穷哎！"

何明睿赶紧澄清道："大陆这些年变化很大啊，真正特别穷的人并不多。"

林雨蓝道："是的，大陆的城市也很繁华。至于模特嫁过来，这个不好说啦！你只是看到表面现象，也不知道真正的原因。"蔡意涵道："那也是。人家的隐私，不是好朋友，也不好去问。其实我很好奇她为什么嫁过来。"林雨蓝道："我倒是听我妈妈提起过，好像是说年纪大了，不容易找到合适的对象。恰好我们这边的大哥去大陆旅游，两个人认识，就在一起了。"

七

黄昏，四个年轻人来到花莲的海边，看看能不能见到蓝眼泪。

何明睿说："我专门查了资料，蓝眼泪是一种会发出生物光的夜光藻，可能是环境变化的原因，近些年变得更常见了一些。"林雨蓝说："我只看到过一次。真的太漂亮了，就像在一个梦幻世界里。"游思聪和蔡意涵都说从来没有看到过。

一到沙滩上，他们就忍不住疯了起来，时而奔跑，对着大海喊叫，时而打起沙战，时而下到水里去玩。

突然林雨蓝觉得一阵刺痛，惊叫出声，仔细一看，脚底被海滩上的玻璃残片割破了，正在流血。

何明睿一把扶住她，着急地说："哎呀，我们回去算了，回去找点药敷上。"游思聪扶住林雨蓝的另一边，也说："对，我们干脆回去算了。"蔡意涵迟疑地问："那不看蓝眼泪了？"林雨蓝看看自己的伤口，说："不用回去，没关系，伤口不深，很快会止血的。"她看何明睿一眼，笑着说："有人漂洋过海，好不容易来到这里，特意来找蓝眼泪，怎么能就这样回去呢？"

何明睿说："没关系，看蓝眼泪有的是机会，把你照顾好要紧。"林雨蓝一屁股坐在一块石头上，坚持道："我又不是纸糊的，自己的伤自己知道，真的没事。"何明睿和游思聪互相看看，只好不走了。

蔡意涵大叫："快来快来，这里有一只大螃蟹！"游思聪跑了过去，何明睿在林雨蓝身边坐下，一动不动地陪着她。

"快来啊！这里有一个鸟窝，还有鸟蛋呢！"又是蔡意涵的声音。

过了一阵，游思聪居然把鸟窝和鸟蛋一起端了过来。林雨蓝一看，里面有六只鸟蛋，蛋壳色彩斑斓，美极了。她说："还是放回去吧！让它们变成六只美丽的小鸟，多好。"游思聪说："我听说只要有人动过鸟蛋，鸟妈妈就不会再来了。"三个人面面相觑。

林雨蓝坚持道："还是放回原处吧。"游思聪说："我想着是不是可以带回去给你爷爷补补身体。""不要不要。爷爷会骂人的。"林雨蓝连连摇头。小时候，林雨蓝捡到鸟蛋拿回家，被林又喜狠狠地骂过一顿。那次挨骂，林雨蓝不知道为什么，觉得非常委屈，现在想来，应该是爷爷少年时离开母亲，看不得类似情景。游思聪只好把鸟窝、鸟蛋放回原处。

夜幕降临了，依然没有蓝眼泪的影子。大家继续耐心等待。夜渐渐深了，微微有些寒意。四个年轻人坐在一起，何明睿和游思聪就近弄来一些枯枝，点起了篝火。海面上依旧没有动静。

何明睿坐不住了，他不由分说抓住林雨蓝的手，说："我们回去吧！我背你。"林雨蓝略略迟疑，还是让何明睿背着走了。见到何明睿背起了林雨蓝，游思聪有些垂头丧气，低着头跟在后面。蔡意涵对游思聪说："我们俩跑步比赛，看谁先跑到你的车边。"话音刚落，她就开跑。游思聪愣了愣，再看看何明睿和林雨蓝，也开始跑起来。

林雨蓝伏在何明睿背上，脸有些发烫，什么也不说。这是从来不曾有过的感觉。

八

丁雯雯没有一起去花莲，觉得遗憾，也似乎对何明睿有歉意，因此抢着要请大家去吃台北夜市，以示弥补。

台北夜市，小吃种类之多就不用说了，榴莲酥、奶茶饮料、卤味、水果、小点心，应有尽有。香的、辣的，红的、绿的，食材新鲜又打眼；下油锅的嗞嗞声、锅子和锅盖碰撞的声音，不绝于耳；各类小吃光是闻味道或者看上一眼，就让人忍不住流口水。总之在这里，人的感觉器官根本不够用。

　　何明睿想吃大肠包小肠，还有各种鱼丸、肉丸。他说："我对这两种食品感情很复杂，相当纠结。它们味道好极了，可是我妈妈一天到晚要我别吃，说里面的肉有太多假的，大部分都是假冒伪劣的材料。"

　　林雨蓝说："这个你大可以放心，台湾食品管理很严，基本上所有新鲜食物都是当天的，如果当天吃不完，店家会把它们处理掉。一旦吃到不新鲜的食物，顾客可以马上投诉，惩罚非常严厉，而且，这店基本就不会再有人去了。"蔡意涵接口道："大陆那边来的旅游团很喜欢买台湾的食物。"

　　何明睿大口吃掉一份大肠包小肠，还品尝了一些豆制品，实在是吃不下了，满足地叹息着说："怪不得台湾夜市那么有名，是真的好吃又放心。"林雨蓝要了一份牛肉丸、一盘水果沙拉，也大叫着吃撑了。

　　丁雯雯还是老样子，两次把饮料洒在自己裙子上。蔡意涵不停地吃鱼丸，还有空闲大叫："雯雯，你的体操白练了吗？"丁雯雯叹息着说："是啊，真见鬼！我已经好久没有失手了！可能今天太激动了！"何明睿本来假装没有看见丁雯雯洒饮料，见她们这样互相调侃，忍不住笑。

　　游思聪问："大家今晚还有别的节目吗？我这里有五月天演唱会的票，要不要去看看？"丁雯雯和蔡意涵同时尖叫着说："太好了！我们要去！我们要去！"林雨蓝看看何明睿，何明睿也正好看向她，两人同时点头。

　　丁雯雯笑着说："好幸福啊！我老早就想去看。游思聪哥哥好酷！有土豪做朋友太好了！"

　　五月天一出场，引起歌迷们歇斯底里的一阵阵尖叫。何明睿知道五月天，看过他们代言的广告，但如此近距离欣赏演唱，还是第一次。五月天控制现场的能力很强，知道如何时而令歌迷们狂热地尖叫，时而让他们感动得潸然泪下。

蔡意涵尖叫："五月天，帅呆了！"丁雯雯推推她说："他只是唱歌唱得好，要说帅，还不如何哥哥好吗！"这话何明睿没有听清，林雨蓝却听见了，她不由得悄悄瞄了何明睿一眼。何明睿马上感觉到她的目光，跟她对望一下，两人又慌张地同时闪开眼神，尽量认真听歌。

何明睿对《突然好想你》这首歌最有感觉，似乎是专门唱给他听的。

突然好想你 / 你会在哪里 / 过得快乐或委屈 / 突然好想你 / 突然锋利的回忆 / 突然模糊的眼睛 / 最怕空气突然安静 / 最怕朋友突然地关心 / 最怕回忆突然翻滚 / 绞痛着不平息 / 最怕突然听到你的消息 / 最怕此生已经决心自己过 / 没有你却又突然 / 听到你的消息

此情此景，此时此地，强烈的爱的激情在何明睿的内心激荡、奔涌。蔡意涵不知道什么时候手里抓了一大把荧光棒，这时候分送给大家，何明睿一把抓过，跟着大家一起尖叫。

演唱会结束已经快十一点了。游思聪又逐一送大家回家。

丁雯雯家最近，先送她。下车的时候，丁雯雯笑着说："有土豪做朋友，真是太爽了！谢谢游思聪哥哥。何哥哥下次见。"游思聪开玩笑说："那你就想办法嫁给土豪。"丁雯雯调皮地回道："不敢，我胆子小。"

送何明睿的路上，林雨蓝的电话响了。谢思虹很少会这么晚打来电话，这是查岗吗？林雨蓝竖起食指嘘了一声，还摆摆手，示意大家噤声。游思聪干脆把车停在路边。

九

哪怕是问候，谢思虹的声音也有些严厉："雨蓝，你在干什么，还没睡呀？"

林雨蓝有些紧张地答："呃，妈，我准备睡呢！"

"要早点休息。我打电话是要问你，和你一起去爷爷家的那个大陆男孩是什么人？"林雨蓝只说周末跟几个同学一起去乡下，不回家，并没有说去爷爷家。看来是妈妈给爷爷打过电话了。林雨蓝懊悔忘了跟爷爷说不要告诉妈妈哪些人来过。

"啊，你问这个干吗？"

"不干吗。就是给你打预防针，千万不要跟大陆的男孩子谈恋爱，不会有好结果的。倒是游思聪，我看可以。你们一起长大，彼此知根知底，他家世又好。不过，跟他打交道也要保持距离，女孩子还是要自尊、自爱、自重。"

"妈，你说这个干什么呀！我还小呢！"

"知道自己还小就好。现在的年轻人，好多事都乱套了。"

"好了，妈妈，困死了！"

"行，早点睡。这个周末必须回家了啊！"

"好，妈妈拜拜！"林雨蓝赶紧挂掉电话。

蔡意涵问："你妈妈说什么呀？"何明睿和游思聪也紧张地注视林雨蓝。林雨蓝愣了一下，答："没什么。幸亏我妈只是问我有没有睡觉。她要是问我在哪里就惨了。我撒谎都不知道怎么撒。"

第二天，蔡意涵也牵头请大家聚了一次，几个人去了台北的酒吧。其实大家喝酒都有节制，喝高兴了就好，绝不喝醉。

随后几天，何明睿给钱教授当助手，不方便出来。一眨眼，在台湾的日子只剩下三天了。最后一天，必须陪钱教授参加聚会，只剩两个晚上可以自由支配。

何明睿觉得必须约林雨蓝单独谈谈。然而，谈什么呢，告诉她，他喜欢她？可是两个人天遥地远，谁知道会不会有好的结局呢？看得出来，游思聪很喜欢她，也许游思聪更适合她吧！如果真的喜欢她，就该替她着想，或者，不约她了？毕竟已经再度见到她，知道她很好，如愿以偿，不是就够了吗？

可他身体的每一个细胞都呐喊着，渴望再见到她。何明睿辗转反侧，难以决定，真是愁肠百结。

只剩两个夜晚。何明睿不由自主地再来找林雨蓝。真是很巧，居然只有林雨蓝一个人在寝室里。何明睿喜出望外地约她出去喝咖啡。两人你一言我一语地说起夏令营里平衡木上的较量，说起相聚的那些快乐时光。

何明睿快快地说："雨蓝，你知道吗，我真的非常喜欢你这样的女孩子，如果你也在大陆，我一定要娶你。"林雨蓝低下头说："可惜，我不在大陆。"

何明睿握住她的手，叹息道："不管怎样，能够遇到你这么美好的女孩子，我已经很开心了。在武汉，你穿着那条蓝裙子跳舞的时候，我都看呆了。说实话，我以前从来没有这么喜欢过一个人。"

林雨蓝说："那天在花莲海边，我的脚割破了，谢谢你背我。"何明睿道："我也不知道怎么那么大的勇气一下子就把你背起来了。其实我好怕你拒绝。"

"可惜没有看到蓝眼泪。"林雨蓝岔开话题。"蓝眼泪，以后还有机会的。我在大陆那边的海边也能看到。"何明睿盯着林雨蓝，继续说，"不知道为什么，我现在好难过。想到我们要分开，我真是烦恼透了。干脆我留在台湾算了。什么也不管，什么也不要，就留在这里陪你。"林雨蓝笑："傻话，你办的证件到期后，会被警察抓起来的。"

不知不觉已经很晚了。

何明睿送林雨蓝回学校的时候，鼓起勇气搂住她的腰。林雨蓝微微挣扎了一下，也就任他搂着，到学校附近才把他的手轻轻拿开。

到了楼下，林雨蓝回头看他的时候，他一直呆呆地一动不动。她的心没来由地疼了一下，于是又跑过去，在他面前停下。何明睿紧紧拥抱她，两人深深地叹息，一任年轻的心因为相思而煎熬、疼痛。

或许就是因为内心深处猛烈疼痛的深刻记忆，机会来临的时候，林雨蓝不惜瞒着妈妈直飞上海。

2015 年，林雨蓝大学毕业，台大医院和上海协和医院合作，开始一个交换实习生项目，为期一年。林雨蓝几乎第一时间报名，顺利地成了一名交换实习生。

这一天天气很热，房间里开着空调。迷迷糊糊回忆往事，林雨蓝慢慢进入了梦乡。她梦见自己朝一个模糊的人影奔过去，那影子却飘飘忽忽不怎么真切。还梦见自己参加考试，明明知道答案，却对着卷子脑袋发胀，没办法认真答题。

一觉醒来，林雨蓝居然还记得梦里自己拿着空空的试卷，明明知道答案，却非常苦恼、不愿意落笔的情景。这个梦，林雨蓝当然知道是什么意思。

第三章　上海：桑蚕丝蓝裙

无论职场、情场，人生总会面临各种套路。一边是传说中的优质总裁，一边是最初的心上人；你总是真诚的，而别人不断有套路。

其实，没有套路，不需要套路，才是最好的人生之路。

—

清晨醒来，林雨蓝定定神，有异样的感觉。

确实异样，和平常太不一样。这种感觉相当美妙，就像在风中蓦然闻到一阵花香。尽管还不知道这花儿在哪里，然而香味是真实存在的，只要有心，总能把花儿找出来。

她稍微想了想，不能不承认，如此美好的感觉应该是与何明睿再度相逢引起的。前些天，她还收到他的问候短信，只有几个字："希望你时时刻刻快乐。"简单的一句话，却令她非常开心。

然而林雨蓝马上想起什么，忍不住一阵黯然。她记起了何明睿身边那个漂亮的女孩子，吕总裁的侄女，吕卓晴。看得出来她非常喜欢他，说不定他们已经是一对了。年轻有为的员工娶了老板的亲人，然后飞黄腾达，这样的故事真是太多了。好多男孩子不是做梦都希望自己遇到这种事吗？

林雨蓝不由得越发沮丧。

想起在花莲受伤的时候何明睿曾经背着她走，忆起那张诚恳真挚的面容，林雨蓝又觉得，事情也许不是想象的那样。故事还没开始，何必急着知道结局呢？有些事情的结局也许刚开始就已经注定，然而有些事是可以人为改变的。

　　走进办公室，林雨蓝一眼看到女同事朱雅迪在帮袁来整理办公桌，而这根本不是她的分内之事，办公室有专人做卫生。

　　不知道什么缘故，第一眼看到朱雅迪，林雨蓝就觉得她长得有些奇怪。朱雅迪眼睛大大的，眉毛修长，鼻子高高挺挺，嘴唇也生得漂亮，按道理是个美人，可是怎么就让人觉得怪呢？

　　两人认识之后，互相加了微信，林雨蓝仔细端详朱雅迪的照片，终于找到原因了。之所以让人觉得异常，是因为朱雅迪有一个像锥子一样尖的下巴。尖到令人担心如果不小心碰到她的下巴，会被刺出血来。虽然说这年头的大明星、网红一般都是锥子脸，林雨蓝的下颌看起来也是尖的，可是，真的有人会长出朱雅迪这么尖的下巴吗？难道朱雅迪整过容，这个过于尖细的下巴是整容的一处败笔？林雨蓝暗自揣测，如果朱雅迪的下巴不那么尖，应该漂亮很多，她自己难道不知道吗？这种事，如果不是至亲，是没法谈论的，说出来简直是一种冒犯。或者朱雅迪自己也知道，只是不敢再去修整，决定打落牙齿往肚里吞。

　　朱雅迪见林雨蓝进来，不但没有停止手里的事情，反而动作更为夸张，嘴里说："咦，袁主任的茶杯盖子都有缺口了，怎么还在用？"似乎在自言自语，又似乎在故意说给林雨蓝听。

　　她的举动实在有些奇怪。换作林雨蓝，如果不被要求，她不会去替上司整理办公桌，更不会谈论上司的杯子。林雨蓝稍微想了想，恍然大悟。朱雅迪这是在向她示威，在显示自己对袁来莫须有的专属权，暗示林雨蓝不要去打袁来的主意。

　　林雨蓝不由得嘴角浮起一丝微笑。优质男人真的很抢手啊！她认识的几个——何明睿、游思聪、袁来，身边都有无数美女暗自追随。

林雨蓝和朱雅迪不约而同各自冲了杯咖啡，整间办公室里飘着诱人的咖啡香味。

袁来进来了。主任办公室在里间，进去的时候必须经过林雨蓝和朱雅迪的办公桌。他曲起左手食指和中指，轻轻敲在林雨蓝的办公桌上，温和地对她说："咖啡是好东西，但要适量，不然会给心脏造成负担。"然后径直进了自己的办公室。林雨蓝笑着回应："嗯，好的，谢谢。"

袁来的动作和语气相当自然，完全发自内心，林雨蓝的应答也自然得体，他们当然想不到自己的无心之举得罪了人。

得罪的人是朱雅迪。她气得咬牙切齿，满脸通红，却拼命掩饰内心的怒火。两张桌子并排，两人都在喝咖啡，袁来凭什么只对林雨蓝表示关心，对她完全无视？

林雨蓝虽然在整理一堆实验数据，但是对朱雅迪内心激烈而表面细微的反应也有觉察。她觉得朱雅迪的心理年龄可能还停留在中学阶段。中学生很单纯，不太懂得如何掩饰自己内心的想法。那是令人怀念又惆怅的岁月。林雨蓝不由得想起了旧时往事。

"林雨蓝，我爱你！"两个小男生一起大声叫。十岁的林雨蓝却像没有听到一样，不声不响地走过去。因为这样的时刻太多了，她懒得回应。

小学以及初一、初二的时候，林雨蓝永远是全校第一名。加上天生是个美人坯子，毫无疑问成了学校的形象代言人。任何活动，如果需要一名主角，那一定是她。在家里和学校都备受娇宠使得林雨蓝内心充满了优越感。自小就有成群的男孩子围在她身边，连削铅笔都有人帮忙代劳。下课的时候，总有胆子大又调皮的男生大喊："林雨蓝，我爱你！"天性温柔的林雨蓝并不盛气凌人，反倒更愿意跟女孩子玩。女同学嫉妒她却又喜欢她，她是全班的中心人物。

到了初三的时候，事情发生了细微的变化。班上转来了一位女同学，叫雪儿。虽然雪儿不如林雨蓝漂亮，可她比林雨蓝家境好，穿得比林雨蓝漂亮，为人处世也很谦和，经常跟班上的女生分享零食、小礼物，一拨曾经追随林雨蓝的女生成了雪儿的粉丝。此外，因为家里要求很严格，雪儿学习上比林雨蓝更用功，成绩也更好。林雨蓝呢，因为以前的功课很简单，根本不需要太努力就能拿到好成绩，又没有什么竞争对手，一直不算太努力。

"第一名……"老师公布成绩的时候，故意停顿了一下。

"林雨蓝。"淘气的男生接口道，林雨蓝也胸有成竹地望着老师。

"雪儿。"

全班一片哗然。林雨蓝一愣，脸色变得很难看。

"第二名，林雨蓝。没关系啊，林雨蓝同学下次加油。很难有人永远第一名。"

这次期中考试公布成绩和名次之后，林雨蓝在回家的路上大哭了一场。到了家里，晚上还跟自己赌气把头发剪短了。小姑娘一直喜欢长发，也留着长发，清汤挂面的"黑长直"是她的标配，学校要求女生统一剪发的时候，她都哭着不肯剪，老师只好网开一面，独独让她一个人留长发。有女生不服气，找老师理论。老师就说，如果你也考第一名，一样也可以留长头发。这次发狠剪短，其实是为了激励自己。换作别人，也许会觉得这是一件小事，可林雨蓝把它当成奇耻大辱。

后来林雨蓝也开始努力，然而接下来的月考，林雨蓝还是第二名，雪儿继续第一。

不知道什么原因，数学和物理的难题，林雨蓝总是做不出来，始终输给雪儿，甚至其他学科的成绩也慢慢往下掉。后来林雨蓝才听人说，初三起学习内容难度加大，必须多做难题、多见各种题型，才能学得更好。雪儿的爸爸妈妈请人给她一对一辅导功课；而林雨蓝的父母没有这样做，她自己又只把精力放在基础题目上，自然不可能有太好的成绩。

怎么办？林雨蓝难过极了。因为过于患得患失，小女孩的成绩连续下滑，到了十名左右。

林雨蓝暗暗思虑，觉得自己真正能够超过雪儿的，是长相和身材。一次，体育老师要培训学生参加一场艺术操比赛，班上包括雪儿在内的大部分女生报名。只有林雨蓝和其他班的几名女生入选，载誉而归。此后平衡木和体操成了林雨蓝的爱好，她把许多精力用在练习上。这也是后来她能够在平衡木上把何明睿比下去的原因。只是，林雨蓝的学习成绩变得更加不理想了，高中阶段发奋追赶，才勉强考上了医学院。雪儿后来去英国读大学，她们渐渐不再有联系，而林雨蓝的头发再也没有剪短过。

　　想起这段往事，林雨蓝不禁莞尔一笑。是啊，小姑娘才会一门心思去比、去争，不懂得好好做自己。林雨蓝庆幸自己终于慢慢懂事了，懂得自己要什么、不要什么，能要到什么、要不到什么。别以为这很简单，其实需要相当的觉悟。

二

　　这天下午，袁来作为部门负责人参加医院会议，新药研发中心除了值班人员，难得准时下班。天气比较炎热，林雨蓝决定逛逛街，给自己添几件换洗的衣衫。

　　衣服是女人的战袍。虽然说自信最美，朴素才是真的高贵，但女神也需要霓裳羽衣。"买买买"真是让女人充满热情，如同与心仪的人儿约会。

　　林雨蓝对衣服是用心研究过的。衣服除了遮羞、保暖、扮美，还有许多寻常人不了解的情怀和秘密。哪件衣服是和谁一起买的，穿哪件衣服去见过什么人，哪件衣服是谁送的，为什么有人格外重视衣料，等等，都隐含着无数信息。

　　衣服是女人外表和内心的延伸。天生丽质的女人有资本不过于重视衣裳，穿件布袍就美——然而这种女人如同稀世美玉，极其罕有；浅薄的女人固然也有妄图用衣裳来掩饰自己不足的，但大多数内心丰富的女子绝对不容许自己的服装单调乏味。衣服之美和人生之美，有时候是成正比的。

　　关于衣服，有两句话如雷贯耳，一句是"衣不如新，人不如故"，新衣，意味着新鲜、新生，然而不少女人不厌其烦地追求新衣，恰恰是想留住内心深处的故人；另一句，"女为悦己者容"，却使林雨蓝犯了嘀咕。她想买衣服，会不会源于跟何明睿重逢？这个念头令她有微微的羞涩。

林雨蓝逛了半天，没见到几件令她动心到想试穿的衣服。正当她觉得泄气时，一件孔雀蓝的裙子突然映入她的眼帘。那件衣服静静地立在橱窗里，似乎一直在等着她的到来。

果然，穿上正合适。衣服是桑蚕丝的，又柔软又有垂感，微微转身就像水波一样起伏荡漾，跟七年前林青青在武汉买给她的那条风格相似。只不过，眼前这款设计更大方简洁，蓝色也更安静。

林雨蓝一直喜欢穿裙子，而且对于裙摆的选择比较极端，要么特别长，要么超短。长裙飘飘，比较衬托她的气质；而超短裙会使她优美的腿部线条格外动人。不长不短的裙子通常难以引起她的注意。

穿着这条蓝裙子从试衣间出来，卖衣服的小妹由衷叹道："你穿这件衣服好仙啊！要是我能穿出这种效果，就不卖了。我们店里所有衣服都只有一件。"

就是它了。即使这件衣服打完折还要四位数，花费了林雨蓝半个月的薪水，虽然有点心痛，林雨蓝还是不皱眉头地掏了腰包。交钱的时候，林雨蓝开玩笑道："这个月的工资就快白领了。噢，我突然明白一件事，白领，白领，原来是说工资白领啊！"收银员忍不住笑了。

林雨蓝拿过衣服，简直是爱不释手。原来人们总是不知不觉选择同样的东西。

三

下午五点整，可以下班了。

吕卓晴第几十遍看了看坐在沙发上等候吕谦的年轻女人。她在那里等了两个小时，一直在玩手机，有时候显得很有耐心，有时候看起来不耐烦。

据说她是小有名气的"汽车宝贝"，这两年上海车展几乎每场都邀她当模特。她化着浓妆，看不出五官是真漂亮还是假漂亮，身材绝对劲爆，一米七五的个子，不胖不瘦。虽然自诩"时尚达人"，虽然知道自己胸前也算"有料"，吕卓晴对于这些女人热衷于露胸依然百思不得其解。她们究竟为什么，时尚？吸引男人或者挑战男人？还是人们渐渐想明白了，露胸和露脸其实是一回事？

"你们吕总裁好酷啊！动不动就把美女冷落在一边。""汽车宝贝"慢慢站起来，踱到吕卓晴身边来搭讪。

"他还好吧！"吕卓晴不冷不热地回应。

"喔，你这个包包应该是 A 货、是仿制品吧？真品要十几万呢！""宝贝"指着吕卓晴的包脱口道。

"我在巴黎的老佛爷百货买的，你认为是 A 货还是真货？"吕卓晴翻翻眼皮。

"什么老佛爷百货？""宝贝"一脸茫然。

"连巴黎这么有名的购物中心你都不知道，懒得跟你说。"吕卓晴也是个宝贝，说话分分钟可以打人脸。

"宝贝"红着脸不吱声了。

倒是吕卓晴忍无可忍，起身走进总裁办公室，准备催吕谦下班，把这个"汽车宝贝"带走。

刚进门，就见吕谦杀气腾腾地叫："这个王达也是个聪明人，怎么这回表现得像个草包？"他边说边把手里的一份协议往桌上用力一摔。这件事，吕卓晴已经听说了，销售部经理王达签约的时候一时疏忽，对方合同文本的数据点错了小数点，他居然没有发觉，而财务也跟着出错，一单生意付了十倍的货款，而对方又是一家负债累累的企业，货款一到账就挪用一空。现在公司很被动，要请律师维权，非常麻烦。吕谦大多数时候也算谦谦君子，这回是真的动怒了。

吕卓晴笑着说："事情已经发生了，慢慢去面对吧！外面的美女等你那么久了，现在也到下班时间了，叔叔，你干脆先去见见美女吧！"吕谦继续坏脾气地叫："让她走人，我要加班！"

吕卓晴错愕一阵，只好转身出去。她彬彬有礼地对"汽车宝贝"说："真抱歉，吕总今天要加班，说是改天再见你。""汽车宝贝"也不好惹，站起来直接冲进总裁办公室。然而一分钟之后，她擦着眼泪跑了出去。

吕卓晴撇了撇嘴，扔下吕谦，自己下班了。

这位总裁这时候是疯子，走为上策。

也是临下班，袁来把林雨蓝请进里间办公室。

林雨蓝走向袁来办公室的时候，能够感觉到朱雅迪恨恨地射来的眼光。但她假装什么也不知道。

让座之后，袁来问："林雨蓝，呃，雨蓝，来上海有一阵子了，差不多一个月了吧，还习惯吗？"

林雨蓝说："是的，刚好一个月，一切都挺好啊！"

"饮食方面，不知道你喜不喜欢。上海人习惯吃甜，好多外来的人都不适应。"袁来说得更具体了一些。

"真的还好，我本来就不挑食，何况医院食堂饭菜品种挺多的。"

"工作呢，有没有觉得吃力？"袁来边说边看自己的电脑，偶尔望一眼林雨蓝，眼神里竟有一丝慌乱。

"工作的话，确实需要学习，但也还适应，学了不少新东西。"林雨蓝斟酌着用词。

"嗯，顺便问一下，你一年期满就会回台湾吗？"这个问题，袁来是盯着林雨蓝问的。

林雨蓝愣了一下，慢慢答："这个问题，我真的还没考虑过。这次我申请的是实习一年。呃，假如期满了我想留的话，有机会让我留下吗？"

"当然有，不然我问你干什么？我们中心有一个名额，只有一个，如果你想留，我会优先考虑你。"

"谢谢主任关照，我会好好考虑这个问题，请给我一些时间。"

"这个不急，早呢，还有好长时间让你考虑。对了，明天晚上我会回请天源公司的吕总吃饭。到时候你一起来吧。"

听到天源公司，林雨蓝马上想到了何明睿。这些日子，何明睿两次主动约林雨蓝，无奈恰好她都要加班，实在没有时间。而何明睿难免以为她有意找托词，也就不再自讨没趣。

林雨蓝忐忑不安地想，这一次，何明睿会出现吗？

林雨蓝回到自己的办公桌前，朱雅迪居然压低声音问："袁主任跟你说什么？"

林雨蓝不由得一阵不自在。这朱雅迪是真的情商太低还是脸皮太厚？她们之间实在不够交情交流这些问题。

"也没说什么。"林雨蓝过了一阵才随口回应。

"总说了点什么吧？你们聊了好一阵呢！"朱雅迪心有不甘，继续追问。

林雨蓝实在有些尴尬，但她不想得罪朱雅迪，于是勉强说："主任就问我是否习惯上海的生活。"

"主任好关心你哦！"朱雅迪嘀咕道。

林雨蓝不接茬，脑子里开始猜测是否能在这个饭局上见到何明睿。

四

第二天，林雨蓝特意穿上新买的蓝色桑蚕丝裙子，还精心地化了淡淡的妆。无论在办公室还是在晚宴上，她都像明星一样亮眼。袁来一副花痴的样子，连连赞道："这样的打扮非常适合你。"朱雅迪嫉妒得眼珠子都红了，低声跟林雨蓝说："你这衣服款式还是蛮好看的，料子应该是人造桑蚕丝吧？如果是天然桑蚕丝，这种档次的衣服，要卖三千多呢！"林雨蓝假装没听见。

到了饭店，吕谦看到她的时候，明显地怔了一怔，然后说道："林小姐今天太漂亮了。我好像很久没有这样被惊艳到了。"他顿了顿，接着说："你让我想起很久以前认识的一个人，可惜我们已经失去联系了。"这个赞美很具体。林雨蓝本来想聊聊那个长得像自己的人，但终究觉得有些冒昧，于是简单地答："谢谢吕总夸奖。"

何明睿和袁来一有机会就盯着林雨蓝看。要看美女，又不能表现得太唐突，所以必须制造机会，跟林雨蓝说话啦，帮她加水啦，各种服务。

吕卓晴穿着一套粉色短款小礼服，被她驾驭得恰到好处。粉色娇艳，需要气场、气质以及衣服款式好，穿起来才经典，不然一不小心就很俗。单独看，吕卓晴肯定是美女，令人眼睛发亮。然而两个人站在一起，林雨蓝的飘逸雅致立刻就把她给比下去了。没办法，不管被看的人是否愿意，人们就是会不知不觉地比较。

感觉到在座三个男人的目光都被林雨蓝吸引，吕卓晴心里实在有气，她以退为进，酸溜溜地说道："跟台湾来的大美女在一起，我真是有压力啊！"

林雨蓝有意打圆场，真诚地说："卓晴才是真漂亮，而且非常有女人味。我呢，骨子里其实挺女汉子的。"

吕卓晴毫不领情地说："你那柔柔弱弱的样子，哪像什么女汉子？我才是真正的女汉子呢！"

何明睿叫："喂，这你们也要争？"

吕卓晴觉得何明睿在帮林雨蓝，毫不客气地说："男人才喜欢争，一个个吃着碗里的看着锅里的。"

袁来笑："哇，吕大美女还真是女汉子，说话好猛辣，一棍子打死所有人。"

吕谦半开玩笑说："男人根本不会打嘴仗啊，简直就是直接下手抢。来来来，喝酒。"接着，他向袁来和林雨蓝都单独敬了一杯酒。

跟林雨蓝喝酒的时候，吕谦定定地望着林雨蓝说："你真的很像我以前的一个朋友，太像了。我曾经离开她，很对不起她，现在后悔莫及，却再也找不到她了。"林雨蓝理解地说："噢，那真是遗憾。人生难免有遗憾。"吕谦点点头，又看了林雨蓝一眼。

吕卓晴密切关注着林雨蓝，此时断定她的"钻石王老五"叔叔也被林雨蓝吸引住了，突然她想到一个自认为绝妙的点子，于是大声说："吕大总裁，我有一个主意。我们天源公司不是打算请明星做形象代言人拍视频广告吗？我看请林雨蓝小姐就很好。那些明星，名气大的一个个开天价，而且好难伺候；没有名气的，肯定不如雨蓝。"

吕谦一听，眼睛马上亮了，连声说："可以试试，真的可以试试。"何明睿和袁来赞赏地望着林雨蓝，也一致鼓励她试试。

林雨蓝略微有些发慌，她说："我？我不行，不行，我从来没有拍过广告，肯定不专业。"

吕谦鼓励道："没关系，保持你的本色就好，不需要演戏。虽然是酒桌上说的话，我可是认真的啊！而且，我们公司不会亏待你的，形象代言费，给你开十万。很简单，半天就拍完了。你不相信的话，卓晴，明天你预付五万给林小姐。"

吕谦开出的价码出乎吕卓晴的预料。林雨蓝毕竟不是明星，耽误她半天时间，给一万块就已经很够意思了，没想到吕谦会这么大方。不知道他是真对林雨蓝动了心，还是因为像他自己刚刚说过的，曾经对不起一个长得像林雨蓝的人，于是不由自主地把给林雨蓝开高价当成对那个人的补偿。

旁人绝对看不懂吕卓晴心里的小九九，她太明白吕谦对女人的杀伤力了。曾有无数女孩子对吕谦动心，吕谦不理她们，她们就找吕卓晴想办法，甚至动不动在她面前崩溃痛哭。前几天，有一个女模特在吕卓晴面前哭得妆都花了，说她是真心喜欢吕谦，而吕谦根本不打算娶她。

舍不得孩子套不住狼，只要林雨蓝同意接拍广告，跟吕谦接触的机会就会增多，以吕谦的魅力，加上钱的催化，没有女孩子会不动心。一旦吕谦俘获林雨蓝的芳心，何明睿就没办法再打林雨蓝的主意了。这计划环环相扣、步步为营，吕卓晴觉得自己简直太聪明了。

五

　　广告创意是吕卓晴拍板定下来的。作为天源公司的宣传策划总监，她有这个权力。

　　画面语言是这样的：一个美丽的女孩生病了，没精神，男朋友不断用各种东西讨好她，她都摇头不理。男朋友拿出天源公司生产的生物饮料，她犹豫一下，继续摇头。男朋友想了想，当着女孩的面打开盖子，故意在她面前晃一晃，用特效做出芳香扑鼻的效果。女孩突然精神一振，马上抢过来喝，喝完后整个人容光焕发，然后照常上班，而且工作高效，得到上司的赞许。下班之后，健康又快乐的女孩和男朋友带着好几听生物饮料，这对情侣一起去骑马、划船，笑容非常灿烂。

　　宣传片里的上司，由吕谦本色出演——这样他就必须抽空参加拍摄，跟林雨蓝近距离接触；至于男朋友，吕卓晴决定用背影，对面容要求不高，公司内部找人客串就行。

　　广告拍摄安排在周末，吕卓晴开动脑筋不露痕迹地要吕谦安排何明睿加班，这样可以减少他和林雨蓝见面的机会。付劳务费的事，她倒是守约，当着吕谦的面用支票预付了林雨蓝五万块。

　　办公室里，扎着一把长头发、长相却五大三粗的现场男导演先给林雨蓝和吕谦说戏："这里有两场戏，第一场，林小姐从外面进来，没精打采地交一份文件给吕总，吕总皱着眉头，一点都不满意，摇着头把文件交回给林小姐；第二场，林小姐一副容光焕发的样子，交文件给吕总，吕总瞄一眼，做出惊艳的表情，然后表扬道：'就要这个感觉！'林小姐从头到尾不能说话，只是使用眼神、表情之类的身体语言，可以撩撩头发呀扭扭腰啊什么的，吕总也只有六个字，'就要这个感觉'。ok，大家准备。"

　　林雨蓝毕竟经常跳舞或主持节目，刚开始的时候大大方方，沮丧的表情非常到位，并不怯场，而且还挺有镜头感。导演满意地直点头，然而当她把文件递给吕谦时，吕谦摇了一下头，突然笑场，整个办公室都笑翻了。吕卓晴本来手里捧着一杯水在一边看，笑得杯子掉在地上打翻了。幸亏那是一只人造水晶杯，很经摔打，掉在地上居然没有破，只是水洒了一地。一名员工赶紧拿来拖把拖地。

于是重来。

然而第二次，林雨蓝愁眉苦脸地走进办公室，一看到吕谦，她自己又忍不住笑，惹得大家全笑。导演虽然也笑，笑完了又气得大叫："喂喂喂，严肃一点，认真一点，这样会拍到猴年马月去。"

于是吕谦和林雨蓝都好好整理了一下情绪，此后拍摄进行得非常顺利。吕谦本来打算亲自陪同林雨蓝拍外景，结果刚好主管部门来抽查，吕谦必须亲自陪领导，只得作罢。

林雨蓝笑着说："吕总不能去最好，不然我会好紧张。"吕谦说："你才不会紧张，刚才你的表现就非常出色啊！"林雨蓝粲然一笑。

摄影师把外景拍摄地定在共青森林公园。划船这个项目很快就过了。

接下来的骑马是重头戏。林雨蓝以前和同学结伴去玩的时候偶尔骑过一两次，而吕卓晴是曾经请教练指导练习过骑马的。

吕卓晴姿态潇洒地跨上一匹马，熟练地一挥马鞭，扬声道："雨蓝，我陪你热热身。"

林雨蓝勉强上了另一匹马，慢慢骑。吕卓晴很快转了一阵开始返回，跟林雨蓝擦肩而过的时候，一个念头在吕卓晴脑海里一闪，把她自己都吓住了——她居然恨不得林雨蓝从马上摔下来，最好摔成残废。吕卓晴立刻驱走了这个念头。她认为自己绝对不是恶毒的女人，仅仅希望能够排除障碍，跟何明睿相爱。

林雨蓝也跑了一圈回来，摄影师各就各位，大家张罗着准备正式开拍。就在这时，林雨蓝的手机响了，拿过手机一看，是何明睿的号码。林雨蓝走到一旁接电话。

何明睿问她拍摄进展，得知他们在共青森林公园，立刻说他就在附近，马上赶过来。

何明睿给林雨蓝打电话之前，美女编辑小七发了一条微信给他：听说周末有人牵头请那天聚会的人，可惜我要去香港几天，不在上海。

这条微信让何明睿有些意外。小七的用意比较明显，即使不多想其他，至少说明小七很愿意见到何明睿。如果不是因为再度邂逅林雨蓝，他一定会对小七说，等她回来再聚。可是，现在情形不一样了。他不想再招惹别的女孩子，于是淡淡回复道：那祝你平安。小七回了一个微笑，何明睿狠狠心，连本该回应的微笑都省了。

吕卓晴见林雨蓝走到一旁低声接电话，马上猜到极可能是何明睿。她用不经意的口气问："林小姐笑得这么甜蜜，是家人的电话吧？"林雨蓝顿了顿，本来不想告诉她是何明睿，但想到等下何明睿会过来，于是说："是何明睿，他说就在附近，等下过来。"

吕卓晴一听，气得脸都绿了。首先，何明睿这个电话打给林雨蓝而不是她，明摆着何明睿跟林雨蓝关系更近；其次，明明她已经苦心支开何明睿去办事，只要他不是特别有心，办完事完全可以自由行动，结果，他居然还是来了。

林雨蓝见吕卓晴脸色大变，也猜到几分，但什么也没有表现出来。

吕卓晴开始找碴儿，她把一根马鞭抓在手里挥来挥去，一会儿嫌马匹不够好，一会儿要林雨蓝换一套衣服，一会儿嫌林雨蓝动作幅度太小。虽然林雨蓝以前骑过马，并不陌生，然而要她在马背上轻松做出各种动作和表情，还是有难度。好不容易拍完一遍，吕卓晴要求再拍第二遍。

林雨蓝叹口气，无话可说，她刚刚骑上马，一眼瞥见何明睿已经找了过来，不由得松口气，安心了一些。

吕卓晴见到何明睿却更加生气。她冷着一张脸，冷冷地问："没有经过我同意，你来干什么？"

何明睿一时语塞，只好冷静地说："我就在附近，事情办完了，所以来看看。"

吕卓晴猛地发作，一鞭子抽在林雨蓝骑着的马的腿上，嘴里大叫一声："你给我走！"很明显是在指桑骂槐。

那马吃了一惊，狂奔起来。林雨蓝吓惨了，大叫：“啊！啊！停下，停下！”马不但没停，还开始疯狂跳跃，连管马的人都紧张得连声叫：“糟了！糟了！把马惹火了！”他的话音刚落，林雨蓝惨叫一声，从马背上被抛出去，摔到了地上。

何明睿发出惊恐的大叫：“雨蓝！”冲了上去。吕卓晴也吓呆了，赶紧给吕谦打电话汇报情况。她吞吞吐吐地说：“叔叔，拍摄现场这边出事了。”

吕谦问：“什么事啊？直说。”吕卓晴这才飞快地答：“林雨蓝从马上摔了下来，我们得赶紧送她去医院。”吕谦急得不行，道：“怎么会这样！林雨蓝没事吧？我马上过来，你跟我保持联系。”

六

林雨蓝整个人都晕了过去。后脑勺右侧肿起一个大包，右脚也受伤肿了起来。何明睿把林雨蓝抱起来，吕卓晴耷拉着脑袋在一边帮忙，她也知道自己错了。

幸亏附近就有医院，医生对伤口进行了紧急处理。何明睿着急地问：“医生，情况怎么样？”

“现在还无法确定，如果只是普通的脑震荡，如果她受的只是皮外伤，那就没关系。可是，”医生扶了扶眼镜，看了何明睿一眼说，“如果是颅内出血，那就非常危险。”

何明睿一下子变得面无血色。吕卓晴捂住自己的嘴，泪水流了下来。

这时吕谦赶了过来，问：“怎么回事？”

吕卓晴低着头，不敢答话。何明睿看了吕卓晴一眼，简单说：“从马上摔下来了。”

吕谦走上前，轻轻摸了摸林雨蓝的脸，问：“能够联系上她的家人吗？”

何明睿努力想了好一阵子，说：“没有办法，我只留了她本人的电话。”然后他又说：“对了，我倒是有雨蓝朋友的电话，可是，情况还不明朗，贸然去告诉她的家人，合不合适？"

吕谦点点头，说："再等等，看医生怎么说。"然后他给袁来打电话，毕竟袁来是林雨蓝的领导。袁来亦是非常意外，赶紧放下手头的工作往医院赶。

做完检查，林雨蓝突然"哎哟"了一声，大家慌忙围住她。林雨蓝慢慢睁开眼睛，问："怎么回事，我怎么会在这里？"

何明睿说："你什么都不记得了吗？"

林雨蓝转动眼珠，边想边说："好像，我在骑马，然后，马突然疯跑起来，我吓得要死，再然后，就不记得了。"接着，她又痛得大叫一声。

这时袁来也来了，林雨蓝赶紧说："不好意思，让大家费心了。"

主治医生说："美女，你真是命大，只是暂时晕厥，受了些皮外伤。"

何明睿喃喃道："谢天谢地！天哪，假如你真有什么事，简直不敢想象。你一个人在这里，太不容易了。"

林雨蓝勉强笑道："我不是一个人，我有你们啊！"

吕卓晴问医生："那就是说，她完全没事了？"

医生说："也不是，至少要住院观察两天。而且，她的皮外伤也不轻啊，看看，肿得这么厉害。"

袁来说："要不转到我们医院去吧。"

医生说："看病人自己的意思吧。"

林雨蓝叫："不要不要，就在这里。转回我们医院，以后会被别人笑话的。"

吕谦摇头道："真是小孩子。"

吕卓晴松了口气，同时又变得失落起来。她精心策划的事情，成了一场闹剧，还差点酿成悲剧，实在不是她的本意。她看看何明睿，又恨恨地想："幸亏还没有爱上他，只是对他有兴趣。不然真不知道能不能抢过来。"可是，就此放弃吗？她心有不甘。

吕卓晴没精打采地说："我有事，要先走了。"

三个男人互相望望，都有要留下来照顾林雨蓝的意思。何明睿抢先说：

"我来照顾雨蓝吧！我最早认识她。"袁来说："还是我来吧！她是我们医院的员工嘛！"吕谦望望林雨蓝，没有出声。

林雨蓝踌躇一会儿，说道："不要，你们谁都不要留在这里。真的，我完全可以照顾自己，何况这里还有医生、护士。你们在这儿，我反倒紧张、不自在。医生不是说了吗，只要住院观察两天就可以了。你们都回去吧！"

吕谦说："那就按照雨蓝的意思办吧！雨蓝，我手机二十四小时开着，有任何问题，随时打电话。"

林雨蓝说："谢谢吕总。"

吕谦扬扬手先走，何明睿和袁来待到晚上十点，才同时离去。林雨蓝打算下床送他们，两位男士连声坚决说："你别动，别动，就别客套了，不用送。"

七

病房安静下来，林雨蓝打算去一趟洗漱间，她习惯性地右脚先下床，尽管已经小心翼翼了，触地的时候，还是痛得不由自主地"哎哟"叫了一声。她定定神，勉强一瘸一拐地下了床。

林雨蓝洗漱完毕坐回床上，她前所未有地想家、想妈妈，叹息一声，拿出手机，酝酿了好一阵情绪，才拨通家里的号码。

电话一接通，林雨蓝立刻装出兴高采烈的样子来："妈妈，是不是要准备睡觉了？"

"还没有呢！你弟弟还在学习，我给他切了一盘水果。怎么，你今天记起妈妈来了？好几天没打电话了。"

"每天都好忙啊！而且我怕你不高兴，怕你还跟我生气。"

"不跟你生气了，反正是女大不中留。你这些天过得怎么样啊？"

"呃，每天都挺好的。"

"我觉得你今天声音好像有点弱弱的？底气不足啊！"

"没有啊没有啊！我挺好的，可能今天有点累吧！戴维现在越来越懂事了，学习很用功哦！"

"那当然，越来越懂事才好。不能像你这个姐姐，长大了还让妈妈伤心。"

"妈，你看你，又这么说。所以我平常才不敢给你打电话。毕竟每个人都要独立过自己的一辈子……而且，我以前一直很乖的啦！"

"那倒是，好吧，妈就不说你啦！真的要好好照顾自己啊，一个人不容易。"

林雨蓝刚要答话，电话里响起林致中的声音："雨蓝啊，你不但要照顾好自己，还要防止坏男孩打你的主意噢！女孩子一定要乖巧又聪明，保护好自己。谁敢伤害我家雨蓝一根毫毛，我一定会去找他麻烦。"

林雨蓝本来就虚弱，这下更是感动得要哭了，笑着说："爸，你放心，哪来那么多坏男孩。你不是一直告诉我，自己做好人，就很少会遇到坏人吗？"

林致中道："防人之心不可无！我女儿太善良了，你要学会跟坏人斗智斗勇。"

林雨蓝答："好，一定听爸爸妈妈的话。"

谢思虹又抢过电话道："雨蓝，你今天就早点睡吧，我觉得你精神不够好。有事没事，多打电话回来啊！"

"好的，妈妈晚安，替我跟爸爸、戴维说晚安。"

通完电话，林雨蓝叹息一声，想到妈妈前些天假装生病希望她回台湾，而自己现在明明受伤了却假装没事，这样费尽苦心来假装，其实都是因为爱对方。

这样想着，忍不住又是一阵感动、感慨，一声长叹。

毕竟又累又受了伤，林雨蓝很快就睡着了。

八

第二天，才早上五点，何明睿就来到医院。他轻轻走进病房的时候，林雨蓝还没有睡醒。

凝视着林雨蓝的面容，何明睿心里激流汹涌。如果说此前他一直有所保留，那么，此刻，他想不顾一切地告诉她，他爱她，他愿意尽自己所能去保护她。

林雨蓝睁开眼睛，看到何明睿正在望着她，差点吓一跳。"现在几点啊？你怎么就来了？"林雨蓝嘟哝着。

何明睿不说话，直接吻住林雨蓝的唇。

林雨蓝挣扎着说："喂，不要啊！"

何明睿这才惊觉自己鲁莽，赶紧放开了她。是啊，时间、地点都不对。何明睿冷静一下，给林雨蓝倒了杯温水，也给自己倒了一杯。"雨蓝，听我说，我一直很喜欢你，从今天起，让我来照顾你、保护你，一辈子，好吗？"

林雨蓝迟疑着说："我明白你对我的感情，其实我心里对你也是一样的，不然我不会来大陆。我妈妈希望我去美国，我却违背她的意思来到这里。不过，我觉得我们交往的时间还不够长，还无法确定。再给我一些时间，好吗？"

何明睿叫："还不长吗？我们认识七年了！我一分一秒都不想再等。我要你答应我。"

林雨蓝羞涩地笑："你这个大傻瓜，虽然我们认识七年，可是我们在一起的时间很少啊！我们互相根本还不够了解啊！何况，我不确定能不能留在大陆。如果我必须回台湾，你会跟我去吗？"

何明睿被问住了。他想了想，说："反正，从今天起，我们就努力靠近彼此，希望可以一生一世。"

林雨蓝坚定地点头，两双手紧紧握在一起。

何明睿突然跳起来说："对了，都忘了吃早餐了，你想吃什么？我马上去给你买。刚刚来得太早了，都还没有早餐卖。"

林雨蓝想了想，说："我想吃馄饨。"

何明睿跑着去跑着回，很快带回两份热腾腾的馄饨。两人有说有笑地吃起来。

到了八点，何明睿急忙上班去了，说好下班再过来。

下班之后，何明睿带来一束玫瑰花。林雨蓝笑着说，最喜欢玫瑰。

吕谦和袁来也连续两天都来探望，他们都是白天抽空过来的，病房里堆满了鲜花。

两天后，林雨蓝出院了。

九

送走一位客户，吕谦怔怔地对着办公桌上的鲜花发呆。这些鲜花是他特意吩咐秘书买来的。他很惊讶为什么自己平常完全没有注意到这种美丽的事物。他去看林雨蓝的时候带了鲜花，林雨蓝非常高兴。望着那张生机盎然的年轻面容，吕谦觉得自己内心那些稀有的、美好的东西开始蓬勃生长。

曾经一位有智慧的人说，所罗门国王所有的宝藏，也比不上你手里的一朵百合花；曾经佛祖拈花微笑。当然，关于花的这些传说，每个人都有自己的领悟。然而，最起码，花真的是非常美好的事物。吕谦自问为什么以前完全忽略了这种美？以前也经常看到花，但其实是视而不见的。这个台湾来的女孩子，才让他真正看到了花。

吕卓晴站在门边，陷入沉思中的吕谦完全没有觉察。

"嗨！嗨！"吕卓晴不满地发出声音。吕谦这才惊觉，笑笑说："请进。"

"叔叔你有心事，一定是在想着哪个女孩子吧！"吕卓晴说得特别直接。

"没有。哪来的心事。"吕谦矢口否认。

吕卓晴说："我觉得我发现了你心里的小秘密。你喜欢那个台湾来的女孩。"

"这都被你发现了。"吕谦用开玩笑的口气回应。

"我是关心你呢！谁让你是我亲叔叔啊！要不要我给你当电灯泡呀？你可以约她喝咖啡啊、看电影啊、去酒吧啊。如果你需要，我愿意陪同哦！24 小时待命。"

吕谦说："为什么要你当灯泡，我直接约她不就行了吗？"

吕卓晴说："这你就不懂了吧？女孩子有女孩子的小心思，她跟你不熟，你单独约她，她会不自在呀。何况，你们年龄相差那么大，你跟她有代沟好吗！贸然邀请，说不定她会直接拒绝你。那你就一点机会都没有了。"

吕谦踌躇起来。说真话，他平常主要把精力用在事业上，那么多女孩子朝他扑过来，他很少费心刻意讨谁的欢心。他其实不算情场老手，没有太多主动追女孩的经验。

"这样吧，这第一次呢，我帮你约她出来，然后我找个借口先走，你不就有机会和她相处了吗？我叔叔这么优秀，一定一次就秒杀她。"吕卓晴趁热打铁。

"嗯，也行吧！"吕谦同意了。说真话，四十几岁的他，跟很多女人打过交道，动心却不是一件容易的事，一旦起意要去追女孩，他的办法跟十几岁的少年无异，他担心自己会弄巧成拙。

吕卓晴马上给林雨蓝打电话："雨蓝，这次的事真是不好意思，让你受苦了。这样吧，今天我请你喝咖啡，顺便把五万余款结清，好吗？"林雨蓝爽快地答应了。吕卓晴接着说："我顺便请一两个人作陪，热闹些。"林雨蓝没有丝毫犹豫地回应道："好啊！"

因为下班推迟了一刻钟，路上又堵，林雨蓝迟到了。她一眼看到吕卓晴和吕谦在一起，并没有觉得惊讶，毕竟他们既是亲人又是事业搭档。林雨蓝心里微微遗憾的是，她恰好又穿着上次那条桑蚕丝蓝裙子。其实她希望跟同样的人见面时，尽量穿不一样的衣服。当然她万万想不到，恰恰就是这条裙子，唤起了吕谦内心埋藏已久的感觉。

三个人有一搭没一搭地闲聊。吕卓晴在一边不时拿手机拍照。她边拍边咕哝："也不知道我怎么那么喜欢自拍，老是拍不够。你看，你看，这张，拍成了眯眯眼。"林雨蓝看看她的照片，友好地笑着说："你怎么拍都好看，漂亮的女孩子都喜欢自拍。"

事实上，吕卓晴只自拍了两张，此后，她的手机取景框里全是吕谦和林雨蓝。而另外两人看起来似乎浑然不觉。吕谦是真没觉察，他的一颗心全在林雨蓝身上，而林雨蓝其实心里怀疑吕卓晴悄悄拍了她和吕谦的合影，但不好意思说破。

过了一阵，吕卓晴叫道："天哪！我忘了另外还有一个约会！"她抓过自己的包，把一张现金支票递给林雨蓝，嘴里说："这是你的劳务费，真是抱歉，我要先走了，你们再坐一会儿，慢慢聊。"说完一溜烟就不见了。

林雨蓝接支票的时候，略略有些腼腆。

在如此温馨静谧的环境里单独跟林雨蓝相处，吕谦似乎也有些不自在。他不禁非常诧异，跟女孩子约会，跟在公司开会讲话一样，已是家常便饭，他怎么会如此慌乱？

"呃，雨蓝，对自己的未来有什么打算，会不会一直留在大陆？"吕谦找了一个颇为关心也适合谈论的话题。

林雨蓝正慢慢啜饮一口咖啡，她停顿了一下，放下杯子才答道："说实话，我还没有确定。一方面，我妈妈可能不会同意我留在大陆；另一方面，协和医院也不是想留就能留吧？再有，我自己也没有最后决定。看看再说吧。"

吕谦笑道："第一条和第三条，如果你妈妈不答应，或者你自己不愿意，我没有办法；至于第二条，能不能留在协和医院，我看，你不一定非要继续留在医院啊！像你这么优秀的女孩子，在上海多得是机会。如果不嫌弃，也可以来我们天源公司。"

林雨蓝笑："谢谢吕总对我这么有信心。"

吕谦用开玩笑的语气问："这么漂亮的女孩子，应该永远对自己有信心。对了，你应该有男朋友了吧？"

林雨蓝尴尬地说："还没有呢，不着急。"毕竟她跟何明睿还没有公开。

吕谦沉默一阵，又说："人的感觉好奇怪，不知道为什么跟你在一起觉得很亲切、很舒服，有种非常少有的美好感觉，简直像初恋。"

这话让林雨蓝更是不知所措。该如何回应呢？假如没有何明睿，吕谦无疑是非常不错的选择。可是，她跟何明睿已经有了一个约定。

林雨蓝只是笑笑，开玩笑道："吕总的初恋可能比较多。"

吕谦认真地说："所谓初，就是最初，第一次，怎么可能多呢？"

林雨蓝讪讪道："我开玩笑的。"然后掩饰地喝咖啡，一不小心，一杯咖啡见底了。吕谦体贴地说："我给你要一杯果汁，咖啡喝多了不好。"

"噢，不用了，谢谢吕总。我还有事，不如先散了吧！"

吕谦犹豫一阵，觉得不便挽留，一时间也不知道怎么挽留。因为以前跟女孩子约会的经验基本上都是他自己意兴阑珊了，女孩子们还缠住他不放。林雨蓝跟他相处不到一个小时就说要走，他当真找不到恰当的方法加以挽留，于是只好开车送林雨蓝回去。

开车的时候，吕谦的手有意无意碰到林雨蓝的手，林雨蓝却触电般闪开。真的是触电一般，明显看得出这是她的本能反应，可见她心里对他是排斥的。假如她慢慢拿开，吕谦会理解成这是一种矜持，觉得他胜算还很大。然而，她瞬间逃开，这个细微的动作使向来情场得意的浪子型总裁不由得怅然若失。

他马上调整了自己的情绪。这个女孩子，这个似曾相识的女孩子，让他有了追逐的欲望，这种欲望已经沉寂了许多年。这些年来，他所做的事情仅仅是在那些主动投怀送抱的女孩子中做出选择，他只选那些喜欢玩、不认真的，然后漫不经心地玩一场短则三五天、长则三五个月的游戏。物质上，他对交往的对象很好；而精神方面，他不愿意跟她们有太多交流。可是这一次，他是认真地、耐心地决定开始追逐。

追逐欲，男人女人都有。只不过，男人喜欢勇往直前，女人喜欢采用迂回战术。这是长期以来男女分工不同造成的状况，是聪明人都懂得的规则。想一想，早在几十万年前的采集时代，是谁去追逐猎物，男人还是女人？所以聪明女人只需要引起男人注意就好，下一步，交给男人。假如一个男人已经注意到一个女人，却迟迟不采取行动，要么这个男人无意，要么有顾虑、自卑，女人也就不用再多想。

十

　　吕卓晴带着意味深长的笑容走进何明睿的办公室，拿出自己的手机，对何明睿说："我这儿有几张照片，你一定相当有兴趣。不过，必须答应我提出的条件才能给你看。"

　　何明睿已经习惯了吕卓晴的说话方式。这个古灵精怪的富家女，简直每一句话都有陷阱，都有套路，都是诱饵。

　　何明睿正在研究一堆产品数据，他英挺的浓眉微微皱着，一副聚精会神的样子。这个样子的他对吕卓晴最有吸引力，认真工作是男人的性感时刻之一。他头也不抬地说："谢谢，我没时间看。"

　　"林雨蓝的照片噢！绯闻照。绯闻哎，真的不看？别后悔啊！"吕卓晴作势欲走。

　　"什么，雨蓝的照片，绯闻？"何明睿仿佛挨了一棒，回过神来，伸手就去抢吕卓晴的手机。

　　吕卓晴赶紧把手机藏到身后，嘴里说："答应我的条件，第一，不可能发送给你，你看看就好；第二，不许跟任何人说起照片上的情形，只有我和你知道。"

　　何明睿怔了怔，点头道："好吧，我都答应。"

　　吕卓晴带着得意的神色把自己的手机递过去。

　　连续三张，都是林雨蓝和吕谦喝咖啡的照片。两个人看起来很开心，也有些亲密。何明睿脸色变了。

　　"你应该知道，吕总想要追哪个女孩子，根本就是手到擒来。不对，吕总根本不需要追，钩钩手指，就有成堆的女孩子拥过来。你不要以为台湾来的女孩子就可以例外。"吕卓晴得意扬扬地说道。

　　年轻漂亮的女孩子跑到公司里哭着喊着找吕谦，这种事情屡有发生，何明睿不是没有见识过。他默默地把手机还给吕卓晴，内心一阵绞痛。吕卓晴继续喋喋不休地说着什么，他却一个字也没听见。

何明睿拿出手机，调出林雨蓝的名字，想要打电话给她，然而犹豫一阵，还是把手机收了起来，继续对着电脑屏幕发狠工作。他能说什么？什么也说不出口。

过了一阵，吕卓晴端来一杯咖啡递给何明睿，嘴里说："男人呢，就是容易犯贱，人家对他好，偏偏不领情。"何明睿像没听见，一言不发，也不接咖啡。吕卓晴赌气地把咖啡倒进废纸篓，故意说："这杯咖啡好犯贱啊！"转身走了，何明睿仍然一动不动。

林雨蓝的手机响起短信提示音，她猜想应该是何明睿，兴奋地拿过手机。然而却是吕谦，很有诚意地请她吃晚餐。林雨蓝犹豫一阵，拒绝了，说要加班。过了一阵，手机又响，林雨蓝再又精神一振，然而拿过来一看，是一条广告信息。她忍不住低声骂："哪来的垃圾短信！"

不是说好"努力靠近，希望可以一生一世"吗，为什么何明睿一整天都不联系她呢？她有些失落，拿着手机调出何明睿的名字，对那三个字发呆，想主动联系他，又觉得不妥。

连续四天，吕谦约她吃饭、去酒吧、喝咖啡、看花展，她通通找各种理由拒绝了。林雨蓝默默等何明睿联系她，等得心都痛了。那何明睿却杳如黄鹤，全无消息。真是太奇怪了，难道何明睿出什么事了？林雨蓝不安起来，开始想办法。

于是，第四天，林雨蓝假装自己手机没电，借一位男同事的手机拨了何明睿的电话，熟悉的声音清晰地响起："喂，你好。"林雨蓝不出声，默默挂了电话。把手机还给同事的时候，说："真对不起，我刚刚不小心拨错号码了。如果那边的人回拨，你就说打错了。说完打错了就立刻挂掉，免得麻烦。"果然何明睿追拨过来，同事抱歉地说了句："对不起，打错了。"然后果断挂掉。林雨蓝赶紧道谢。

第五天，林雨蓝下班时，在医院门口见到了特意在等她的吕谦。吕谦下车为她打开车门，她一言不发上了吕谦的白色保时捷跑车。

林雨蓝想，设法打消这位自信总裁的念头吧！一年之后实习期结束，她还是打道回台湾算了。这边的人太奇怪，她完全看不懂。说好一生一世，结果才几天几夜，事情还没开始就结束了。

然而林雨蓝站在车边的时候，却被朱雅迪看到了。她毫不犹豫地把林雨蓝上车的过程拍下来，掉头去找还在加班的袁来。

另一边，何明睿像疯子一样控制自己不去联系林雨蓝。他告诉自己，他讨厌水性杨花的女孩子。林雨蓝怎么可以一边跟吕总约会，一边又跟他说什么"一生一世"呢？

见到何明睿痛苦的表情，吕卓晴知道自己的计谋奏效了。但她管住自己，故意不急着去约何明睿。

袁来正在电脑前查看实验结果，朱雅迪进来神秘地说："袁主任，跟你分享一个八卦。"

袁来看了朱雅迪一眼，严肃地说："我对八卦没兴趣。"朱雅迪毫不气馁，继续道："想不到台湾来的美女林雨蓝这么有魅力，一来就傍上大款。手段太好了，我要向她学习。"

袁来立刻盯着朱雅迪道："你说什么？"

朱雅迪得意扬扬地把视频拿给袁来看。吕谦其人其车，袁来当然一眼就认出来了。他把视频回放了好几遍，默默将手机还给朱雅迪，轻轻叹了口气。

十一

林雨蓝上车后，吕谦说："糟糕，我忘了一件事，得发一份机密邮件给我的美国客户。雨蓝，你先陪我去公司打个转，好吗？"

吕谦的公司什么样，林雨蓝还没见识过。其实，这个环节是吕谦精心设计的，他想让自己喜欢的女孩子对他有更深入的了解。这些年来，他那特别而高端的办公室折服了不少客户以及飞蛾扑火的女孩子。

天源生物科技有限公司在上海一家有名的园林一角。门口立着一块巨型碧玉原矿，据说是耗资好几千万从新疆买来的。走过一段绿色的植物长廊，一组仿古建筑出现在眼前，吕谦的公司占据了将近一半的房子。总裁办公室的整面墙采用落地玻璃，满墙都是绿色，坐在办公室里，也能感受到鸟语花香的怡人风景。

"真是一个好地方！吕总真是特别有品位。"林雨蓝由衷赞道。

吕谦用满不在乎的口吻说："还行吧，我也挺喜欢这环境。"他打开电脑很快地操作了两分钟，两人重新回到车上。

这是一家刚开张的高档西餐厅。

吕谦说他已经预定了两杯咖啡。"我猜你应该喜欢喝咖啡，而且这里的咖啡格外有特色，等下你就知道了。"接着又问林雨蓝想吃什么，林雨蓝说："已经有咖啡了，我只需要汤，这几天没胃口。"

吕谦便点了两份蘑菇汤，又加了法式鹅肝、红酒焗蜗牛、甜点、水果沙拉等比较容易消化的东西。

"谢谢吕总这么有耐心。"林雨蓝尽可能让自己表现好一点，却依旧微皱着眉，没精打采。

"你好像心情非常不好？"吕谦微笑着问。

"嗯，是有些情绪低落，最近有些累。"林雨蓝承认。

"嗬，这么年轻的小女孩，又是情绪低落又是累，一定有问题。二十来岁，该是被青春撩拨得骨头发痒，一身精力没处用的时候。"

林雨蓝听吕谦说"骨头发痒"，觉得好笑，忍不住脸上绽开了笑容。

恰在此时，一直很安静的餐厅传出一个女孩子娇滴滴的声音："死鬼！"这个飞来的小插曲和环境实在太不搭了，林雨蓝彻底熬不住，掩嘴笑出了声。

"看，笑起来多漂亮。看到你笑，我就安心了。"吕谦松口气。

紧接着，服务员端来两杯咖啡，道："先生，您预定的咖啡来了。"

林雨蓝一看，呆住了，咖啡的泡沫上，她的那一杯印着她的模样，非常清晰；吕谦的那一杯印着吕谦的头像，简直就像打印在纸上的照片一样清楚。

林雨蓝几近口吃地问："这个，这个是怎么弄上去的？"

吕谦笑道："电脑控制的喷沫咖啡，这套技术和设备是直接从国外进口的。因为我有预定，所以我们一进门，系统已经录入了我们的头像，然后根据头像喷在咖啡表面。"

林雨蓝震惊道："现在科技太发达了，这杯咖啡我简直舍不得喝。"

吕谦道："慢慢喝吧。你现在舍不得喝，等下泡沫一消失，头像还是会消失。以后我可以每天带你来。"

林雨蓝讪讪道："没有，我开玩笑的。"

过了一阵，上菜了，两人慢慢吃，气氛轻松起来。

林雨蓝手机突然响了。她对吕谦说道："不好意思，接个电话。"吕谦做了个请便的手势。

"袁主任您好。噢，我在外面，有点事，和朋友一起。什么，明天去湖北？嗯，好啊！正好我要找机会去武汉。您帮我订票，好的，等会儿我把证件号码发给您。谢谢，辛苦了！嗯，好，明天见。"接完电话，林雨蓝主动对吕谦解释："明天我要出差，可能去湖北待半个月到一个月，看情况。"

"哦，要去那么久？"吕谦有些惊讶，亦有些遗憾。好不容易和林雨蓝的交流刚刚放松下来，想不到她又要去湖北。他当然不知道这是袁来有意为之。

"是的。袁主任说，他要回老家湖北恩施采集一种特殊的中草药，可能还要炮制好再带到上海来。"林雨蓝答。

吕谦说："说不定我也有事会去湖北。我的老家也是武汉。"

林雨蓝惊讶道："哦，您老家也是武汉？那么，您跟何明睿先生是老乡？"她终于很自然地说出了在心里翻滚了好几天的名字，希望能够打探到他的消息。

"是啊，因为是老乡，加上这个小伙子很踏实、能干，我才特别看重他。"接着，吕谦似乎无意地说，"我的侄女吕卓晴也非常喜欢他。"

听了这话，林雨蓝低头沉默不语。怪不得分开后他一直不再联系，原来去追富家女了。

本来林雨蓝打算跟吕谦摊牌，明确告诉他，不要再对她费心思，他们只是普通朋友，她打算回台湾，彼此不太可能有更深入的发展。既然明天她就要长期出差，也许不必多此一举了。

有时候把话说得太明白，反倒显得自作多情，不是吗？

十二

晚上十点左右，林雨蓝没精打采地回到宿舍，胡乱洗漱后瘫倒在床上。

突然手机响起消息提示音，她的心马上狂跳起来。这个时间发来信息的，当然不会是普通人。是不是何明睿？她狂喜地抓过手机，一看，居然又是一条广告信息，什么"覆盖更广，信号更强，上网更快"！她一下子泄了气，长叹一声，重新躺下，用被子蒙住头，感觉自己的心一阵阵抽痛。

过了几分钟，又一声提示。林雨蓝翻了个身，嘴里告诉自己："不理它！不理它！"可是不到一分钟，她就忍不住把手机拿过来。

是丁雯雯。

"可以把秘密告诉你了，我和那位大富翁正式恋爱了。"

这个消息马上转移了林雨蓝的注意力。她飞快地打字："方便语音吗？说说情况。"

"打字吧！他今天喝了酒，在我身边睡着了。"

"男人酒后的话，也许不可信。"

"不是，我们昨天正式谈好的，昨天没空告诉你。"

"为什么是昨天谈好的？昨天是什么情况？你们交往多久了？"

"哈哈，这么多问题呀！我们认识大约半年了，真正交往才一两个月。他本来要追一位大明星，请我教他跳舞。可是那位大明星特别忙，而且对他若即若离的。有一天，他突然对我说：'这些天我一直在观察，发现你才真正适合做我的女朋友。'我简直惊呆了，回答：'可我那么普通，什么也不是。'他鼓励我：'在我眼里，你一点都不普通，又温柔又善良，又聪明又敬业，而且你跳舞的时候，根本不知道自己多么迷人，我都看呆了。请你答应做我的女朋友吧！我绝对是诚心诚意的。'我说：'这太突然了，我从来没有想过，根本不敢想。'他说：'那就从现在开始想。我会一直对你好。'后来那位美女明星来找他，他当着美女明星的面说：'我现在已经有女朋友了，丁雯雯女士就是我的女朋友。'女明星尴尬地走了。"

"天哪，雯雯，你说的像演电影好吗！"

"刚开始我也是这种感觉，不敢相信是真的，所以也不敢详细告诉你。后来他每天都尽可能陪我，即使去了外地，也会每天给我打电话，一回台湾就给我带好多礼物，让我又惊喜又安心。昨天他还带我去见他的家人——父母、妹妹，所以，我彻底信了。"

"真心祝福你，羡慕你！"

"你也会幸福的，雨蓝，你那么美好，比我聪明又比我美，你会比我更幸福。"

"你太谦虚了，但愿我幸福吧！我们都要好好的。"

"他说明天带我骑马，要睡了，雨蓝，好梦！"

"好梦！"

放下手机，林雨蓝没有来由地想哭。每个人都有自己的命运，自己明明是一个非常美好的女孩子，为什么却如此不幸福，她到底什么地方错了？感情究竟是怎么回事，她为什么要因为何明睿而痛苦，偏偏对吕谦、袁来完全不动心？怪不得古人有这样的句子："人生自是有情痴，此恨不关风与月。"

林雨蓝的泪水落下来，把枕头打湿了一大片，满脸泪痕地进入梦乡。

十三

袁来整夜没有睡着。和林雨蓝一起去湖北出差，算是他动用手里的职权，做出的于公于私、于情于理都说得过去的决定。

求学阶段，袁来刻苦用功，是十足的学霸；到了工作岗位上，他又成了不折不扣的工作狂。感情在他的人生规划中占据的空间非常有限。此前他并非没有谈过恋爱，但每次与女孩子交往，都让他觉得累。交往过的女孩子，基本上都比较"作"，生日、节日必须送礼物，还得是合她们心意的礼物，不然就说你心里没有她；多看别的女孩子几眼就要说你花心；不小心说错话都要哄半天。他哪来那么多工夫照顾这些女孩子的小情绪啊！几次恋爱，结果都是女孩子生气了，他不知道对方为什么生气，也懒得去理会，于是分手。

有时候他懊恼不已，为什么别人的缘分来得那么容易，他的就那么难呢？医院有名小护士，有一次突发奇想，使用手机的摇一摇功能，居然摇到一千公里外的另一个年轻人。两人相识之后，一来二去彼此相爱，居然一年之内就喜结良缘。他倒好，晃来晃去转眼就过了三十，成了大龄青年。值得安慰的是，近年来他的事业非常顺利，所以可以适当花些精力来追女孩子了。

他并没有细想自己未来的另一半该是什么样子，只是觉得，不能太让他费心，不然他宁愿放弃。眼前有交往的几个女孩子，他认为林雨蓝气质优雅、知书达理，是非常不错的选择。尽管没有把握能追上她，至少要尽力试一试。

当他从朱雅迪那里知道吕谦也在追林雨蓝时，马上当机立断，出手把他们隔离。他知道吕谦曾经和众多女性往来，表现得像个花花公子，如果他跟林雨蓝谈恋爱，那简直会害了林雨蓝。所以，即便他追不上她，至少也要解救她。

从这个角度想，袁来突然觉得自己像童话故事里把公主救出城堡的英雄。

公主最后不是都会嫁给救她的人吗？

第四章　湖北：老虎花

传说中剧毒的老虎花，竟能以毒攻毒。爱和恨，都是有毒的，却无法选择以毒攻毒，但愿我们最终能找到解药。

一

林雨蓝站在火车站入口东张西望时，袁来一眼就看到了她。这个女孩子相当打眼，无论出现在哪里，都仿佛自带光芒。从背后看，她脊背挺直、纤腰一握，长长的齐腰黑发，令人无限憧憬，传说中的"背影杀手"，应该不过如此；正面看，就更不用说了，白皙的脸庞，发亮的黑眼珠，精巧的五官，清新的形象，不知会令多少人一见倾心。以至于第一次在机场见到她时，袁来立刻明白了为什么世界上有一见钟情这种事。

袁来对着林雨蓝挥手，好一阵子，林雨蓝才发现他，接着露出笑容。因为入睡前哭过，她的眼眶其实有些浮肿，于是化了个淡妆，袁来粗心，并没有看出端倪。

坐动车从上海到武汉需要五个小时。两人的座位并排——袁来事先已经想好，即使不是并排，他也会跟人换座位，让两个人坐在一起。

林雨蓝心里有些惴惴不安。一方面担心袁来真的有意于她，另一方面不想让他看出自己的处境，于是推说有些犯困。袁来马上让她休息，自己从包里拿出一本专业杂志来翻。

不想林雨蓝一闭眼，真的很快睡着了，而且不知不觉将脑袋靠到了袁来肩膀上——睡着之前，她好几次挣扎着把头摆正。袁来爱怜地看看她，小心地尽量保持固定的姿势不变，免得弄醒她。

一觉醒来，林雨蓝赶紧坐直身子，很有些不好意思。为了缓解尴尬，她找了个话题问袁来：“我们这次是去采集什么样的中草药呀？”

袁来思索片刻，回答：“我们当地人叫它‘老虎花’，有一定毒性。曾经有这样一个新闻报道，一个癌症晚期病人觉得自己治愈无望，不想拖累家人，于是悄悄采来老虎花准备自杀。他像平常熬中药那样用水煎服，没想到喝完一大碗却没事。他以为是剂量不够，继续尝试，一段时间之后，身体居然有所好转，后来基本痊愈了。”

林雨蓝觉得这个故事有点离奇，就问：“这件事情是不是真的，你核实过没有？”

袁来答：“我请老家医学界的朋友调查过，消息比较可靠，所以我们才进行了相关研究。”他想想，接着说：“不过，人与人千差万别，癌症也有很多种，在一个人身上有用的方法和药物，对另一个人也许完全没有效果。另外，调查资料显示，有极少数癌症病人没有经过治疗，竟然自愈。但是，如果不治疗，绝大部分癌症病人的结局都是死亡。”

林雨蓝神色黯然，长长叹息一声。

袁来问：“怎么了，你像有心事？”

林雨蓝说：“我有一个姑姑在武汉，她也得了癌症。”

袁来惊讶地问：“什么？你姑姑得了癌症！亲姑姑吗？”

林雨蓝道：“应该算表姑吧，是我爷爷的亲妹妹的女儿。”

“她多大年纪了？”

“嗯，应该四十岁了，也许三十八九，看起来还很年轻。”

“什么程度了？”

“早期淋巴癌。”

“哦，如果她愿意，可以来我们医院看看。”

"那太好了。我会跟姑姑说，看看她的意思。"

袁来沉默一阵，而后说："现在癌症病人的规模发展太快了！许多家庭都有成员患癌，而且许多年轻人也开始中招，每天都有人因为癌症死亡。这种病已经成了人类的一大威胁，研制有效的药物是每个从医者的愿望。"

林雨蓝情不自禁地抱紧了自己的肩膀。

袁来说："不如这样吧，我先陪你一起去看看你姑姑，了解她的病情，再做下一步打算。"

林雨蓝犹豫道："这，不太合适吧？要不我一个人先去姑姑家，你去老家，然后我再去找你。"

袁来说："这有什么不合适？我毕竟是一名医生，而且是专门研发抗癌症新药的医生，接触一个新的病例，有什么不合适？别顾虑太多。"

听袁来这么一说，林雨蓝反倒闹了个大红脸，只好点点头。

二

林青青近来第三次梦见水，而且每次都记得很清楚，多是大自然里的水，清澈透明，泛着微微的蓝色，水量充盈，但没有泛滥的迹象。

第一次是梦见一条河流，醒来后清晰地记起，哦，梦见了河流，但是没有任何情节和故事。

第二次梦见水库，里面的水满满的。

第三次还是水，那水被极其巨大的玻璃容器装着。但这个梦有恐慌的意味，似乎水里可能有尸体之类的东西。

林青青觉得这些梦一定是有意义的，但它们究竟是什么意思呢？

这个美得几乎让人过目不忘的女人做梦也想不到，她居然会患上癌症。

起初是无休无止的疲倦感，总是觉得累，动不动就想睡一觉。然后是情绪低落，想哭。回顾起来，这就是林青青的生病历程。

起初，林青青以为工作压力大，比较劳累，才会出现这些症状，所以没有太当一回事，自己硬撑着。然而慢慢发觉情况越来越严重。她开始对大部分事情不再有兴趣，特别怕麻烦。周末总想窝在家里，朋友约吃饭都没有兴趣，累得发晕，胃口也差……

有一天，送走一名有自杀企图的年轻抑郁症患者，林青青叹口气，觉得打起精神做一个小时咨询，简直要累趴下了。不对，这不对。要知道，以前一天连续工作七八个小时都不成问题。她突然想到，自己是不是得了什么重病？

更加让她惶恐不安的是，身体不少部位陆续出现前所未有的不舒适感，有时半夜醒来，突然觉得呼吸异常困难，要用很大的力才能喘一口气；牙齿无缘无故发软，连吃米饭都觉得异样；晚上不断做噩梦，梦见自己被追杀啦，梦见身体的什么部位腐烂啦，醒来吓得要死。

于是，林青青去医院检查。医生问："要不要做癌症筛查？"她毫不犹豫地说要。

检查结果：癌症，早期。拿到结果的瞬间，她浑身冰凉。那个瞬间她突然醒悟，生活的本质竟然是，周遭许多事物不停地掠夺你的热量，必须殚精竭虑不断地为自己补充光和热，才能走得更远。

林青青拿着体检结果去住院部找医生，医生却说："你好幸运呢！"

这是一句林青青在当时无法理解的话。

她永远无法忘怀这一幕：一位中年女医生接过她手里确诊癌症的单子，看了一眼，听起来很诚恳地对她说了这么一句。林青青莫名其妙，机械地回应："我都得癌症了，还幸运？"其实她心里是挺窝火的，实在有点哭笑不得。医生认真地说："你得了这种病，能够这么早发现，就是幸运。一般的病人，有了明显症状才被发现，一发现就已经是中晚期，那是非常危险的。你还是赶紧回去准备一下，这两天等着住院做手术吧！"

当天夜里，林青青发现自己完全无法入睡。周围的一切全都变得可疑而恐怖，似乎死亡像一头看不见的猛兽，随时可能扑上来将她吞噬。作为一名有造诣的心理咨询师，她当然明白，失眠是因为人的精神或者身体的状态不适合入睡的结果，精神过度紧张或者身体出现健康问题，都会导致不同程度的失眠。她索性爬起来，给自己的爸爸妈妈写一封正式的遗书，等万不得已的时候再转交给他们。

"爸爸妈妈：原谅女儿不孝。"写下这几个字，林青青突然无法抑制地大哭起来。这一生，她从来没有这样放肆地哭过，直哭得声嘶力竭，泪水落尽，才又挣扎着去喝了杯温水，倒在床上，反倒迷迷糊糊睡了一阵。

一个人，深夜痛哭。也许经历过这样的极端情绪，更能够帮助自己想明白许多事。

住院后不久，林青青平静地接受了手术。住院期间父母陪在身边，九天之后出院；然后开始研究康复之道。她查资料的时候才知道，原来著名人物宋美龄也得过癌症，却活了106岁。身边的人说起认识的某个人，得了癌症后已经活了二三十年，仍然健在。这些人成了她的精神力量。当然，听得更多的是，什么人查出癌症后，几个月或者一两年，人就没了。

既然有很多人患癌之后可以康复，她林青青一定也可以。这是她树立的首要信念。她每天都告诉自己不要被负面的结果吓倒，不断用好的消息激励自己。

这一个周末，林青青破例赖床到十一点。她挣扎着爬起来，简单吃了点东西，随意套了件棉质衬衣，准备出去走走。她住在东风路上。

林青青随意走着，边走边左思右想，突然电话响了，是她的台湾侄女林雨蓝。嫂子谢思虹已经告诉过她，林雨蓝自作主张来了大陆。七年前，林雨蓝还只是一个少女，现在已经成了真正的大姑娘。

"姑姑，我再过一个小时就到武汉了，我们医院新药研究中心的主任和我一起来看望您。"

"好的，我把地址发给你，既然你有伴，我就不去接你们了。"

"不用接，姑姑你好好休息一下，别累着了。"

林青青打道回府，去做些适当的会客准备。

三

姑姑变成什么样子了？林雨蓝哀哀地寻思。七年前林青青的样子历历在目，她是那么美丽又智慧，精神状态也很好，怎么也没想到这样一个人居然会患上癌症。据说不少病人会快速消瘦，变得虚弱。林雨蓝不敢继续想下去。

可视门铃响了。林青青在小屏幕上看到了林雨蓝。令林青青意外的是，那位医生居然如此年轻又帅气。她甚至怀疑，他是林雨蓝的男朋友。

袁来提着一个包装精美的果篮，林雨蓝怀里抱着一大把百合花，随手把两个红包塞给林青青，嘴里说："姑姑，祝你早日康复。袁主任也非要表示一下。"林青青不肯接受红包，两个人推来推去，一条小狗在边上狐疑地看着她们，然后朝林雨蓝吠叫起来。

林雨蓝道："姑姑，你快收下，要不你的小狗都要咬我了。"

林青青只好收下，边倒茶边说："这条小狗还真会咬人。上次有个朋友来看我，也是这样，结果狗狗一声不吭，在我朋友的小腿上轻轻咬了一口，害得我的朋友打了几次针。"

林雨蓝道："这狗怎么这么笨呢？"

林青青笑道："不是它笨，反而说明它很聪明，它以为我们推来推去地是在打架呢，所以无条件帮自己的主人。上次它咬了我的朋友之后，我狠狠惩罚了它。你看，这次它就没咬人，只是冲着你叫。"

"哦，它真的很聪明。这是你买的狗吗？"

"不是。我根本不喜欢养狗。我觉得人狗殊途，又不是在乡村，地方不大，养条狗特别麻烦。这是一条被人抛弃的小流浪狗，几个月以前看到它冻得发抖，还老跟着我，实在不忍心，只好收养了它。"

"养狗确实很不容易。"

"是啊，我连自己都没照顾好，莫名其妙大病一场。还好现在把它养大了。"

林雨蓝喝口茶，两手搭在林青青肩上，说："姑姑，让我好好看看你。"

令林雨蓝意外的是，林青青看起来似乎一切都好，她穿着一条桑蚕丝吊带连衣裙，外搭一件薄款小开衫，脸上还化了淡妆，又优雅、又飘逸，根本无法把她跟寻常所说的"癌症病人"联系起来。

林雨蓝疑惑地说："姑姑，是不是医院弄错了？你完全不像一个病人啊！"

林青青说："应该不是弄错了。我的病发现早，毕竟现在手术之后已经大半年了，整个人好多了。何况，谁说病人就一定要虚弱不堪啊？这些日子我很注意休息，想了许多办法让自己变得舒服一些。"

袁来和林雨蓝的感受一样，他说："如果不知道底细，确实没有人会把您当作病人。"

林青青沉默一阵，而后说："其实也有过非常虚弱的时候。非常绝望，接近崩溃。出院之后，我父母照顾了我一个月，但毕竟他们有自己的生活，还要带孙子。那时候，我曾经一个人放声痛哭，哭到口干，甚至想死，觉得活着没意思。幸亏还是一步步走了过来。"她顿一顿，又说："不过，现在偶尔还是有一些不舒服的症状。"

袁来说："有句话可能不该讲，但我是真心为您好。如果没有误诊，确实是癌症，那您千万要小心一些。复发或者转移的可能性非常大。"

林青青点头道："你说得很对，我确实要高度重视。谢谢你提醒，我一直在注意。"

林雨蓝突然被触动，心疼落泪，扑到林青青怀里，哽咽着喊了一声"姑姑"，然后哭了起来。林青青微笑道："你看你这傻孩子，姑姑不是好好的吗？"

袁来见林雨蓝掉眼泪，自己眼眶也湿了，叹息一声，说："雨蓝，这样吧，你在这里陪伴你姑姑一段时间，我先去恩施看看情况，需要你过去再给你打电话。"

林雨蓝擦干眼泪说："谢谢袁主任体谅。"又把抗癌中草药的事讲给林青青听，并透露她可以作为患者参加临床实验。

林青青说："假如方便，我会考虑。不过，你们用药必须尽可能考虑低毒甚至零毒。临床实验可以做，但是安全第一。"

袁来说道："那是一定的。"

林雨蓝问："癌症究竟是什么原因导致的？你看我姑姑，她以前身体一直不错，又是心理咨询师，按理说患癌的可能性不大啊！"这个问题，林青青也特别关注，她们一起望着袁来。

袁来道："说实话，癌症的成因很复杂，没有一个统一结论。有的认为是遗传基因起作用，有的认为是病毒感染，还有人认为是环境因素。总之，当一个人免疫力低又受不良环境影响时，特别容易患癌。为什么没有统一定论，我打个不太恰当的比喻，比如喝酒，有的人过敏，一滴都不能沾，有的人千杯不醉。也就是说，个体本来就千差万别，各种影响因素又复杂，更加无法概括。"

林雨蓝和林青青面面相觑，不知道说什么好。林青青想了想，叹息道："是啊，我身边的朋友也都觉得不可思议，他们觉得我实在不应该得癌症。我这一病，一批人都慌了神，全跑到医院做全面体检去了，幸亏他们都没事。"

林雨蓝和袁来忍不住笑了。

四

林雨蓝陪林青青在一家饭店用餐，见邻桌一个四岁的小女孩指着一碗油炸小黄鱼，对爸爸妈妈说："我要舔一舔，就舔一舔嘛！"

年轻的爸爸说："宝宝乖，等你身体好了，就什么都可以吃了。现在不行，不能吃鱼，不能吃肉，油炸的更不行。"

"不嘛！我只要舔一舔啊！保证只是舔一下，不吃。"小女孩已经带着哭腔了。

妈妈说："不行！你鬼主意多得很。说舔，等下又吵着要吃。你已经快要好了，知道吗？医生说了不能吃油炸的东西，你又不是听不懂。"

"不！我不！就是要舔一下，只舔一下下。"小女孩继续坚持。

林青青看不下去了，转身微笑着说："其实小姑娘的要求并不过分，这么小的孩子，只是要求舔了一下，已经很懂得节制了，就满足一下她的心理需求嘛！身体会受伤，其实人的心理也会受伤的。"

于是那位爸爸夹起一条小黄鱼，同意小女孩舔一下。小女孩伸出粉红的小舌头，贪婪地、慢慢地舔一下，依依不舍地放开了。

看到那么可爱的样子，林雨蓝忍不住笑了起来。

林青青摇摇头，叹息一声说："我们人类真是太无知了，到底什么能吃、什么不能吃都不知道。"林雨蓝点头道："确实，中医忌口很多，但是西医好像就没有那么多禁忌。"林青青说："反正是一笔糊涂账。"

饭后，两人去绿树丛中散步。

林青青没来由地情绪有些低落。林雨蓝也不知道该如何安慰，只能关切地不时望她一眼，默默陪着走。

突然林雨蓝发现路旁有一棵梅花树，这个季节，满树绿叶，并不见花。为了转移一下注意力，林雨蓝出声说："姑姑，这里有一棵梅花。"林青青勉强振作起来，仔细看看道："还真是梅花。"

这时林致中来了电话，林雨蓝走到一旁去接听，电话里对着自己的父亲一通撒娇。林青青却怔怔地站在梅树下，突然拿出手机码字。

林雨蓝打完电话，见林青青神情专注，知趣地不打扰她，索性自己也玩手机，刷微博微信。

过了一阵，她看到林青青的朋友圈有更新，居然是一首写梅花的诗。眼前并无梅花，她居然写出梅花来。林雨蓝一行一行用心看，看到最后，觉得喉咙被什么堵住了一样。再抬眼看林青青，只见她泪如雨下，不禁急忙走过去，抱住林青青，哽咽着叫了一声"姑姑"，陪着泪流不止。

诗是这样的：

赏 梅

喜新厌旧是人类的致命伤。

可你在每一个寒冬如约而来，

从不厌倦。

花是千百年前的花，

连香也是。

香得那么羞涩，躲躲藏藏，

不细心寻觅，

根本不知道来自何方，

所以说是"暗香"。

可我没有暗香，

有的只是暗伤。

紧紧包裹着、遮掩着，

绝不让人看见。

当暗香袭来，

当持续了几百年、几千年的色彩和形状

在眼前无声地绽放，

请允许我含笑、含泪，

静静站一会儿。

这其实就是我的香。

用我自己的方式，

那么寒苦，那么清甜。

　　好不容易林青青先止住了泪，边拭泪边笑道："我们两个真傻。走吧，回家。"

　　回到家里，林青青已彻底平静下来。她走到书房，认真研究桌上从报纸上剪下来的几份资料。林雨蓝也探过头来一起看。

林青青说："这上面提到的许多症状我都有过。比如身体困乏，比如咽喉肿痛，还有脸上长痘、长斑。"

林雨蓝说："这样的人多得很啊！几乎每个人都有这样那样的问题，我自己偶尔脸上也长痘、皮肤痒，这有什么大问题吗？"

林青青想了想，答道："如果健康，身体应该是很舒服的。只要出现不良症状，就说明多多少少有点问题。如果把小问题解决好，就不会出现大问题；如果对自己漠不关心，那就糟了，我自己就是例子。关于健康，我现在已经有了好多领悟，我打算写本书，书名都想好了，叫作《生命密语》。"

"好主意！我姑姑真是了不起，我支持你！"林雨蓝热烈赞美。

"我真正见识了癌症到底有多么凶险，这种慢性病不是说治好就什么都好了，它还会让你这里那里不舒服。有份资料说，一旦患上癌症，百分之七十左右的人会慢慢死去，只是时间早晚的差别，有的几个月，有的几年。真正彻底治愈的不到百分之三十。人的一生，总要经历一些磨难，痛苦的日子一定要想方设法挺过去。"林青青道。

"可是，有的人挺得过，有的人挺不过呢！"林雨蓝皱眉道。

"是啊！事实上，真正痛不欲生的时刻不会太久。极端的痛苦和巅峰的快乐都是短暂的。当我们特别难过的时候，可以哭过去、笑过去、吃过去、喝过去、睡过去，甚至胖过去、瘦过去，总之就是咬紧牙关让那些痛苦的感受成为过去。当黑夜过去，白天也就到了。"林青青说得富有激情，脸颊都发红了。

林雨蓝受到感染，不住地点头。

五

林青青让林雨蓝陪她去一座寺庙看看。她老早就有意要去，却一直没有找到合适的时机。这次又动了念头，恰好有台湾来的客人，正好一起访古。

这座名唤石霜的古寺是有来历的。该寺始建于唐僖宗年间，迄今已有一千多年历史，岁月风雨中屡经修葺。寺内有千年古枫、万灵佛塔。姑侄二人登高远眺，但见群山环绕、绿意丛生，真是一处风水宝地。

林青青毕竟有些倦意，于是粗粗游览一下，两人便走了出来，在门前买了半根甘蔗，削了皮，像金箍棒一样拿在手里啃，甘蔗渣装进多要的一个塑料袋里。

听着风中传送的袅袅梵音，啃着甘蔗，林青青突然思涌如泉。

看看这来来往往的人，他们求什么、信什么？

求健康？此番大病一场，险些小命不保，深刻领会到人人嘴里有而心中不一定有的一点：没有健康，一切只是鸡毛。她已经四处学习包括吐纳、按摩之类的保健技术，也读了不下十册相关书籍，已经窥得不少健康之道。

求姻缘？爱情这种事，不是求来的。爱自己，爱伸手可及的有缘之人，已足够。何况，爱到尽头才明白，原来爱情真的可以只是人生中的一小部分。不是没有谁就活不下去，不是没有爱就不能呼吸。爱在心间，理当任它自由来去。当它带着强大的能量呼啸而来，且欢欣拥抱；当它元气已尽疲软无力，也许给它鼓气，也许任它消失。

求功名求富贵？这就更不用说了。有一个故事，说有人在庙里拜观音，却见一个和观音一模一样的人也来拜，这人惊问缘由，答曰："求人不如求己。"

或者境界高一点，求一个美好世界？其实我们每个人都是一个小世界，小世界美好了，大世界自然分外妖娆。比如，善待我们的生存环境，个人不乱扔垃圾，机构不制造废品；个人恪守诚信，机构亦不坑人，天下自会太平。

人类需要心灵的归属感。每个人际遇不同、悟性有别，在宗教、在寺庙中寻找皈依和安慰，其实也是选择之一。这里远离尘世，处处绿树青山，拿出一段或长或短的时间，吃斋念佛，放下俗念，也算一种修行。等养足精神再披挂上阵重新打入红尘，有何不可？

然而需要明白的是，红尘中的修行才是极高段位的修行，万事万物足够美好，生命、生活本身，才是真正的归处。

林雨蓝见林青青一脸肃穆，似乎在冥思苦想，也不打扰她，只顾默默陪着她或走或停。

晚上回到家里，临睡前，林青青开始泡脚、热敷、认真做身体练习。

前两天，林雨蓝见她做这些事，知道不少是传统的养生方法，并没有多问，这次从外面回来，想来白天已经有些疲劳了，夜里本来应该早睡，而林青青依旧一丝不苟地做她认为应该做的事，于是林雨蓝叹道："姑姑你是一个上士啊！我常常听我爸爸朗读：'上士闻道，勤而行之；中士闻道，若存若亡；下士闻道，大笑之。不笑不足以为道。'"

林青青道："这是老子说的。这话有一定道理。这里所说的道，应该是指常人难以觉察的真理。有的人真正懂了，所以勤于遵行；有的人不见得弄懂，或者似懂非懂，所以有时遵守，有时不实行；还有的完全不信，一笑置之。"

林雨蓝敷衍道："很有道理。姑姑，今天我都累了，先去睡，你也早点休息，晚安！"

六

第二天，林雨蓝从睡梦中醒来，睁开眼睛，觉得有些异样。但究竟有什么不对，却说不出来。周围静悄悄的，只听到窗外的雨声和车辆偶尔经过的声音。

过了好一阵子她才弄清楚，这是在武汉的第四个早晨。

前几天早晨醒来，她都会听到林青青的动静。有时在厨房弄做早餐，有时慢慢换衣服、整理房间。可今天却没有任何声响。林雨蓝打开手机，一看已经上午十点了，觉得不对劲，赶紧一骨碌爬起来，扬声叫："姑姑！"居然没有回应。

她不由得心慌意乱，赶紧下床匆匆到林青青的卧室去看，门开着，林青青躺在床上一动不动。林雨蓝犹豫一下，轻手轻脚走近床边，只见林青青眉头紧皱，没有睡醒。这时候林雨蓝才认认真真看清楚林青青素颜的脸。她的脸上长了不少斑，确实也瘦了一些，显得憔悴。

她正要离开，林青青却睁开了眼睛。"雨蓝？哦，今天一定好晚了吧？昨天晚上我失眠，早晨才睡着。嗯，我现在起来，我们去外面吃早餐。"她的嗓子有一点沙哑。

"噢，没关系。姑姑，你继续睡。等下我自己去楼下吃饭，然后给你打包回来。"林雨蓝按住她。

林青青欠欠身子似乎想起来，又倒了下去，嘴里说："也好。可能又是一次不小的发作，浑身不舒服。"

林雨蓝叫道："那我送你去医院吧？"

林青青道："不用，我知道怎么做。我这身子，平常倒还好，发作起来会有一个全身都不舒服的过程。如果去医院，那就得每个科室都跑到。现在医院人那么多，气都喘不过来。跑到那里去，没病都要弄出病来。"

林雨蓝有点不知所措，又问："那要不要我给你买什么药？"

林青青道："也不用，我有药。说了不用你操心。以前比现在糟糕得多的时候，我都挺过来了。你照顾好自己就行了。"

林雨蓝突然惊叫："姑姑，你眼睛怎么了？"

林青青惊讶道："我的眼睛？没觉得有什么不对啊。"她起来到镜子前一照，发现自己左眼有一个血块，大约半个小指指甲盖那么大，红红的，很是吓人，不禁自言自语："啊？怎么会这样？"

林雨蓝惊慌地说："姑姑，你真的要去医院，我陪你去。"

林青青叹口气道："如果去医院，你看，我昨晚失眠，今天肠胃不舒服、肚子痛，等下肯定会拉肚子，嗓子也有点问题，现在眼睛还发现小血块。医院的科室分工又细，神经科、内科、耳鼻喉科、眼科，你说我挂号该挂哪个科室？总不能每个科都去吧？"

林雨蓝一时无法回答。

林青青接着说："通常情况下，医院只能救急，真正的康复要靠自己。

你放心，我真的知道该怎么办。前一阵子我向许多专家以及患癌后痊愈的人请教过，我现在身体状况越来越好了。毕竟，人如果到了得癌症这个地步，基本上整个身体的健康面临崩溃，想要彻底修复需要一个过程。我自己心里有数，也已经有经验了，知道怎么面对。你别管我了，快去洗漱，自己下去吃早餐。真抱歉，这次姑姑不能照顾你了。"

林雨蓝见她说得那么坚定，表现得那么有把握，稍稍放下心来，说："应该是我照顾您才对呀。姑姑，你想吃什么，我给你带来。"

林青青说："今天胃口不太好，需要吃清淡一点，给我带一份青菜粥吧。"

几个糖醋蒜头刚摆上餐桌，林雨蓝就拎着青菜粥进来了。她惊讶地发现，不过离开二十分钟时间，她的姑姑林青青已经变了一个人。那个虚弱憔悴、满脸斑点的中年女人不见了，取而代之的是一个精力充沛、优雅美丽的年轻女人。只不过细看过去，眼睛里的血块依然令人担心。

"姑姑，你都做了些什么？好像变魔术，马上又变年轻漂亮了。"林雨蓝惊讶地问。

林青青笑道："你的意思是说，我刚刚又老又丑？"

林雨蓝讪讪道："不是这个意思。不过，前后不到半个小时，您的变化确实非常明显。告诉我嘛，您除了化了个淡妆，还做了什么？"

林青青边剥糖蒜边说："我做了一下练习，好让自己快速恢复精力。"

"什么练习呀，可以教我吗？"林雨蓝好奇地问。

林青青说："我还在慢慢摸索，以后条件成熟，肯定会告诉你。何况，你现在年轻又健康，还不需要。"吃了一颗糖蒜，林青青接着说："我倒是可以告诉你，糖醋泡蒜是很好的东西，当你没有胃口的时候，可以用它开胃。我尝试过许多次，每次都很有效。"

林雨蓝觉得，林青青可能真的具备了写一本《生命密语》的资格。

包里的手机响起短信提示音，林雨蓝拿出来一看，居然是吕谦发来的："我听袁来说你姑姑病了，委托吕卓晴和何明睿来探望，顺便让他们处理一笔武汉的业务。他们已经上动车，下午到。这些天德国客户来上海考察，我必须全程陪同，这次不过来了。等你回上海。"

何明睿和吕卓晴过来，而且已经在路上？林雨蓝不由得一阵纠结，该如何面对这两个人。

林青青喝完粥，问："雨蓝，你好像有心事？不妨跟姑姑说说，我完全可以成为你的心理顾问啊！"

林雨蓝叹息道："那您能替我保密吗？连我妈妈都不要告诉。"

林青青道："当然。"

林雨蓝这才把十五岁那年认识何明睿，十八岁时又在台湾遇见他，以及不久前何明睿在上海对她表白，可是后来又莫名其妙不再理她的过程大概讲述了一遍。不知道为什么，她不想提吕谦和吕卓晴的事。把这两个人也加进来，事情就太复杂了，一时半会儿根本说不清楚。

林青青道："也许事情不是你认为的样子，也许你们之间有误会。"

"误会？如果真有误会他为什么不跟我说清楚？"

"假如你们之间的误会，足以伤害他的自尊，或者足以让他对你失望，他当然就有可能不来找你。你不是也没有找过他吗？反正，分离必定有原因。"是啊，误会相当害人。林青青暗暗感慨，她当年的感情可能也是被误会葬送的呢。她说分离必定有原因，却不清楚自己和恋人分手的真正原因。

林雨蓝若有所思。

林青青再说："真心的爱情确实是世界上很美好的东西。不过呢，过于沉迷于爱情，那就说明这个人内心太匮乏，只把爱情当作一件生命礼物就好。"

林雨蓝点点头。是啊，爱情是生命的礼物，但是要通过诚意和一定的时间来赢取。

七

可视门铃被按响的时候，林青青在书房看书，林雨蓝赶紧去应门，看到了抱着鲜花的吕卓晴。只有吕卓晴，没有何明睿。怎么会没有何明睿？

如果得到吕谦的指令，何明睿应该不可能不来，除非，他根本不知情。

林雨蓝飞快地拿定主意，对视频里的吕卓晴说："我马上下来。"然后按断门铃，转头对林青青说："姑姑，有个好朋友来找我，我要出去一下，就在我们小区附近，你不用管我。"

"让你朋友到家里来呀！一个女孩子，没关系嘛！"

"不用不用，她肯定是打个转就走，懒得麻烦。"

林青青不再坚持，只是说："你出门要注意安全啊！别乱跑。"

林雨蓝答应着，出去了。

不知道什么缘故，林雨蓝对吕卓晴有了防备之心。吕谦明明说吕卓晴和何明睿一起来武汉，看望林雨蓝的姑姑，可是现在只有她一个人出现在这里。何明睿应该不会故意不来。

林雨蓝微笑着对吕卓晴说："卓晴，谢谢你能来。我姑姑正在睡觉，就不打扰她休息了吧。你和吕总的心意，我替姑姑领了。"

吕卓晴马上同意，把鲜花、红包一股脑地塞给林雨蓝。

来武汉之前，吕谦先把任务布置给吕卓晴，要她和何明睿一起去，首要任务是探望林雨蓝的姑姑，然后跟业务单位进行会谈。吕卓晴一一点头。吕谦让吕卓晴通知何明睿来他办公室，打算跟何明睿当面交代一下。吕卓晴赶紧说："您这些天这么忙，何明睿那里我直接跟他说就行了，我本来就是您的助理嘛！"吕谦道："也好。"

吕卓晴继续耍小心眼，对何明睿提都没提林雨蓝和她的姑姑。对她来说，她只希望跟何明睿一起来武汉，至于林雨蓝的姑姑，见不见都没关系，不见更省事。一到武汉，她特意安排何明睿去拜访客户，声称自己有点私事，分头行动，办完事再联系。吕卓晴只身探望林雨蓝的姑姑，当然是不希望何明睿与林雨蓝见面。

尽管吕卓晴成功地让何明睿误以为林雨蓝在跟吕谦约会，然而，何明睿对她依然比较回避，并不动心。这让吕卓晴心有不甘，而且充满困惑。在她为数众多而短暂的罗曼史中，从来都是别的男生主动追她，为何这个何明睿一直对她没兴趣，难道她比林雨蓝差吗？她实在咽不下这口气。

跟林雨蓝打完照面，吕卓晴赶紧告辞，想去跟何明睿会合。她打电话给何明睿，何明睿却说因为客户约明天见面，自己已经先回家了。

　　吕卓晴对着电话用可怜兮兮的声音说："你是武汉人，总该尽尽地主之谊，带我观光一下吧？"

　　何明睿说："明天吧！今天你应该也累了，坐那么久的车，还去办事，我们都辛苦了，都需要休息，加上我也好久没见我爸爸妈妈了，现在陪陪他们。明天你想去哪儿我都带你去。"

　　吕卓晴很失望，沉默着不作声。

　　何明睿继续解释道："客户单位离我家不远，他们全天都有安排，跟我说好明天再谈，我当然只好回家了。你不是说要办私事吗，我怕你不方便接电话，就没跟你商量，你也回酒店休息吧！真是很抱歉。"

　　"那，好吧！"吕卓晴无可奈何地答道。她气不打一处来，却又一点办法都没有，只好回酒店，一头倒在床上，动都不想再动。

　　吕卓晴走后，林雨蓝发了会呆。想起林青青的话，不由得反思，难道她和何明睿之间真的有误会？林雨蓝拿起手机又放下，放下又拿起，终于鼓起勇气，主动给何明睿发短信："在干什么？"

　　何明睿秒回："在武汉。"

　　林雨蓝回："我也在武汉。"

　　何明睿立刻拨打她的手机，说："雨蓝，你在哪里，我要见到你。立刻，一秒钟都不要耽误。"

　　林雨蓝马上把林青青家楼下咖啡馆的地址发给何明睿。她不想走远，担心林青青随时会打来电话。咖啡馆靠窗的卡座吸引了林雨蓝的注意力。卡座边的玻璃映着窗外的植物，看起来令人赏心悦目。林雨蓝坐下来，把卡座号也发给了何明睿。

八

何明睿出现在林雨蓝面前时，满身大汗，头发都湿了。

林雨蓝娇笑道："跑那么急干吗？"

何明睿一把捏住她的手，痛得她大叫。何明睿赶紧松开，一言不发，坐下来，眼睛盯着她不放。

林雨蓝含笑瞅着何明睿，何明睿却一副装出来的恨恨的样子。

"你什么意思？"双方同时脱口而出，然后忍不住都笑了。

何明睿道："我一直觉得你是一个真诚乖巧的女孩子，什么时候变得那么花心、那么狡猾？"

林雨蓝大叫："什么？花心，狡猾？你在说你自己吧！明明跟我说什么一生一世，然后又再也不理我。"

何明睿冤屈地说："我可受不了女孩子答应我一生一世，又去跟土豪约会。"

林雨蓝脸都涨红了，道："什么跟土豪约会，完全没有的事！"

何明睿皱眉道："为什么要否认呢，你不是跟吕总约会了吗？"

林雨蓝恍然大悟地叫："我的天！冤死我了。我跟吕总就见过两次，一次是吕卓晴约我去拿支票，吕总也在；还有一次，我想告诉吕总，没必要对我动任何心思，我打算实习期满回台湾。"

何明睿这才明白原来真是他弄错了。他一时不知从何说起，只是惊问："你决定回台湾，你不是说可以留在大陆吗？"

林雨蓝说："那些天你不是莫名其妙地不理我吗？如果我们没在一起，我铁定会回台湾。"

何明睿这才发觉很可能是吕卓晴在中间动了手脚。他自言自语："吕卓晴拍了你和吕总的照片，跟我说你和吕总约会，她为什么要这样做？"

林雨蓝说："吕卓晴喜欢你吧！她不希望我们在一起。"

何明睿点点头。

林雨蓝奚落道："怪不得不理我，原来是被人家把魂勾走了。"

何明睿大叫："冤枉！"

林雨蓝继续说："她代表吕总来看望我姑姑，但是没有告诉我你也来了武汉。幸亏我知道。"

何明睿狐疑地问："你怎么知道？"林雨蓝不想让何明睿吃醋，有意不说是吕谦发短信告诉她的，反倒兴师问罪："这次如果不是我主动发短信给你，你就打算一直不理我吗？"

何明睿坦诚说："有可能……因为，我没必要找一个心里没有我的女孩子。"

林雨蓝说："你听别人说什么就是什么，你根本不相信我。还有，你太骄傲，死要面子，可是另一方面，你又自卑，觉得自己不是吕总的对手。是这样吗？"

何明睿弱弱说道："好吧，你说的都对。可是，吕卓晴给我看了你和吕总在一起的照片啊！"

"那样的照片能够说明什么？就算在一起喝喝咖啡也很正常啊！"

何明睿惭愧道："好，这次是我错了。以后，我再也不会无缘无故不理你。"

林雨蓝不依不饶地说："有缘有故也不能不理我！"

何明睿不说话，把林雨蓝抱在怀里，紧紧吻住了她。

正在这时，何明睿手机响了，居然是吕卓晴打来的。两人面面相觑。

九

电话里，吕卓晴的声音显得慵懒又娇滴滴，她说："大帅哥在哪儿呢？"

何明睿不直接回答她的问题，委婉地说道："噢，我跟朋友在一起，你有事跟我说？"

吕卓晴道："要你来陪我你就推托，什么朋友那么重要呀？"

何明睿说："我真的有事。吕大小姐有什么吩咐？"

吕卓晴本来想跟何明睿聊几句，发现两个人实在无法好好说话，于是切入正题："吕总刚刚给我打电话，我们有了一个新任务。明天拜访完武汉的客户，还要去恩施找袁来主任，了解一下他找草药的进展，看我们公司是否有可能第一时间跟进这个新项目，以后尽量寻找机会跟医院合作。"

何明睿听了，问道："哦，明天要去恩施？"

吕卓晴问："怎么，你好像不太愿意去？"

何明睿说："嗯，我确实有些事情要处理，假如可以不去，当然最好。"

吕卓晴说："怎么可能呢，当然要去。武汉是你老家，怎么去恩施你肯定比我熟悉，麻烦你订明天下午去恩施的票吧！我等下就给袁来主任打电话，告诉他我们会过去。明天上午拜访武汉客户，下午去恩施找袁主任。"

何明睿无奈地说："那好吧，明天见。"

林雨蓝一直注意听何明睿的话，已经明白了大半。

何明睿苦着脸说："我明天要和吕卓晴一起去恩施找你们袁来主任，唉，真是烦恼。如果是和你一起去就好了。"

林雨蓝笑道："我也可以去啊！"

何明睿喜出望外："真的？那太好了！"

林雨蓝解释道："本来袁主任计划让我和他一起过去，后来知道我姑姑得了癌症，就让我留下来陪姑姑，说需要我过去再给我打电话。他人真是挺好的。"

何明睿做个吃醋的怪样，道："怎么个个男人都对你那么好？"

林雨蓝笑道："因为我人好啊！别人都对我好，就你眼睛里没有我。"

何明睿指着自己的眼睛说："谁说的？你看看，我眼睛里全是你，只有你啊！以后你只准对我好，离别的男人远一点，不然我会很吃醋。"

林雨蓝笑道："醋好吃啊，我也愿意吃！"

何明睿满脸笑容，问："那我订票的时候也给你订一张？去恩施坐火车太慢了，要四五个小时。飞机一般能订到特价票，价格跟火车差不多，只要一个多小时。"

林雨蓝说："不用你订，我才不跟你们一起走。我也明天去，回头我联系袁主任。你们明天下午才走吧？"

何明睿道："对啊。为什么不跟我们一起走？"

林雨蓝道："那样吕卓晴就知道我们在武汉已经取得联系了，她会气坏的。"

何明睿想想说："也是，那我们就恩施再见吧，假装我们在恩施才遇到。你明天一定要去啊！我简直一分钟都不想离开你。"

林雨蓝娇俏地翻个白眼说："哼，好假。是谁动不动就不理我来着？"

"以后永远不会。我从不说假话。"何明睿道。

"又一句假话，哪有从不说假话的人，偶尔还是要敷衍一下的。"林雨蓝认真地说。

何明睿忍不住笑了。

这时，林青青打电话问林雨蓝怎么还不回家，林雨蓝说马上就回。

何明睿要和林雨蓝一起去探望一下林青青，林雨蓝拒绝了。她知道林青青非常敏感，暂时不宜单独带何明睿出现。也许从恩施回武汉的时候再找机会比较好。

两人依依不舍地吻别。

林雨蓝把礼物带给林青青的时候，就说是一个认识很久的网友给的，推都推不掉。

林青青看看林雨蓝，知道她不想多谈，也就不多问。

十

恩施机场出口。

吕卓晴一眼看到和袁来站在一起的林雨蓝，非常惊讶，连何明睿都略略有些吃惊，没想到林雨蓝动作那么快。

袁来笑道："没想到这么巧，你们两拨人同一天到恩施。上午是雨蓝，下午是你们俩。我们今天一起找个酒店住下来吧！前些天我住家里，经常往乡下跑，去寻访民间医生和药材。现在也跟你们一起住酒店吧。"

袁来和吕卓晴去办入住手续，何明睿和林雨蓝在一边看着行李。

何明睿满脸笑意，眼神胶在林雨蓝脸上。

林雨蓝红着脸小声道："干吗老看着我，等下他们会知道的。"

何明睿不以为然地说："知道就知道啊！有什么关系？"

林雨蓝略略有些不安："我们才刚开始就要公开吗？"

何明睿道："我就是希望公开，希望全世界都知道。"

林雨蓝说："回上海再公开吧！不要在这里，不然气氛会很尴尬的。你明明知道吕卓晴很喜欢你，还是稍稍照顾一下她的感受吧！"

何明睿想想，觉得林雨蓝说得有道理，于是点头同意。

袁来和吕卓晴分别开了两间房，四个人每人一个单间。本来吕卓晴要承担全部费用，袁来却坚持 AA，说这次是公务，没必要给天源公司增加负担。吕卓晴也就不再坚持。

大家各自去房间稍事收拾之后，一起出去吃饭。他们要了一瓶红葡萄酒和几瓶啤酒。几杯酒下去，气氛就活跃起来。

吕卓晴不时冷眼扫一下何明睿，见他和昨天相比，整个人突然变得精力充沛，嘴角都时时往上翘，便猜想是因为见了林雨蓝。吕卓晴忍不住暗暗叹息，心想，人的感情也真奇怪，不是说没有无缘无故的爱也没有无缘无故的恨吗？她喜欢何明睿简直就是无缘无故，根本不知道喜欢他什么。吕卓晴悄悄打量眼前这两个男人，若说帅，何明睿不见得比袁来帅；若说能力，袁来年纪轻轻，已经是上海大医院的中层骨干，至少目前显得比何明睿更有前途。她突然转念，何必要在一棵树上吊死，比何明睿好的男人不多的是吗？眼前这个就不比他差啊！这么一想，她觉得自己轻轻放下了。自小，她就不是一个喜欢死磕的人。想要的东西能够得到当然好，得不到，就去寻找类似的甚至更好的。

袁来似乎不胜酒力，乘着酒兴，突然指着林雨蓝问："你，老实交代，到底有没有男朋友？"

林雨蓝愣住了，她根本没想到袁来会在这个时候问这样的问题，只是笑笑，并不回答。

吕卓晴酸酸地说："她呀，大美女，追的人多了去了。袁主任也准备去排队吗？"

袁来用开玩笑的口气说："我才不排队，我喜欢插队。"

何明睿赶紧说："今天吃得差不多了，也累了，我们回去吧！明天不是还要上山去看老虎花吗？早点回去休息吧。"

吕卓晴叫："听说老虎花有毒啊，我好担心！"

袁来边站起来边说："有毒，我们都小心一点为妙。另外，这次我在山上遇到一个牛人，明天带你们去见识一下。"

晚上，何明睿给林雨蓝发微信，说是要到她的房间里来。林雨蓝马上坚决拒绝，道："不要！绝对不要！说好了先保密，请不要让我为难。"

何明睿发出一个哭泣的表情。林雨蓝回了一个坏笑。最后，几乎同时，两人给对方发送了晚安图片。

十一

湖北恩施山地多，森林覆盖率达到百分之七十，有"华中药库"之称。

四个年轻人吃过早餐就准备进山。袁来一眼看到吕卓晴的高跟鞋，马上说："不行不行，你穿高跟鞋爬山会累死，就别给我们添乱了，先随便买双平底鞋换上。"吕卓晴却赌咒发誓说没有关系，她夸张地说："我穿高跟鞋跟穿平底鞋完全没有两样，跑步都没有问题，保证爬山也没事。"袁来只好摇摇头，随她去。林雨蓝事先做足了功课，知道看草药肯定要爬山，一直穿白色平底跑鞋。这几年非常流行这种真皮的小白鞋。林雨蓝脚上这双还绣了浅蓝色的花朵，配着她的牛仔裤、白衬衫，素净又好看。

他们租了一辆越野车，到了不能行车的地方，四人下车走路，说好返回时再打电话请司机来接。

几个人花费了两个多钟头才爬到半山腰，袁来说的"牛人"就住在山腰上一座土木结构的老房子里。此人姓钟，大家称他"钟赤脚"，他家三代都是当地有名的赤脚医生。钟赤脚七十有五，有三个儿子，都下山娶了媳妇，在小镇上生活，只有他和老伴一直舍不得离开大山。前一阵老三家添了孩子，老伴也下山带孙子去了，只有他一个人守在山上。

林雨蓝好奇地问他："您一个人在这山上不害怕吗？"钟赤脚答："说完全不害怕也是假的。但是习惯了就没关系了，反正睡觉之前都会拿把刀放在枕头边上。"

吕卓晴踩着高跟鞋，居然也顺利地爬了上来，真是让人不服不行。不过她嘴里喊着"累坏了"，一屁股坐下就不再想动。

袁来说："吕大小姐，我们休息一下还要去看老虎花，你不去？"

吕卓晴问："还有多远？"

钟赤脚说："远倒是不远，十来分钟就到了，就是路不好走。"

吕卓晴道："那不怕，你们去我也去。"

大家都渴了，一人端了一杯钟赤脚自己制的茶。林雨蓝直呼茶好香，吕卓晴却撇撇嘴。喝完，大家就一起去看老虎花。

"这老虎花呀，传说是剧毒的，越新鲜毒性越大。我在老虎花边上看到过死兔子，估计是被毒死的。每回去采药，我都要戴好几双手套。你们千万不要去碰啊！出了什么问题我可负不起责。"钟赤脚边走边唠叨。老人身板极其硬朗，跟他们这些年轻人比毫不逊色。毕竟他常年在山野里跑，准确地说，他比几个年轻人行动还要敏捷。

终于找到传说中的老虎花了，只见一大片绿绿的叶子。钟赤脚再次提醒说："大家小心点啊！你们现在看到的老虎花已经过了花期，它春末夏初开花，现在只剩叶子和枝干。请大家注意，这种花是有刺的，千万不要被刺到了。"

钟赤脚话音刚落，就听到吕卓晴大叫一声："哎哟！"原来她不小心踩到一块石头，一下子站不稳，摔倒了。等她爬起来，又是一声惊叫："天哪！痛死我了！"因为她发现自己摔倒的时候，手腕被什么东西刺破流血了。

钟赤脚走过去，看一眼，惊慌地说："哎呀，你这个，是被老虎花刺到了。看看，你的伤口有点发黑！"

吕卓晴被吓到了，急忙问："那，要不要紧，怎么办呢？"

钟赤脚赶紧打开随身带着的药箱，给她上了一点药，并且用绷带紧紧地绑住了她的手腕，说："你这伤口看起来倒是很浅，问题应该不是太大。可是也难说，因为很少有人被老虎花刺到。所以这药效果究竟怎么样我也说不好。这地方来的人本来就少，大家也知道老虎花有毒，基本上都绕道，以前好像没人被老虎花刺伤过。只有我还偶尔来采药。"

听这么一说，大家都有点紧张。钟赤脚想了想说："这样吧，我们先回去，让这个小姑娘休息一下，多喝点茶，茶是可以解毒的。家里还有一些特效药，都给她用上，要不，万一有个什么事可不得了。"

吕卓晴脸都吓白了，突然"哎哟"一声坐在地上，路都走不动了。连她自己也不知道是穿高跟鞋爬山太累了，还是吓坏了，或者是真的严重中毒了。

林雨蓝赶紧安慰她："没事的，你别紧张，应该不是严重中毒。如果中毒严重的话，会有症状，比如，发生大面积肿胀、变色，你这个只是小范围，应该没事。"其实林雨蓝也很忐忑，她尽量说得轻松些，至少不能让吕卓晴自己把自己吓倒。

袁来上前把吕卓晴拉起来，扶着她慢慢走。见她几乎走不动，袁来干脆背着她，嘴里说："安全要紧，我们赶快去处理伤口。"吕卓晴到底没经过什么事，忍不住伏在袁来背上哭起来。

"快别哭了，你把我的衣服都哭湿了。"袁来开玩笑道。

大家一路上好言安慰，到了钟赤脚家，吕卓晴喝了一大杯茶，钟赤脚另外给她吃了一种丸药，说是解毒的。再过一阵，钟赤脚说："应该没事了。如果毒性真有那么大，早就发作了。看来这老虎花倒也不是剧毒的。"

袁来问："听说有个癌症晚期的病人想吃这种花自杀，没想到吃了以后觉得自己似乎舒服了一些，后来病好了，你听过这个事吗？"

钟赤脚说："这个我也听说了，好像还是个真事。不过，只有一个例子，说明不了问题。"

袁来说："所以我们想多做实验。"

钟赤脚道："那可以。如果真的有用，山上这种老虎花有好几片。"

吕卓晴觉得没有任何不适了，又有说有笑起来。她看袁来的眼神都变得温柔了一些。何明睿看在眼里，跟林雨蓝对望一眼，会心一笑。他们笑的时候，袁来心虚地问："你们笑什么？"林雨蓝答："没笑什么，就是心情好。"

转眼太阳西斜，出租车主打来电话说临时有事过不来，如果他们要车，他可以另外请别人来。

林雨蓝插话道："另外叫人来接我们，恐怕很难找到地方吧？"

袁来看看林雨蓝，问钟赤脚："如果我们在你这里过夜，方便吗？"

钟赤脚道："那有什么不可以。以前十来个人都在我这里待过。"

于是袁来对着电话说："你明天可以来接我们吗？"对方说可以。袁来强调："明天你可不能再有什么特殊情况了啊！另外找的人很难找到我们这个地方。"那边连声说一定一定。

吕卓晴一听留宿山上，高兴得要跳，却碰到伤口，又龇牙咧嘴地大叫。

十二

钟赤脚拿出一只腌制好的野兔子招待大家。晚餐很是诱人，油焖野兔、辣椒豆腐干、爆炒四季豆，还有用蒸笼蒸出来的红枣糯米饭，光闻着那香味就让人垂涎不已。钟赤脚打出几两泡了药材、放了冰糖的烧酒，三位男士的酒杯全都倒满酒，林雨蓝、吕卓晴也嚷嚷着要尝一尝。

边喝酒吃菜，钟赤脚边摆开了龙门阵。他的亲生父亲是有名的乡下郎中，父亲的弟弟却是一个国民党老兵，打过几仗之后偷偷逃了回来，也不敢在山下村里待着，怕又被抓去，只好躲在深山里。这位叔叔一生没有成家，后来把他过继过来，教他打枪。就这样，他既能打猎又略懂中医中药。

说得高兴，钟赤脚起身从一个木柜的抽屉里取出一个小木匣子，打开之后给大家看，一脸得意扬扬的样子。大家凑过去看，只见是一堆长长尖尖的东西，像是动物的牙齿，还有几小块一望而知是老虎皮、豹子皮之类的东西。

吕卓晴叫："这都是些什么鬼？"

钟赤脚道："这都不是鬼，是老虎皮、野猪的獠牙。"

林雨蓝难以置信地问："这山上有老虎？"吕卓晴捂着嘴叫："哇！吓死人了！"

何明睿和袁来同时说："这都是国家保护动物，打老虎犯法呀！"

钟赤脚不紧不慢地喝口酒，道："别急，听我慢慢说。"

原来，20世纪50年代，钟赤脚用粗笨的木头搭建了这座房子，团团围了个小院子。他和妻子住在这里，打猎、采药为生，也养了几只鸡、几头羊，以备不时之需。

一天夜里，夫妻俩被一阵抓门声和野兽的嚎叫声惊醒。原来门外来了一只老虎。山上有老虎他们早知道，只是老虎很少靠近他们的木屋。钟赤脚抄起枕边的铁铳准备冲出去，妻子却一把扯住他说："别！老虎很厉害，咱没把握就别招惹它。"钟赤脚却说："没事，你看古代的人，武松空手还把老虎打死了，我这不是有家伙嘛！"

为了保险起见，钟赤脚拿来梯子靠在院墙上，对着黑影打了好几铳，见那黑影倒下，回房继续睡觉。天亮打开门，好家伙，一只重达三百多斤的大老虎被打死在门外！这是他一辈子唯一打过的老虎，老虎肉被钟赤脚分给亲友，虎骨分给大家泡酒，老虎皮后来被人买走，他只留了一小片做纪念。

"那个年代打老虎还不算犯法。"何明睿道。

"对，那时候只要有本事，打野兽不犯法。七八十年代，我打过好多头野猪。后来野兽越来越少，国家也开始保护野生动物，我就很少打猎了，偶尔打打野兔子。"钟赤脚道。

吕卓晴听故事听得高兴，主动要酒喝，结果喝得头晕，一阵一阵往袁来肩膀上靠。

袁来叹道："这姑娘，挺会逗能的。"声音里却多了柔情。

十三

林青青在阳台上侍弄她的花花草草。长方形的阳台不大，不到十平方米，花盆摆放的高低错落又整齐有序，米兰、芦荟、君子兰、玫瑰次第开花，也有发芽了的洋葱，郁郁葱葱，煞是可爱。最受林青青关注的是一株发出手指头那么长嫩芽的百合。那是一头被林青青忘在冰箱里的鲜百合，有一年了。前一阵子突然翻出来，林青青左看看右看看，似乎没坏，于是把一大半扔进汤里煮，分出两小瓣随手埋在花盆里，其中的一瓣居然顽强地发芽了。有时候，生命竟然如此强悍。

突然手机响了。"姑姑，我已经回武汉了。我们几个朋友在一起，有个事要跟您谈一谈，您愿意出来跟我们一起喝茶吃饭吗？我们就在您楼下。"

林青青答应了。

林雨蓝把大家介绍了一下。袁来开门见山诚恳地说："林女士，我作为协和医院新药研发中心的负责人，邀请您到上海，所发生的费用，包括您的差旅费，都由我们医院承担，您看可以吗？"

林青青犹豫一下问："要去多久？"

袁来答："暂定一个月吧，这个项目，吕卓晴小姐和何明睿先生所在的天源公司也会参与进来。希望能够真正研发出一款有效的抗癌新药。"

林青青答应了。林雨蓝欢呼道："就知道我姑姑会答应的。她非常愿意接受新事物。"吕卓晴说："你姑姑这么年轻，当然愿意接受新事物。"她本来想问林青青的年龄，觉得不礼貌，于是旁敲侧击，话里有话。林青青和林雨蓝互相看看，微笑一下，却并不接话。

餐后，林雨蓝跟林青青回家，何明睿亦回去跟父母同住，袁来和吕卓晴住酒店。走出好远，林雨蓝无意间回头看看，她惊讶地发现袁来和吕卓晴居然牵着手。这两个人可真是进展神速。

林雨蓝洗漱的时候，林青青接到谢思虹打来的电话，两人聊了好一阵，都围绕林青青的健康状况，然后又说起她准备跟几个年轻人一起去上海。过了一阵，林青青说："嗯，好像是有一个男孩子叫何明睿。对，是的，有个何明睿。"

林雨蓝听到这句话，马上愣住了。糟糕，看来这秘密到底让谢思虹知道了。

林青青尴尬地解释道："你妈妈指名道姓地问何明睿，我也不好说假话，一时不知道怎么回应，只好承认。"

林雨蓝道："姑姑，我不怪你，既然我把他带到你面前，肯定就已经有心理准备，我妈妈她迟早会知道的。"

第五章　上海：你不是一个人在战斗

爱情有许多种，爱常常意味着疼痛。有的人闪婚，有的人数十年天各一方默默守候。只要真心相爱，你就能渡过苦难之海。

一

在霸道总裁吕谦看来，这个早晨，命运似乎专门来踢他的场子了。

"再过一周，下个周末，请大家喝喜酒。"一大早，天源公司的会议室里，吕卓晴大声宣布，而且边说话边满桌子抛撒巧克力。会议室里马上响起一片惊讶的叫声，人们嘻嘻哈哈地哄抢包装格外精美的糖果。

这个漂亮专横的女孩子又在玩哪一出？吕谦实在是大吃一惊。他看看吕卓晴，又看看何明睿，迟疑地问道："你们，这么快？"

何明睿赶紧一脸无辜地声明："跟我没关系，新郎不是我。"吕卓晴说："他的心上人是那个台湾美女林雨蓝，我的如意郎君是袁来医生。"

吕谦实在反应不过来，喃喃道："什么，林雨蓝！你和袁来，何明睿和林雨蓝？这个，你们在演青春偶像剧真人秀，一直把本大叔蒙在鼓里？"吕谦的心似乎被人打了一锤。他本来打算认真地去追林雨蓝，想不到她却突然名花有主。好好的一份感情，还没开始就结束了，心头真是无比怅惘。

"不是秀，是认真的。对人对事，我很认真。"吕卓晴严肃地说。何明睿加了一句："对了，我们还把林雨蓝的姑姑林青青也从武汉请到上海来了。"

"林青青？"吕谦神色大变，重复道，"武汉来的林青青？"而后自言自语，"不可能，世界不可能这么小。"他觉得自己的场子顷刻被踢得一片狼藉。先是宣布他看中的女人不能追，然后又把他埋藏在心底许久的另一个女人挖出来，他却一点心理准备都没有。

吕卓晴说："什么不可能？你不是要我们跟进新药项目吗，我们下午就要去医院看望接受新药治疗的林青青。她很勇敢，完全看不出来是一个癌症病人。"

吕谦跌坐在椅子上说："癌症病人？你们这个林青青跟我认识的林青青不可能是同一个人……这样吧，反正下午我有空，跟你们一起去。"

吕谦记忆中的林青青从他的脑海里跳出来。

他们曾经是大学校园里最拉风的一对情侣。林青青是外语系系花，吕谦是学生会主席兼校足球队队长，就读生命科学系。那年，吕谦大三林青青大二，他们在英语角相遇。这位足球队长很少去英语角，踢球需要大量时间，他根本没工夫去练口语。此番过去是因为死党告诉他，英语角有个漂亮的洋妞，吕谦心痒痒得特意去看看。没想到他一眼看到林青青，就再也挪不开眼睛了，洋妞不洋妞的，根本就没注意。林青青呢，也被这位帅哥的眼神给电麻了。吕谦觉得林青青的英语说得非常流利，发音也很标准，于是邀请她去生命科学系的学生活动上发表英语演说。自此，吕谦、林青青双双坠入爱河。

吕谦大学毕业之后跟随父母举家迁往上海，那个年代还没有手机等通信工具，全靠写信和电话。起初两人还通信，后来不知道什么缘故，吕谦给林青青写的三封信全都杳无消息，加上他家所在的老社区拆迁，两人居然彻底断了联系。后来，吕谦借着回武汉的机会去找林青青，竟然没有找到，他们共同的朋友太少了。

此后，吕谦有过一次短暂婚姻。五年前，前妻执意去美国的时候，他们办了离婚手续。这几年，他一直没遇到真正令他愿意重新走入婚姻殿堂的女子，索性满不在乎地单着，有一搭无一搭地和主动扑上来的女孩子游戏人生。

好不容易对林雨蓝稍稍动了心，还没来得及动手，居然被何明睿这小子抢了去。林雨蓝不能成为自己的女朋友的事并没有那么令他心惊。他觉得，男人只要有实力，只要认真恋爱，和谁谈不是大问题。大问题是，他觉得自己被点穴了。林青青，哪怕仅仅听到这个名字，他的穴位就麻住了。

"不可能，不可能是那个林青青，同名同姓的人多了去了。"吕谦一遍又一遍告诉自己。越是这样，他内心深处越怀疑此林青青就是彼林青青。

这次的公司例会，吕谦根本心不在焉。平常他都会逼问各部门负责人工作进度，但这次，他只是默不作声地听汇报，然后宣布散会。各路人马面面相觑，低声询问："老大什么情况？"

二

一大早，林青青对着一杯咖啡发呆。咖啡表面泡沫的形状让她产生了太多的联想。

泡沫排列的图形看起来像一只张开翅膀的蝙蝠。蝙蝠这种动物，林青青其实没那么喜欢。学生时代教材里有一个寓言故事，说蝙蝠在鸟兽大战中，跟鸟在一起就说自己有翅膀，是鸟类；跟兽在一起就说自己有牙齿，是兽类。最终鸟和兽都驱逐了它，它只好在夜间露面。

记忆中这个寓言式童话更加令林青青沮丧，她盯着漂浮在咖啡上的泡沫蝙蝠出神，有点担心这只蝙蝠会突然飞起来，扑打她的脸。明明是因为精神状态不够好，想用一杯咖啡让自己振作起来，没想到适得其反。林青青马上又记起另外一件事。她想起前些年流行玩古董的时候，有一个朋友送给她一对底款刻着"同治年制"的清代圆形小瓷碟。上面的图案就是蝙蝠，明黄色的底，宝蓝色圈边，栩栩如生的五只小蝙蝠围着一个繁体圆形寿字，据说寓意是"五福捧寿"，表示富贵长寿。这对小碟子小巧可爱，市面上的标价居然要好几千块，还很受欢迎。这样一想，林青青这才释怀，赶紧一口喝掉咖啡，准备一个多小时之后再喝老虎花汤药。

人太虚弱、太闲散，就容易胡思乱想。于是，林青青拿出一本心理学专业书籍开始阅读。

中午，林雨蓝带林青青去自己常去的美发店洗头，要了一个最豪华的洗护套餐，包括姜疗、肩颈按摩，最后再吹直。整个过程历时一个钟头，正好可以休息一下。其中姜疗是林雨蓝的最爱，把鲜榨的姜汁直接涂抹在头皮上，据说有养发护发的功效。

平常给她洗头的女孩恰好在忙，躺下的时候，林雨蓝出于礼貌，跟新来的洗发小妹有一搭无一搭地闲扯几句。

"怎么称呼你呀，小妹。"

"你还叫我小妹，你应该比我小。"

"可是我听说，现在大家不喜欢被称为小姐。"

"也是，叫我小妹还是比小姐好。"

"唉，现在的人，都好任性。一些原先好的词变成了贬义词，比如小姐；原来不受欢迎的词现在成了赞美，比如妖精、狐狸精。"

洗发小妹连声说对。林雨蓝追问："你叫什么名字呢？我下次可以找你呀！"

"我叫奉棚，奉献的奉，柴棚、草棚的棚。我是在柴棚里生下来的。"

林雨蓝听着，觉得这名字发音有点怪。想着那些喜欢给人取外号的人，说不定会叫出"粪盆"，觉得有点好笑，但实在不礼貌，于是拼命撑住。

奉棚却主动问："你是不是想笑？"林雨蓝到底撑不住了，哈哈大笑起来。当然，她绝不肯说自己为什么笑，只说想起好笑的事。林青青也在一边因为同样的原因笑了，只是她是微笑，并不出声。

两人把头发吹直，奉棚问："你们两个是不是姐妹？长得好像，都是大美女，亮瞎眼。"

林青青正要解释，林雨蓝抢着说："是啊，我们是两姐妹。你看看谁是姐姐、谁是妹妹？"奉棚笑着说："反正是姐妹就对了，我就不分那么清楚了。"林青青只是笑笑。

从美发店出来，林雨蓝热烈地说："姑姑，你看，到处有人说你年轻，说你美。"

林青青叹息道："可惜岁数搁在那儿呢，又大病了一场。"

林雨蓝说："会过去的啊！不少病人都康复了啊！姑姑，你一定要对自己有信心，你现在已经恢复得相当好了。现在好多女人都把自己修成冻龄美女，年龄像被冻结了一样，一直是年轻的。姑姑，加油！"

林青青笑着摇摇头，又点点头，嘴里叹道："生过一场大病之后，整个人都变得恍惚起来，真正明白什么叫人生如梦。对自己也没有那么自信了。"

"姑姑，你千万不能自卑，真正爱你的人会一直爱你，不会因为你生病就放弃你。你更不要担心谁会嫌弃你。"林雨蓝热切地说。

"呃，自卑的话，我好像不自卑，没有这么严重。不过谢谢你这么说，我会一直对自己有信心。谢谢你鼓励我。"林青青由衷地说道。

"我不是鼓励你，我说的是事实。姑姑你看，你仍然那么年轻美丽，谁能看出来你生病了呀？你一定要爱自己，喜欢自己。你也值得别人喜欢。一个人不可能摔一跤之后，就一直倒在地上不起来，对吧？姑姑，你一直是我心目中的女神呢！"

林青青似乎觉得自己被唤醒了，重新充满力量。

三

吕谦和吕卓晴、何明睿走在协和医院的过道里。何明睿在一扇关着的门前停下来，抬头看门上的牌子，确认自己没有弄错。此时，门里清清楚楚地传出对话声。

"姑姑，你的体重一直是这样的吗？"

"是啊，体重一直变化不大，也就只有这个是自己可以控制的了。"

听到这声音，吕谦如同被电击中。是的，没错，绝对是她，他曾经爱过的那个林青青。十几年过去了，她的声音没有太多变化，只是稍微成熟了一些。这个已到中年的男子突然成了一个不谙世事的少年，窘迫得不知所措。

何明睿轻轻敲一下门，顺手把门推开了。林雨蓝转头看了他们一眼，笑着说道："欢迎，哦，吕总也来了。"林青青正低头穿鞋子，那是一双紫色的平底皮鞋，鞋尖部分镶了不少亮亮的水钻，好看得像一件艺术品。她穿好了才从容不迫地抬头看他们，脸上带着平静的微笑。然而当林青青的目光碰到吕谦的眼神，定定神看清楚他的脸，立刻像被施了法术一般，整个人都定住了。在场的其他人面面相觑，不知道是怎么回事。

吕谦叹口气，说："青青，我找你找得好苦。"

林青青近乎口吃地问："你，你怎么在这里？"

林雨蓝惊讶地问："你们认识？"

吕谦看看林青青，又看看林雨蓝，她们确实长得很像，怪不得他对林雨蓝有莫名的好感。人们常常倾向于做出同样的选择，追寻曾经让我们又爱又痛的事物，根本无法轻易舍弃。

"岂止认识！"吕谦紧紧盯着这张曾经最爱的脸，想起她正在被重病折磨而依然没有惧色，内心的千言万语完全不知道如何说出口。

何明睿悄悄拉着林雨蓝往外走，吕卓晴也知趣地和他们一起出去。这个奇妙的时刻和空间，应该属于两个久别重逢的人。

吕谦握住林青青的手，轻轻揉捏，怜惜地说："青青，你受苦了！"

林青青百感交集，想大哭、大笑，想捶打吕谦，却又控制住所有的冲动，只是望着吕谦，张张嘴，又一时不知从何说起。她确实受了太多的苦。明明相爱，却各奔东西还失去联系，这样的别离之苦，有多少人能够承受呢？林青青的心也无法承受，于是索性身体也大病一场。其实人的身心是一体的，一天到晚活得过于痛苦压抑，免疫力降低，就更容易生病。

吕谦忍不住用责备的口吻问："那时候我给你至少写过三封信，为什么你不回信？"

林青青叹息道："你跟家人去上海之后，我整天心情不好，什么事情都不想面对。好多次打起精神要给你回信，却半途而废。我患了抑郁症，后来好不容易调整过来，给你写过一封信，却再也没有你的回音。"

"我们住的地方拆迁，搬家了，根本不可能收到你的信。我回武汉找过你，但是不知道你住在哪里，根本找不到。"吕谦痛惜道。顿了顿，他微笑着说："还算老天有眼，又见到你了。"

林青青喃喃道："见到又怎样，难道你也一直独身？何况，你应该知道，我重病在身。"

吕谦笑道："可能老天爷安排我等你。我离婚了，现在也是独身。至于你的病，有我在，不要怕，我们一起来面对。"

林青青表情复杂地望着吕谦，各种情绪在心头交织。有时候想一头扑进他怀里，从此再也不分离；有时候想远远逃避，担心自己已经配不上他。这时候，林雨蓝真挚的话又在她耳边响起："姑姑你看，你仍然那么年轻美丽，谁能看出来你生病了呀？你一定要爱自己，喜欢自己。你也值得别人喜欢。"

终于，林青青默默告诉自己：无论发生什么事，好事、坏事，喜欢的事、不喜欢的事，都是由自己和相关人的能量场决定的。静静地看着它发生，做出自己乐意的选择和姿态，无挂无碍，无怨无悔，就对了。

至少，她和吕谦可以重新开始。

四

袁来牵头，请来医院几位名医以及新药研究中心的相关人员，讨论老虎花的研究进度，并邀请林青青旁听。大家讨论一阵，林青青举手示意要求发言。

她说："在座的都是知名中医，作为一名病人，我有一个问题想得到确切的答案。这个问题是：中草药真的有用吗，为什么有用？"

在座的医生互相看看，一位年龄最大的医生说："中草药已经有几千年的历史，经过无数人的实践，当然有用。"

袁来赶紧介绍道："这位是我们的新药试用志愿者林青青女士，她是一位癌症患者。"医生们面面相觑，他们本以为林青青是哪家媒体的记者，实在太不像病人了。

林青青说："这次大病之前，我很少生病，也很少吃药。以前我对中草药不屑一顾，认为这很可能跟烧香拜佛一样，是装神弄鬼。也许是生病的人自己抵抗力增强才康复的，即使不吃药一样可以恢复，吃药和病好之间，也许只是巧合。也就是说，我怀疑千百年来人们相信的中草药，就像古人因为恐惧而相信的神灵一样，是盲目而没有根据的。直到后来我自己学习保健养生，才清楚中草药确实是有一定功效的。"

几位医生已经露出欣赏的眼神。林青青受到鼓励，喝口水，接着说："其实我更相信药食同源，药补不如食补。毕竟我们吃的食物已经有很多年的历史，基本上是无毒的。而药，不少还明知是有毒的，医生们说是'以毒攻毒'。但我想，毒素积累太多，对身体肯定有害。而不少食材其实也是药材，比如莲子、淮山、枸杞、红枣、桂圆等，何必拿自己的生命、身体去冒险呢？所以每次我找医生开药，一定叮嘱他要低毒甚至无毒。"

林青青的即席发言引起一阵热烈的掌声。一位戴眼镜的医生笑着说："很少有这么清醒、头脑清楚的病人。"袁来开玩笑道："甚至有的医生都没有这么清醒。"

回到住处，林青青犹自心绪起伏，想起夜里做的一场梦，脑子里竟然涌现出一首以中药木蝴蝶为主题的现代诗来：

木蝴蝶

即便是午夜梦回，

听一场雨，

也有思绪纷纷，

蝴蝶一样飞起来。

怎么会有如此令我执迷

也执迷于我的人?

呵，这世界繁华容易成烟，

不是你负了我，

就是我负了你。

不如天亮之后，

找一丛樱花，

听它慢慢开，

看它悠悠落下。

深深呼吸，

看到一个模糊的你。

我曾经那么那么那么爱你。

深深呼吸，

感觉到自己的心跳如此有力。

你看，只要十几只木蝴蝶，

煎水，吞服，

我又再度飞起来。

五

经过一场愚蠢、荒谬而惊险的"爱情试验"之后，何明睿成功地劝说林雨蓝搬来与他同住。那场试验是这样的。

自从公开恋情，两人恨不得时时刻刻腻在一起，但彼此都慎重地有所保留，尤其是林雨蓝，坚定而认真地守着女人的最后一道防线。她心里毕竟有所顾忌，也算是一颗红心、两种准备。假如跟何明睿两情相悦，留在大陆是可以的；如果两个人感觉不对，不能走到一起，她还是会回台湾。

这天两人去郊外游玩，依偎着在铁轨旁慢慢走，说些闲话。

何明睿道："怪不得古人说'死生契阔，与子成说'，爱一个人的感觉真的很好，反正就是生生死死都要在一起。"

林雨蓝道："好好的，说什么生生死死呀！"

何明睿道："反正就是，爱一个人，哪怕为她死都愿意。"

林雨蓝狡黠地开玩笑："那好啊！我们做个试验，你死给我看。"

何明睿也笑道："好呀，一起死，怎么个死法？"

两人四处望望，林雨蓝看着铁轨说："不知道这里会不会来火车。"

何明睿马上拉着林雨蓝走上轨道，两人在轨道中间依旧紧紧拥抱着，笑闹着。没想到过了十来分钟，竟然真有火车朝他们驶来。

眼看火车越来越近，何明睿脸色都变了，突然抱住林雨蓝，一下子跳开了。他们跳开的瞬间，火车呼啸而过。

何明睿抚着胸口说："好险啊！是不是人一恋爱，就要变成蠢驴？"

林雨蓝却咔咔地笑。

何明睿道："你还笑，我刚才反应再慢一点，我们两个就变成冤魂了。"

林雨蓝道："我对你有信心，知道你不会那么蠢啊！"

何明睿后怕地说："万一我更蠢一点，真的要证明自己为了你不怕死呢？"

林雨蓝道："那我应该也会扯着你跳出来。"

何明睿擦擦头上的冷汗道："问题是，假如我们都认为对方会采取措施，然后都没有动静呢？或者，我一直没有动，等你反应过来，已经来不及了，那是什么后果？"

林雨蓝怔了怔，道："也是，幸亏我们命大。"

何明睿摇头叹道："蠢驴，蠢驴，我们是一对蠢驴。以后再也不能干傻事了。"

这天，他们更加如胶似漆地黏在一起，谁也不想分开。何明睿就说："雨蓝，你搬出来吧，我们在一起。"

林雨蓝虽然不是很开放的女孩子，倒也不古板，羞涩地同意了。

六

这天林雨蓝坐在沙发上玩手机。"快看快看！"林雨蓝拿着手机对何明睿尖叫，"大明星林章在妻子怀孕的时候出轨了！"

林章是林雨蓝和何明睿都喜欢的明星。何明睿刚从卫生间出来，听到林雨蓝叫，赶紧过来，一手搂着她的肩膀，一手拿过手机看。林雨蓝突然沉默，抱住何明睿不说话，目光里满是忧伤。

"怎么啦雨蓝，在胡思乱想什么？"何明睿亲吻一下她的脸颊问。

林雨蓝叹口气，严肃地问："你会出轨吗？"

何明睿想一想，认真地答："我现在当然毫不犹豫地回答我不会。如果我们一直这样相亲相爱，我肯定不会。"他边思索边说，"我这个人喜欢简单，什么事情一根筋，出轨的可能性根本不大。你看我们从认识起，都七年了吧，而且还长期不在一起，我的心里不是只有你吗？但是，也许情况会发生变化，我不知道将来会是什么样。"

林雨蓝不高兴地说："你在给自己留退路。要是你有什么鬼心思，我立刻回台湾，再也不理你！"

何明睿喊冤叫屈道："我这是在实话实说呀！"然后他赌咒发誓，"好好好，我保证不会出轨，一生一世只爱林雨蓝一个人。"

林雨蓝说："行了行了，演戏给谁看。"

她闷闷不乐地翻朋友圈，发现林青青对这个新闻也有评论：我老早就放话，爱情婚姻，不过是自己的私事，跟道德责任什么的扯不上太多关系。只不过，前人出于种种目的，制定了一套规则，或强硬或柔软地逼迫人遵守，然而人性终究会或明或暗地自由生长。今天很欣赏林章，他说："你们发现了，说我错了，那就错了，我道歉，可是，没有什么好解释的。"居然觉得这林章倒也还是好样的。如果他确实有诚心继续维护婚姻，似乎可以理解和原谅。

比她大十几岁的林青青思维居然这么有弹性？然而，林雨蓝想要的是纯洁美好的爱情，彼此真诚坦白，爱就爱到底。她会用智慧和诚心来经营自己的爱情，希望何明睿也一样。

有意思的是，两天过后，林章的妻子回应出轨事件，表示会和爱人风雨同舟。

林雨蓝看了真是大跌眼镜，与此同时，林青青也发表感想说：哈哈，怎么样？说了婚姻和爱情是私事，是双方的选择、决定和约定。

林雨蓝实在困惑得一塌糊涂。难道，这真的是一个颠覆传统观念的时代，我们"一生一世一双人"的美好传承哪里去了？

后来林青青跟林雨蓝解释，她倒也不是支持出轨，只是认为爱情婚姻是私事，是个人约定，公众舆论不应该对别人的私事过度消费。当然，事实上，大部分人愿意约定彼此忠诚、互不辜负。但也有那种约定井水不犯河水的夫妻，他们是出于一些特殊原因做出特殊的选择。

周末，袁来和吕卓晴举行了西式教堂婚礼。

新郎新娘交换结婚戒指。那是一对碧玺戒指，吕卓晴手里的是鸽血红，袁来的是深紫色宝石，戒指的式样和尺寸一样，又大又酷。近来流行彩色宝石，谐音"避邪"的碧玺是吕卓晴的大爱。新娘身上的手链、项链，通通是碧玺的，晶莹剔透、色彩缤纷纯净，真是让人流口水。这场大婚，光新娘的珠宝，开销就直逼七位数。

何明睿悄悄问林雨蓝："你想要哪种形式的婚礼、哪种宝石？"

林雨蓝嘟嘴撒娇道："我们还远远没到那一步吧。我们连双方父母那一关都还没过呢！唉，我妈妈曾经明确跟我说，不许跟大陆这边的男孩子恋爱结婚。"

何明睿笑道："我们已经走出最关键的一步了啊！我们已经通过自己这一关了。坚定信心，继续向前。"

坐在林雨蓝身边的朱雅迪一直神情落寞，此时她拍拍林雨蓝的肩，轻轻对她说："他们怎么会这么快决定结婚，闪婚的几个会有好下场？"朱雅迪一直对袁来虎视眈眈，一度以为林雨蓝是她的情敌，不想半路杀出个吕卓晴，她都没回过神来，人就被抢走了，忍不住愤愤不平。

林雨蓝笑道："闪婚也有不少成功的例子，我们还是祝福他们吧！"

朱雅迪不以为然地冷哼一声。

吕谦执意邀请林青青一起坐在婚礼的上亲席。

林青青推辞不过，只好坐过去。这次跟吕谦再度相逢，林青青简直觉得自己似乎找到一条通道，重又回到少女时期，内心时时充满活力和渴望。但是她不想发展太快，免得有什么变化，猝不及防。毕竟，她的身体还处在康复期，她不想让吕谦承受任何意外的伤害。

仪式过后，大家开始吃自助餐。袁来和吕卓晴举着酒杯穿行，跟大家打招呼、敬酒。

高热量的油炸鸡翅、牛排、海鲜之类，林雨蓝和林青青都是尽量不碰。林雨蓝时不时看看新郎新娘，突然她看到吕卓晴一个趔趄，险些摔倒，手里的酒杯飞出去，碰到附近的桌子，"啪"地碎了。

酒店工作人员忙不迭拿来一样的新杯子，吕卓晴表现倒是不错，面不改色，继续和袁来一起敬酒。袁来却忍不住皱了皱眉，但很快调整好自己的情绪。

吃餐后甜点的时候，林青青的手机响了。林雨蓝眼尖，一眼看到是谢思虹的号码。什么情况，为什么她不先给自己的女儿打电话？

林青青看一眼电话，不由得望着林雨蓝会心一笑。林青青拿着手机说："我在外面，在吃饭。是的，有点吵。什么，什么事不能告诉雨蓝？"林雨蓝惊得赶紧把吃了一半的甜点丢开。

"噢，这个告诉雨蓝没有关系呀！一定不能告诉啊？那好吧。我很好，你也要保重自己。"林青青挂了电话。

"什么事？姑姑，快点告诉我！"林雨蓝瞪圆了眼睛，迫不及待地叫。

"嗯，不行啊，我答应你妈妈不能告诉你就不能告诉。你也有不想让妈妈知道的事，对不对？"林青青淡淡地说道。

林雨蓝抓狂地说："那大概是什么事啊，是我爸爸妈妈生病了？"

林青青连连摇头："不是不是，你别乱猜，也没什么大不了的事，到时候你就知道了。"林青青居然抓起一个鸡翅啃起来，然后她转移话题道："雨蓝，明天的自由论坛你准备好了没有？"

林雨蓝道："早准备好了，就等着你这位心理专家去大显身手。"

七

"滚蛋吧！肿瘤君"几个大字非常醒目。

这个自由论坛是天源公司和新药研发中心共同举办的，两家机构共同召集一批癌症患者参加活动，大部分是患癌症五年之后感觉自己已经彻底康复的人。活动的主题是研究探讨如何让癌症病人彻底康复。

林雨蓝担任现场主持人，林青青以心理专家的身份出席活动。活动之前，就林青青是否分享自己患病的亲身经历，两人特别讨论过。最后的结论是，如果现场冷场，林青青就现身说法，调动气氛；如果大家都积极发言，林青青就不用提及自己。

一开场，一位姓侯的中年女子第一个发言。她红光满面，说话铿锵有力，简直像是参加誓师大会，哪有病人的影子？林雨蓝和林青青忍不住对望一眼，会心一笑，都觉得找对人了。

侯女士是一家事业单位的员工，发现的时候已经是宫颈癌晚期。她说，起初无论医生怎么劝，她坚决不做手术和化疗。"我绝不干那种人财两空的事。反正治疗是死，不治也是死，我另外找一条路，比如做足底反射疗法，其实就是足底按摩，说不定会是一条活路。"

可是侯女士后来发现，足底按摩只能起保健作用，光靠这个不行，半年之后，她腹痛难忍，而且大出血，不得不去正规医院接受靶向化疗。不过，侯女士继续坚持足底按摩等保健活动。加上她天性开朗，能吃能喝，多吃对癌症病人有好处的健康食物，她笑着说自己像老鼠，不停地吃。此外，她经常和朋友到处去旅游。不知不觉五年过去了，她仍然好好的，只是身形稍微瘦了些。她每天笑容灿烂，不知底细的人根本不知道她病了。

林雨蓝点评道："在我听来，您觉得自己恢复的关键是明智的选择。您这样决定，家人是什么态度呢？"

侯女士笑着说："家人的话，我的先生十年前就过世了。我病重期间，姐姐和我住在一起照顾我。我的决定都是自己做的。我有一个十九岁的女儿，在读美术学院，刚开始我瞒着她，后来她慢慢发现了，接受靶向化疗其实是女儿逼着我去的，她说她只有我了，不能失去我……"一直谈笑自如的侯女士突然泣不成声。现场的人都跟着唏嘘。林雨蓝一再控制自己，还是禁不住红了眼眶。

第二位发言人看起来是个白领丽人，化着非常精致的妆容，表情也平静亲和，一上台就说："我的名字叫红，今年四十岁"。《我的名字叫红》是一本小说，林雨蓝和林青青都知道这本书，只是不确定这位红也读过这本书，还是只是巧合。

林雨蓝问道："你刚才说'我的名字叫红'这几个字我怎么觉得好熟悉呀？"

红说："因为我的名字里有一个'红'，我又读了一本书——《我的名字叫红》。"

林雨蓝微笑着点头，道："看来您还挺文艺范儿。"

红说："我确实蛮喜欢阅读的。"

林青青带头鼓掌，全场响起热烈的掌声。

红生病的过程非常惊险。前一天夜里还在开开心心地和朋友聚餐、喝红酒，结果第二天早晨醒来，脖子肿得很大，呼吸急促，吓呆了的家人赶紧把她送到医院。"要知道，那个时候我一直处于半清醒、半昏迷状态，当我听医生跟我先生说要准备后事的时候，我的眼睛突然睁得老大，眼泪不受控制就流了下来。我对自己说，怎么可能！我一直好好的，怎么可能就会死呢？我不想死！我不能死！我才三十多岁，我的孩子还小，我还有那么多梦想没有实现！"红哽咽着说不下去，现场亦是一片唏嘘，不少人跟着落泪。

林雨蓝递过一张面巾纸，安慰地拍拍她的肩。

红叹息一声，飞快地整理好情绪继续讲述。她的护士朋友认识一家医院的肿瘤科主任，建议红到他们医院试试。当时恰好一种进口的抗癌新药上市，但价格昂贵，医生问红要不要试一试，红立刻说要，她始终相信会有奇迹发生。半年之后，红一共用了十来针新药，配合中药治疗，虽然病情几次出现反复，但好歹慢慢恢复了。六年过去了，红现在容光焕发，她是做美容护肤品直销的，不时去国外出差，跟健康人毫无区别。

林雨蓝问："听你的故事真是好震动。你觉得自己能够康复的关键是什么？"

红想了想，回答："是信心。对，就是对自己有信心。我始终相信奇迹。"许多人都知道直销界人士常常脱口而出的一句话：相信奇迹，奇迹就会发生。

林青青说："确实，强大的内心信仰会对康复产生不可思议的影响。不过，你应该也坚持了一些具体方法吧？"

红说："我每天坚持泡脚，连夏天都泡，还经常按摩、喝果汁，我听医生的话，坚持吃了五年药，连出差都带着药走。"

林青青边听边点头。说实话，她没那么容易相信奇迹，几乎不可能发生的事情发生了，那才叫奇迹。把病治好，肯定不是奇迹。她说："你认为一定会产生奇迹，最终痊愈也觉得是一种奇迹，这是你对自己的心理暗示。你看看，在座的有二十来号人，每个人都是从癌症中康复的，哪会有那么多奇迹呢？也许可以说，我们在座的都是有智慧又有勇气的人，在人生战场上取得了一个好成绩。恭喜你，也感谢你的分享。"

又是一阵热烈的掌声。

陆续又有几个人发言，分享自己的康复心得。林雨蓝归纳道："刚刚好几位都提到了喝果汁。"一位中年男子举手示意发言，他说："其实直接吃水果就可以了。吃水果的时候，可以刺激唾液大量分泌，有利于健康。何况，榨果汁浪费很严重，一些有效成分也会破坏和丧失。"

林雨蓝笑道："看来，水果到底怎么吃还有争议，那么，多吃水果似乎是共识？在座的有反对吃水果的吗？"

一位病人答："关于吃水果，我纠结过，有的说要多吃，有的说太寒凉，不能吃。"

林雨蓝说："我们认知的东西实在太有限了，所以我们要继续努力，去探索更多未知的、不确定的领域。"

活动进行得非常顺利，很快时间到了。林雨蓝总结道："感谢各位如此坦诚地分享治愈心得。最近我回访了不少癌症病人家庭，有一个发现：对于癌症病人来说，两个极端都容易导致死亡，一种是极度恐惧；一种是太不把癌症当回事，以为只要心态好，就能够轻易战胜疾病。只有像今天在座的各位这样，充满勇气，积极应战又不轻敌，才能够获得彻底康复。"

活动结束，林青青笑着说："今天特别有收获，我简直对自己有百分百的信心了。"林雨蓝说："还有另外一个养生活动，我陪你去。总之要用一切能够接触到的资源帮助你真正康复。"

八

以前林雨蓝不关心什么养生不养生，可是，林青青的状况让她担忧。虽然林青青表现得淡定又勇敢，毕竟太多的人因癌症死亡，万万不可掉以轻心。

养生以及生命存活的长度，确实是林青青最近研究得比较多的事情，半年多以来，她查找过无数资料，也访问过许多名家，已经有不少心得。

在林青青搜集的资料里，人类的寿命极限是一百多岁。林青青想到了银杏树。普通的银杏树，存活几十年、几百年的都有。不仅银杏树，樟树亦是如此。林青青去过长沙，那里大街小巷到处是樟树，她看到的年龄最大的一棵在八一路上，已经存活了八百年。同样的品种，存活时间为什么相差那么大？可以理解的原因有：是否遭受人为砍伐和破坏，是否遭受自然灾害，所在地的土壤是否改变（营养是否充足），是否遭受病虫害，等。

人类其实也一样。有的人早夭，有的人中年病逝，有的人活到百岁。

为什么有差距？中国在解放以前，战争、苦役以及落后的生产力使得人均寿命很短，近年来，人均寿命已经大幅度提高。但人究竟可以活多长，百年是极限吗？人类对自己知道得还很少。

林青青在一本书上看到过几句话，印象特别深刻：以往历史上所有战争和冲突的规模，很可能都将远远不及接下来的这一场争斗——争夺永恒的青春。

养生概念最近成了市场上的香饽饽。中国首富马云甚至预言，下一个财富积累超越他的人，将出现在保健养生这个领域。

于是一夜之间，养生枕头、席子，养生茶、养生杯，养生菜肴，养生衣服、首饰——连一枚紫宝石戒指也要说成有抗癌功效，总之，各类打着养生旗号的事物突然在全国各地涌现。究竟功效如何，其实是不太能够准确衡量的，要么被吹嘘得神乎其神，要么被描述得高深莫测，令人一头雾水。

应该说，人们真正掌握的科学养生方法，而且已经被实践证明确实有效的还寥寥无几。跟各色人等打过交道，也试着接触各类养生方式和材料之后，林青青的领悟是，养生也好、修炼身心灵也好，最高境界应该是这样：通过排除废物和毒素、补充营养和水分，我们的身体基本保持像前一天一样年轻，而我们的心灵却更无惧、更丰富。

九

林青青觉得自己最大的领悟是，保持健康的魔法之一，是爱，或者说，是以爱为代表的精神力量。对于生病的人来说，最好的药物可能就是爱。

爱，在不同的时期、不同的情况下，有不同的体现。

林青青少女时代看《西游记》里"女儿国"一场戏，真是哭倒。如今偶然想起女儿国国王，仍会深深感叹。

想那女王，贵为一国之主，独为一个唐僧动心。那唐僧有什么好？虽然一副皮囊端庄俊朗，实在过于不解风情。唐僧自然也有唐僧的好，慈悲、克制、执着、心系众生。不管唐僧好与不好，若那女王不曾动心，凡事都没有干系，偏她动心了。动心又不可得，求之不得是人生中的大苦，过于沉溺于这种求不得的苦楚中，无疑会牵扯太多精力，损伤身体。

林青青认为，女人，尤其是美好而一根筋的女人，若是对谁动了心，自己内心的千万般好，都会毫无保留地加到爱慕的人身上——那个人不见得有多么好，而是自己心里有一个美妙无比的世界，全都通过那个人折射出来了。

人活在世上，总要凭着一些美好而独特的东西——比如爱，比如咖啡——尽管爱也许会带来痛，咖啡可能影响睡眠——才能感受到人世的好。否则成日里只接触纷扰喧嚣的现实，让人如何活下去？

爱是苦海中的一座岛屿。只是，男女有别，你我各异，很难邂逅一场真正动人心魄而又持久的爱。也正因为真爱之难求，所以人们寻寻觅觅，许多人倾其一生一无所获。

有人说女人是爱情动物，而男人只注重性和行动。也许，在物质匮乏、生活艰难的过去，确实如此——总要有人去觅食、总要有人随时随地保护大家的安全，不是吗？这种人重任在身，只能迅捷地直奔最核心的需求，哪来那么多时间和精力风花雪月。可是，时代不一样了。不再需要你死我活地去哄抢食物，也不再时时刻刻有敌人威胁生存，男人也懂得并开始享受高品质情感带来的慰藉。纯粹只追求下半身满足的男人越来越少，有智慧而讲情义的人都渴求灵魂与肉体的双重交流。

再回到女儿国国王身上来。若你是那女王，遇到唐僧，会怎么办？理性一点的，见了唐僧，知己知彼，从头到尾根本不会动心。你去经历你的九九八十一难修成正果，我妥妥地当我的女王，互不相干。要爱，也得爱一个恰好的人。

林青青当初得抑郁症，是因为爱吕谦而不可得，终日费尽思量，郁郁成疾。《红楼梦》大观园里的林妹妹，结局凄凉，不也是这个原因吗？幸亏命运总算待她不薄，重又把吕谦送回她身边，她明显感觉自己的健康状况更好了。

当然，最安全、最持久的爱是爱自己。毕竟爱情可遇不可求，而且需要两个人才能成全，拥有的时候好好珍惜，没有也不必惆怅不已。

林青青对林雨蓝很是欣赏，她虽然年纪轻轻，对爱和美却有自己的领悟。林雨蓝曾经说："用自己能够接触到的最美好的东西滋养自己——无论精神还是物质，就会越来越美、一直美。"她还说，她爱何明睿，所以在她眼里，何明睿就是最好的。

但愿这两个人终成眷属，不要像她和吕谦那样经历太多磨难。林青青暗暗祈祷。

十

袁来把林雨蓝喊进办公室，忧心忡忡地望着她，那眼神使林雨蓝禁不住心中一紧。

会是什么事？跟她能否顺利留在医院有关，还是其他的什么情况？林雨蓝暗暗揣测，但嘴上什么也不说，等着袁来开口。

"我想让你帮我去劝劝吕卓晴，她最近神经兮兮地喊着要去整容，说是要接受'断骨增高术'，还说要开眼角，把眼睛变大。"

林雨蓝一听就呆了。之所以呆，一是她觉得自己不是劝说吕卓晴的理想人选；二是，"断骨增高"这几个字听着都恐怖，真不知道吕卓晴哪来的勇气。

林雨蓝慢慢说道："你确定她会去做这些整容吗？开眼角我倒是听说过，据说可以使眼睛变大，风险也不是特别大。其实吕卓晴眼睛不小啊！至于断骨增高，风险应该很大吧。吕卓晴似乎并不矮，为什么要去增高？"

袁来说："她确实不高，一米五八，只不过她平常一直穿高跟鞋，不显得矮，我也从来没有介意她矮。她自己却耿耿于怀，说要整到一米六八。"

林雨蓝其实也动过垫鼻子的念头。有段时间，她觉得自己鼻子不够挺、不够完美。后来一转念，还是怕有风险，觉得没必要，也就放弃了。哪有十全十美的人呢？

见林雨蓝发怔，袁来说："让你去劝她，是不是很为难？"

林雨蓝赶紧说："倒不是为难，我只是在想，我去劝她是否合适，最关键的是有没有效果。说不定她只是说着玩，我一开口她反倒赌气真的去整，那就糟了。整容这回事，怎么说呢？似乎成了时尚和流行，好多人都整。我们台湾也特别流行微整容，韩国的整容就更火了。既有成功的例子，也有付出惨重代价的。"

"其实吕卓晴也是个漂亮的女孩子，怎么就那么不理智。有什么好整的？万一失败了，后果多严重啊！人家大部分人整容是因为烧伤、烫伤什么的，或者实在丑得见不得人，不得已才去整。她倒好，估计是吃饱了撑的。我苦口婆心劝她，还跟我吵。这么任性的女孩子，变成老婆真是难伺候。我以前就是觉得她是女汉子一枚，不需要哄着供着，图省事才跟她结婚，想不到她比谁都闹腾。"袁来皱眉诉苦。

林雨蓝忍不住"扑哧"一笑，接着说："我觉得你不如请吕谦劝她，我姑姑会出主意的。"

第二天袁来请吃晚饭，吕谦、林青青、何明睿、林雨蓝和吕卓晴都在场。大家吃着喝着，谈论流行时尚以及明星的八卦，兴致越来越高。

林青青突然说："也怪，最近是不是整容也变成时尚了？以前找我做过心理咨询的女孩子都因为整容问题给我打电话。"

吕卓晴一听"整容"两个字，眼睛都亮了。林雨蓝心中有数，肯定是袁来找了吕谦，吕谦又跟林青青通气，于是就有了这场饭局，也有了这个话题。她也假装很有兴趣地听。

林青青慢条斯理地继续说："一个人是隆胸失败，年纪轻轻，还没结婚的小姑娘，因为感染变成严重的乳腺炎；另一个人是做了小手术，隆鼻，好多熟人用讥笑的眼光看她，说她假。这两个人一天到晚都很郁闷，想来找我做咨询，可惜我在上海。"

吕卓晴听了，吃了一大口饭，说："这两个人挺倒霉的。按说现在好多整容技术都已经比较成熟了，成功率很高啊！"

吕谦道："成功率这种事，哪怕已经高到百分之九十九，万一你倒霉，成了那个百分之一，对你而言，就是百分百失败。"

吕卓晴道："呸呸呸，乌鸦嘴。"

林青青慢悠悠道："幸亏我们家的小姑娘，雨蓝啊，卓晴啊，都是大美女，根本不需要整容，没有这些烦恼。"

袁来接口道："怎么没有？我们家这位一天到晚要去'断骨增高'呢！"

林雨蓝很夸张地大叫一声，吕谦和林青青用不相信的眼光望着吕卓晴，吕谦道："不可能吧，你根本不矮呀！何况，断骨增高，想都不用想，风险肯定是非常大的。万一瘫痪了、瘸了，那多痛苦啊！"

林青青接口："是啊，如果真的去断骨，这种风险肯定是存在的，瘫痪啊，或者一瘸一拐啊，完全可能。"林青青说话很少如此毒舌，看来是有意为之。

吕卓晴气恼地叫道："你们是不是故意针对我？不要你们管！"她饭都不吃了，提起包扬长而去。

林雨蓝对着她的背影叫了两声："卓晴，我们是为你好！"余下的几位面面相觑。

袁来道："看，任性成这个样子。真是被惯坏了！"

吕谦摇摇头，摊手道："没办法，已经惯坏了，你就继续惯着她吧！"

袁来仰天长叹，做晕倒状。

<h2 style="text-align:center">十一</h2>

小区里车越来越多，租来的房子没有配备停车位，何明睿每次开车回来，停车都成了麻烦事。

绕了一圈好容易停下车，他牵着林雨蓝的手在小区里走。经过花坛边，看见一个五六岁的小姑娘伤心地哭，一个妇人站在她身边，只顾自己看手机，不管不劝。

林雨蓝看不下去，走到小姑娘身边，蹲下来问："怎么啦，怎么哭得这么伤心啊？"

小姑娘停顿片刻，抬头看了林雨蓝一眼，却什么也不说，继续哭。林雨蓝发现小姑娘是个混血儿，十分漂亮，忍不住说道："呀！好可爱的小姑娘！"

那妇人接口道："她的小猫昨天丢了，今天一直哭，劝也劝不住，干脆让她哭，看她哭多久。"

林雨蓝问："小猫长什么样，怎么弄丢的？"

妇人看了林雨蓝一眼，说："是一只才出生没多久的小猫，白色的毛，蓝眼睛，长得倒是挺可爱，是我朋友家的。昨天她带着小猫出来玩，然后跟别的小朋友一起做游戏，后来猫就不见了。"

小姑娘哭得更凶了，嗓子都有些嘶哑了。

林雨蓝突然心生一计，柔声对小姑娘说："别哭了，姐姐有办法给你把猫找回来。明天这个时候，姐姐带着猫来这里找你，好不好？"

小姑娘立刻停止哭泣，瞪大眼睛望着林雨蓝说："好，谢谢姐姐。"虽然小姑娘不哭了，却止不住还有些抽噎。

林雨蓝问："你叫什么名字呀？"

"小玉米。"小姑娘答。

那妇人以为林雨蓝只是哄哄小孩子，也不当真，只是对林雨蓝笑笑，然后跟孩子说："好啦，我们回家去吧！"

林雨蓝要妇人的手机号，她才知道林雨蓝是认真的，于是告知号码，又疑惑地问："你到哪里去找猫啊？"

林雨蓝答："总有办法的。"

看着那母女走远了，何明睿问："你有什么办法？我看你平常不管闲事的，今天怎么这么热心？"

林雨蓝说："其实也没有特殊的办法，我们一起找找吧！找不到就去宠物市场买一只。全身白色、蓝眼睛，这样的猫应该不难买。"

何明睿摇摇头，叹息道："管闲事是要付出代价的。"

林雨蓝答："还是尽量做个热心人嘛！我小时候把布娃娃弄丢了，是一个陌生的阿姨帮我找回来的，你不知道这件事给我的印象多深刻。"

"好吧，我陪你在小区里找两圈。"

两人很细心地找了一遍，连灌木丛都没有放过，却一无所获。

何明睿打着哈欠说："算了算了，找不到，还是明天去买一只吧！要我陪你去吗？"

林雨蓝道："废话，当然要！我们顺便买几对热带鱼回来。我喜欢养鱼。"

何明睿却泼凉水道："养鱼啊，那你可要想好，鱼很难侍候的。我们哪来那么多时间？"

林雨蓝叹道："也是。我小时候养过鱼，现在还真是没有精力。"

何明睿笑道："以后我们有孩子了，等小宝宝长到几岁，你再陪着孩子一起养吧！"

林雨蓝拿拳头捶他。

宠物市场里，林雨蓝简直看不过来，各种小猫、小狗、小鱼、小龟，真是太可爱了。

他们找了好一阵，终于发现了一窝白色毛皮、蓝色眼睛的小猫。老板却不肯只卖一只，必须两只以上才肯卖。"这么小的猫，一只很难养大的。"老板叨咕道。于是，林雨蓝只好花四百块买回来一对。

把小猫送给小玉米的时候，林雨蓝说："小玉米，你看，你的小猫去找它的小伙伴了，你可要好好照顾它们噢！"

小玉米乐坏了，连声说谢谢阿姨。小玉米的妈妈一边向林雨蓝道谢，一边却又抱怨："唉，养个猫不知道多麻烦，要带它打疫苗，要给它洗澡，还要喂牛奶、喂猫粮。我真后悔，不该从朋友家带小猫来。"

林雨蓝瞬间觉得有些尴尬。后来何明睿埋怨道："看你，没事找事，别人根本不感谢你。"

林雨蓝没精打采地答："我是为了让自己安心，本来也没指望谁感谢。"

十二

周末，何明睿和林雨蓝去一家大商场购物。正值商场周年庆搞大型活动，邀请了几位歌手前来献歌，周围人头攒动。林雨蓝本来不爱凑热闹，这次恰好碰上，便扯了何明睿靠近一点去看。

台上的人正在唱《贝加尔湖畔》，著名学霸李健的歌。何明睿站在台下，听得入神。

在我的怀里 / 在你的眼里 / 那里春风沉醉 / 那里绿草如茵 / 月光把爱恋 / 洒满了湖面 / 两个人的篝火 / 照亮整个夜晚 / 多少年以后 / 如云般游走……

多少年以后 / 往事随云走 / 那纷飞的冰雪 / 容不下那温柔 / 这一生一世 / 这时间太少 / 不够证明融化冰雪的深情 / 就在某一天 / 你忽然出现 / 你清澈又神秘 / 在贝加尔湖畔 / 你清澈又神秘 / 像贝加尔湖畔

林雨蓝喜欢这首歌，也欣赏李健。

歌手唱完，退场的时候，马上有人抱着鲜花冲上去，大部分是女孩子。何明睿眼尖，指着其中一个女孩子叫："咦，那不是小七？"然后高喊："小七！小七！"但是人声嘈杂，被喊的人没有听见。

林雨蓝问："哪个小七，男的女的？"

何明睿这才回过神来，说："哦，女的，跟你一样是个美女。你不认识，她是一家时尚杂志的编辑，我跟她一起吃过一次饭。"

林雨蓝再问："是哪一个？"

"穿蓝色裙子那个。"何明睿望着小七，眼睛都不眨。

"还真是长得挺漂亮嘛！怪不得只见过人家一次就记得那么清楚。"林雨蓝从来没有像现在这么酸溜溜过。她不得不承认，小七的形象、气质、身材都不比她差。

何明睿赶紧把眼光收回来，笑着问："怎么，吃醋了？"

林雨蓝道："谁吃醋啊！你如果真的喜欢她，就去追吧！"

何明睿幽幽道："有了你，我当然不会追她。不过坦白地说，如果你没有来大陆，我的女朋友确实有可能是她。"

一股无名火从心底里冒出来，林雨蓝甩手就走。何明睿赶紧追过去，几步就追上了。

毕竟林雨蓝只是吃醋，没有真生气。她转过身，很认真地对何明睿说："如果你真的爱我，请注意不要让我去嫉妒别的女孩子。你应该知道妒火的力量。真的嫉妒起来，有多爱，就会有多恨，有多温柔，就有多暴烈！"

林雨蓝这番表白让他们同时想起前一阵子听说的故事。他们认识的一对夫妻，都是三十多岁，有一个孩子。男人近来春风得意，被派驻外地一家单位当一把手；女人漂亮又精明强干，除了上班，还要在家里带孩子。后来男人传出绯闻，女人知道了。男人回家的时候，两个人激烈地争吵起来。女人怒火攻心，居然拿起水果刀朝男人的胸口插过去，竟然把男人杀死了！虽然是一个极端事件，但足够让人引以为戒。

何明睿道："好吧，我会特别注意。不过，女孩子心眼不要太小，要允许自己的恋人看看别的女孩子，只是看看而已。"

林雨蓝笑起来，道："只是看看当然没关系。就怕眼里看着，心里想着，然后不知不觉就朝人家冲过去了。"

何明睿叹口气道："我今天才知道，原来你骨子里好坏啊！"

林雨蓝道："我慢慢明白一件事，不仅仅男人不坏女人不爱，原来女人不坏男人也不爱。一个人确实应该做好人，可是，不能当老好人，该坏的时候必须坏！"

何明睿道："好吧，我服了你。老早就被你收服，现在更服。"

林雨蓝不禁依偎在他怀里，老老实实承认道："我也不知道怎么回事，刚才是真的好吃醋。从来没有这样吃醋过！"她抬起头，望着何明睿的眼睛继续说："人都很容易被神秘的、未知的事物吸引，你已经那么了解我，我在你面前已经没有太多神秘感，你如果不好好管住自己，就容易受到其他女孩子的吸引。刚刚李健的歌词里不是有一句'你清澈又神秘，像贝加尔湖畔'。"

何明睿叹息一声，道："傻瓜！你明明知道我是真爱你的。放心，以后一定不让你吃醋。不过，你也要管好自己，要大度一些，万万不可无事生非。我跟小七真的没什么，你别动不动吃她的醋。"

林雨蓝笑道："不会啦！认识你这么久，我这还是第一次吃醋嘛！希望这是最后一次。我可不喜欢吃醋。再说了，除了那种特别不通情理的人，吃醋不是一个人的错，不是一个人的事。"

"为什么说不是一个人的事？"何明睿不解地问。

"比如，这次我是因为小七吃醋，那你跟小七交往就要特别注意，既注意自己的分寸，也要注意我的感受。"

何明睿笑着把她搂得更紧，道："算了，我以后跟小七完全不交往，你放心了吗？本来我跟她也没太多交集，你这么在意，我不跟她交往算了。"

林雨蓝大度地道："那倒也不用，如果确实有需要，你们该怎么交往还是怎么交往。正常的交往我并不反对。其实我对你、对自己还是有信心的。刚刚也不知道怎么回事，一下子失控了。"

何明睿笑骂："小笨蛋。"

第六章　上海：探望

无论多么爱自己的亲人，我们都不可能代替亲人度过一生。无论在哪个时代、哪个地方，有时候，放手就是最好的爱。

一

林雨蓝在上海的日子过得别提有多精彩、多逍遥了。上班时间，她精力充沛，应对自如；业余时，整天跟何明睿混在一起，两个人无论和朋友一起吃喝玩乐，还是待在家里追连续剧，都觉得开心。正是：万事皆好，只欠烦恼。

能把日子过好，需要相当的智慧和良好的心态。你若要烦，事事可以烦；你若懂得看开，凡事都能看开。任何事物都包含欠缺的或者不如人意的一面，如果整天聚焦那些负面因素，只能庸人自扰。话又说回来，如果一天到晚只会自欺欺人，自我麻醉，看不到事物的不足，那又太蠢笨了。只有能够看清完整的事物，知晓是非黑白，然后关注正面力量，才是真聪明。一个人的情商很大程度上取决于自己的成长环境，包括原生家庭。林雨蓝、何明睿的原生家庭都相当不错，父母情商、智商都足够高，在这样的家庭里成长起来的孩子，成年后精神上通常不会有太大的缺陷。当然也有那种智慧又勤奋，在成长过程中自我补足的人，一样可以过好一生。

这天一大早，林雨蓝接到一个莫名其妙的电话：林青青问她下午是不是会一直在医院，林雨蓝回答是，她问林青青是不是有什么事，林青青却支支吾吾。

林雨蓝急着洗漱之后去上班，也不想多问，只交代了一句："下午我应该会和袁主任一起在诊疗室讨论你的用药方案。"

上班路上，林雨蓝还在想这个用意不明的电话。

医院走廊里，一群人在排队候诊。一位孕妇的家属在吐槽，他说在台湾看病时，不打招呼直接进了诊室，那里的护士小姐很温柔，是这样说话的："先生，不好意思哦，让您久等了，还要再等一下下哦。"而在上海，如果他等得不耐烦，直接进入诊室，护士小姐是这样厉声呵斥的："叫你了吗？没叫你给我出去！"他学得惟妙惟肖，引得众人大笑。

在医院里，林雨蓝难免看到一幕幕让人沉重甚至悲伤的剧情。印象深刻的一次是，一位七十多岁的老人从手术室里被车推出来，发现自己被抛弃了，曾经陪伴他的亲人已经悄悄离开，老人失声痛哭。后来医院联系政府部门，才把老人送回家乡。还有一次，林雨蓝见一个十几岁的少年拿着手机痛哭，忍不住上前询问，才知道少年的妈妈病了，却没有钱交医药费。她默默打开自己的钱包塞给少年两百块钱，无声地离开了。各种悲惨的情况见多了，林雨蓝经过候诊区的时候，有意走得快一些，她知道自己的力量太微薄，改变不了什么。

这一次，因为听到"台湾"，林雨蓝有意放慢脚步，把这段话听完了，忍不住微微一笑。其实这样比较是不公平的，台湾那边人口少，病人也少；而这边，医院人满为患，你要医护人员在忙得晕头转向的情况下还保持良好的修养和风度，确实更难。何况，医院也在慢慢整改，每次开会都不厌其烦地强调微笑服务。

二

中午，林青青坐磁悬浮列车去机场接林致中、谢思虹夫妇。这对夫妻老早就想来探望女儿林雨蓝，却因为种种原因：家中老人健康状况不乐观啦、工作太忙啦……拖延至现在。谢思虹在电话里说得很清楚，他们此行目的明确，最好把林雨蓝带回台湾，至少也要让林雨蓝实习期满就回去，绝对不要留在大陆。

台湾那边，游思聪外婆病重，老人家希望看到外孙娶媳妇，于是游家上门提亲，说只要林雨蓝同意，游家马上给林家提供一千万备嫁妆。

林青青不禁忧心忡忡。林雨蓝和何明睿这一对情侣情意绵绵，她一直看在眼里。这不是棒打鸳鸯吗？而且谢思虹还在电话里一再叮嘱林青青，暂时别把消息告诉林雨蓝，他们准备请林青青带路，一下飞机就直接找上门去。

林青青实在是左右为难。她不想成为拆散年轻情侣的帮凶，又不能拒绝表兄表嫂的带路请求。好几次她都想对谢思虹推说自己身体不适，可这样的话她又说不出口。几番思虑，她觉得给台湾来的亲人带路，实在不算太大的过错，自己尽量保持中立，不掺和到他们的家事中就是。

平稳运行的磁悬浮列车上，林青青又想起昨夜的梦。居然又梦见水，一大片大海一般碧蓝的水域，但她肯定那不是海水，而是可以饮用的水。为什么会一直梦见许多水呢？林青青情不自禁地摇头。

林致中、谢思虹夫妇和林青青此前一直是电话联系，并没有见过面。这次出发之前，他们彼此发过照片，便于相认。

林致中一眼就看到了林青青，亲热地招手。林青青笑着说："哥哥、嫂子，一路辛苦了。"

谢思虹道："还好还好，我们还好，就是雨蓝一定让你费心了。"

林青青道："没有，雨蓝挺懂事的，你们有一个好女儿。"

谢思虹叹道："好什么好，爸爸妈妈都没同意，自己就跑出来了。"又转头责备林致中："都是你！女儿都是被你宠坏的！"

林致中笑着辩解："你这是什么话，你看雨蓝的姑姑都说了，我们家雨蓝很懂事。你呀，这次来上海，就当是来旅游，来看看女儿，说话做事都不要过分噢！适当劝劝就行了，别搞得大家都不高兴，女儿毕竟大了。"

谢思虹叫："你看看你看看，这样的爸爸，随时随地都对女儿偏心，你女儿没上房揭瓦算是你的福气。"

林青青闹不清他们究竟是在斗嘴还是在打情骂俏，忍不住笑，带着他们一起去坐车。

谢思虹透过车窗打量上海，不由得对林青青发出感慨道："上海看起来倒是很现代噢！好像比台北还要繁华，这是我想不到的。几年前台湾有个电视主持人还在说大陆人很穷，说大陆很多人连茶叶蛋都吃不起。"林致中附和着点点头。

林青青惊讶道："啊，电视台的主持人对大陆的了解都这么离谱啊？这二三十年，大陆城市、乡村都发生了很大变化，如果离开老家到外地工作一段时间，回到故乡可能会找不到回家的路。另外，在乡村，以前你只能听到当地的方言，现在大部分年轻人都用普通话交流了。"

谢思虹不信地问："有这么夸张？"

林青青肯定地答："这是普遍现象。"

后来经过上海中心大厦，林青青介绍说："这栋楼，目前是世界第二高楼，超过了台北的101大楼。"

谢思虹道："真是很厉害。"

诊疗室里，林雨蓝和袁来在讨论林青青的用药方案。经过开发人员的艰苦攻关，关于老虎花的研究已经取得突破，进入了临床试验阶段。关于接下来的使用剂量问题，两个人有细微的分歧。

正在讨论的时候，敲门声响起。林雨蓝开门一看，是过道里那位孕妇家属，他带着妻子边走进门边说："美女护士，对不起，可以让我妻子借用你们办公室的卫生间吗？外面的卫生间要排队，她不太舒服，有点等不及。"林雨蓝赶紧说："好的好的，我带她去。"林雨蓝搀着孕妇进了洗手间，随手把门反锁。

过了一阵，林青青带着林致中、谢思虹夫妇出现在诊疗室门口，袁来满脸意外地迎上前。林青青正准备介绍他们认识，听见林雨蓝在里面着急地说："怎么回事啊！这卫生间门坏了，打不开！"大家都看向那把被扭得乱动却无法打开的门锁。里面的孕妇带着哭腔说："怎么办啊，我肚子好痛！"林雨蓝立刻安慰她："别急，别紧张，外面那么多人，马上就有办法的。"家属急得冲上去用脚猛踢厕所门，踢了两脚都无济于事。袁来赶紧阻止："别踢了！这样不安全，万一把门踢倒，可能会压到里面的人。"

孕妇突然大哭起来。其实这只是个小意外，然而这位准妈妈心理压力大，一时紧张便失控了。林雨蓝受到影响，也焦虑得语无伦次，只能努力对她说："不要着急，不要激动，马上有办法的。"家属气急败坏地对着袁来大喊："万一我老婆有什么事，我跟你没完！"

林青青、林致中夫妇傻了眼，完全不知道该怎么办。袁来一把拉开家属，用力去扭门把手，扭了好一阵，作用似乎不大。那位家属也上来发狂一样乱扭一气，袁来只好侧身让开。

门里孕妇继续哭叫："我肚子痛！头晕！"林雨蓝赶紧连声安慰一通。

袁来再次上前，跟那位先生一起扭动门把手，突然，奇迹发生，门打开了！

孕妇扑到家属怀里哭起来，袁来一把拉住林雨蓝的手，另一只手轻拍她的背，嘴里说："雨蓝，吓到了吧？没事了，没事了！"

谢思虹心里猜测这位年轻医生就是何明睿，见他临危不乱还如此照顾林雨蓝，不知不觉心里给"何明睿"加了一分。

林雨蓝惊魂初定，又看到突然现身的父母，再一次愣住，一时百感交集一头扑进林致中怀里，哭着叫："爸爸！"

林雨蓝这一哭，不仅林致中心疼不已，谢思虹也不知不觉地心软下来，但她不忘咄咄逼人地问袁来："你就是何明睿？"

袁来无辜地解释："不是啊！我叫袁来，姓袁，名来。"

谢思虹有些尴尬，林雨蓝却破涕为笑，她说："妈，他是我的上司，新药研究中心的袁主任。"

谢思虹假装拉下脸骂道："又哭又笑的，演戏给我看啊！"

林雨蓝抱着谢思虹的肩膀，撒娇地叫："妈！人家不是故意的啦！"谢思虹本来一直一肚子怨气，想好了一见到林雨蓝就好好教训她，不想一来就遇到这个插曲，心疼还来不及，一腔怨怒之气早已烟消云散。

林青青松了一口气，只是笑，不说什么。

三

林致中夫妇看过林雨蓝的工作环境之后，就先离开了，说等安顿好了，再把酒店地址告诉林雨蓝。

他们一离开，林雨蓝立刻给何明睿打电话。"明睿，我被暗算了！我爸爸妈妈居然突然出现在我面前，把我吓坏了。是姑姑带他们来的，我事先一点都不知情。"

何明睿愣了一下，说："啊？肯定是你爸爸妈妈让你姑姑保密的。你姑姑也没办法。"

林雨蓝说："也对。现在的问题是，你该怎么办。我爸爸妈妈肯定要见你的。刚刚他们把袁主任当成你了。"

何明睿说："见我就见我啊，迟早要见的。不如我自己主动送上门，等下我请你们吃饭。今天要下班才能走，有点事，不能提前离开。"

"你下班开车会遇到高峰，堵车呀！"

"今天就坐地铁吧。你爸妈，呃，叔叔阿姨住哪里？"

"只能住酒店啊！他们开房去了，等会儿我告诉你地址和房间号。"

"好。你放心吧，这么个大帅哥肯娶你们林家的姑娘，又不会委屈谁好吗？"

"哈哈！你有自信就好。不过我丑话说在前头，如果你心里还有什么小七小八的，就别去见我爸妈。"

"你看你，胡说什么呀！完全没有的事。有了林雨蓝，小七小八小九都没机会了，好吗！"

林雨蓝忍不住扑哧一笑。

林致中夫妇住的是协和医院附近一家四星级酒店。林雨蓝提前半个钟头下班过来陪父母。谢思虹想直接跟林雨蓝提回台湾的事，还想直接游说她答应游思聪家的提亲，却被林雨蓝岔开话题。

林雨蓝夸张地说："上班好辛苦啊，头都晕了！爸，你给我讲个笑话嘛！一直喜欢听你讲笑话。"

林致中想了想，说："我最近听过一个笑话，曾经有人喜欢一个发小儿的妹妹，多次向那位妹妹表白，被拒绝了。一次聚餐的时候，那个发小儿拍着胸脯说：'只要你把这碗酒干了，我就把我妹妹给你！'这个人毫不犹豫地一口把酒干掉，醉晕了。第二天醒过来去找发小儿，发小居然把妹妹的照片拿出来：'从今天开始，我就把妹妹给你了！'这种言而无信的朋友让人无语，可是没办法，还得继续做朋友，亲如兄弟！"

林雨蓝听了哈哈笑。谢思虹不满地撇嘴。

林致中继续说："再讲一个笑话，有一个男孩子去做了手臂文身，上面文了一只怪兽。他的朋友打电话问他文身多少钱。这个男孩子说五千块。朋友说，不可能这么贵啊，我听说文身一般只要几百啊！男孩子委屈地说，文身是只要几百，可是回到家被我爸打了一顿，手臂被打骨折了，医药费四千多啊！"

笑话讲完，林雨蓝没有笑，谢思虹倒是笑了起来。林雨蓝撇嘴道："爸，你这是用笑话打我吧！"

林致中笑："没有啊，我刚好记起这个笑话。是你自己要听笑话啊！"

谢思虹道："小孩子，不听话，是要打！"

林雨蓝辩解："可我不是小孩子了！"

林青青帮腔道："是啊，雨蓝是大姑娘了。"

谢思虹干脆直接说："小孩子也好，大姑娘也好，反正实习期一满就回台湾。"林雨蓝撒娇道："妈，我们这么久没见面了，说点高兴的事好吗？"

谢思虹道："你想让我高兴，那就马上跟我回台湾。"

林致中打岔道："你们晚上想吃什么？听说上海菜很甜噢！"

林雨蓝于是热心地介绍起上海的饮食文化来。

何明睿到达酒店的第一件事情，就是跑到大堂，跟工作人员交涉好，林致中先生的房费由他承担，客人来结账时，把全部押金退还给客人。之后，他在三楼的中餐厅定了一个包厢。

按响门铃的时候，应门的是林雨蓝，她意味深长地望他一眼，还用手捏了捏他的胳膊。何明睿本来就有些忐忑，被她这么一捏，更加不安。好在他一直是个能在各种情况下游刃有余的人。

林致中一眼看到何明睿就给了八十分。这个小伙子，身材、气质、长相都属一流，暗暗觉得自己闺女眼光不错。

谢思虹虽然一门心思希望自己的宝贝女儿与游思聪联姻，但是看到何明睿，确实挑不出明显的毛病，加上误以为在医院果敢决断的袁来就是何明睿，潜意识已经嘉许过他一次，倒也对何明睿没有坏印象。林青青更是老早就觉得何明睿顺眼。

林雨蓝先是抱着林致中的肩膀说："这是我爸爸。"又一把拽住谢思虹的胳膊："这是我妈妈。"然后她转头对父母说："这是我说过好几次的何明睿。"大家客气地点头致意。

何明睿诚恳地说："很高兴见到叔叔阿姨，希望我能够好好照顾你们。有做得不周到的地方，多多指教。"

林致中开玩笑道："喔，这么帅的小伙子，还经过了严格的外交培训啊！"大家都笑起来。

四

大家吃着饭，林致中问起何明睿父母的情况。

何明睿说："我爸爸叫何庆东，是一名路桥专家，高级工程师，人特别正直，甚至有些古板，年轻的时候一直追求事业，三十八岁才结婚。我妈妈是一名中学美术老师，叫李开霞，她本来一直希望我学画画，还说我特别有艺术天赋。但是我爸爸坚决反对，他认为画画可以作为业余爱好，还是应该学习一些能够服务社会的技能。恰好我对生命科学感兴趣，于是就学了工科。"

林雨蓝边吃边说："明睿画画确实非常好，我房间里那幅《蓝眼泪》，就是他画的。"

林致中和谢思虹互相看看，谢思虹说："怪不得！"这三个字耐人寻味。何明睿和林雨蓝对望一眼，不作声。林致中打圆场道："那幅画是明睿的作品啊，我还以为是雨蓝买回来的呢。"旋即他又问："你们都见过蓝眼泪？"林雨蓝笑："这里可能只有我见过，就是一种海洋生物，会把整个海水染成蓝色，而且闪闪发光。以后有机会带你们去看。"

饭毕，林青青提议去游游夜上海，大家一致同意。林雨蓝说："明睿这次没开车，我们坐地铁比较好，不堵车。"

晚上的地铁不太挤，但想有个座位也不是容易的事。林致中夫妇和林青青先后坐下了。到了一站，旁边一个女孩子下车，何明睿把林雨蓝按在椅子上。又过一会儿，林雨蓝身边的位置也空了出来。何明睿刚坐下，见到一个孕妇上车，立刻又站起来把座位让出去。林致中一一看在眼里。

要下车了，谢思虹觉得自己的衣服似乎轻轻动了一下，也没有在意，却发现何明睿突然一把拽住了一只手。那手里拿着的赫然是谢思虹的钱包。谢思虹一把把钱包抓过来，嘴里说："怎么会这样！"那是个二十来岁的青年人，他迅速扭动手腕挣脱何明睿，快步混入人群不见了。

谢思虹受了点惊吓，说："我居然完全没注意！如果钱包真的丢了就麻烦了，所有的银行卡、证件都在里面。幸亏何明睿眼尖。"林致中赶紧拥住谢思虹的肩膀说："没事了，没事了，还算运气好。"林雨蓝满脸陶醉地望望何明睿，悄悄对他竖了下大拇指。

大家到购物中心逛了一阵，谢思虹买了几件羊毛衫、几件旗袍，满心高兴。何明睿还想请大家去吃夜宵，林青青说有点累了，还是回去休息吧，谢思虹也说从来不吃夜宵。

临睡前，谢思虹道："我承认何明睿这孩子不错。要模样有模样，人聪明，心眼也好。可是游思聪不比何明睿差，甚至说得实在一些，他们家比何明睿家富有得多，怎么雨蓝这孩子偏就吃了迷魂药一样，居然从台湾跑到大陆来！"

林致中说："感情的事最不好说。当年追你的男孩子里，我的条件也不是最好的嘛，你怎么就偏偏选了我呢？孩子大了，我们晓以利害，最后让她自己做主吧！毕竟她的一生要自己来过。"

谢思虹道："你说得轻巧，雨蓝真的嫁到这边来，以后我们要见她就难了。"

林致中说："怎么难，坐飞机才一个多小时嘛！"

谢思虹说："我不是说地理距离。万一以后时局变动呢？你爸爸他们那一代人的故事，你又不是不知道。"

林致中拍拍谢思虹的背说："也难为你想那么多。我们人类是越来越文明的，不是说要对话不要对抗吗？往好的方面想，我们退休了，也可以来这边住嘛！"

谢思虹叹息一声，也不再说什么。

第二天下午，何明睿和林雨蓝陪着林致中夫妇以及林青青去共青森林公园散步。大家走了一阵，林致中夫妇说起林雨蓝小时候调皮受伤的往事，何明睿接话说："上次雨蓝从马上摔下来，真是把我吓坏了。"林雨蓝大惊，拼命使眼色让何明睿别再说，却来不及了。

谢思虹和林致中完全不知道林雨蓝骑马摔伤这回事。林雨蓝生怕他们知道了担心，更坚持让她回台湾。只是谢思虹一个人反对，问题还没有那么大，林致中一直是支持女儿独立自主的。但是假如他们达成一致，林雨蓝的压力就太大了。

果然，谢思虹大叫："什么，雨蓝骑马摔下来？我怎么一点都不知道，摔得厉害吗？"

何明睿深悔自己失言，一时尴尬，道："哦，其实也没什么，只是当时我很紧张。"

林雨蓝更是轻描淡写地说："没什么啦！一件小事，就是怕你们担心，才没说。"

谢思虹不依不饶："怪不得人家说女大不中留，你还有多少事没告诉我们啊！"

这话说得太尖锐，林雨蓝默不作声。林致中打圆场，跟何明睿聊起他的父母，"明睿，你爸爸妈妈工作忙吗？"

何明睿说："我妈妈还好，就是我爸爸很忙，一年到头难得见到他几天。"

谢思虹道："要不你试试，邀请你爸爸妈妈来上海见个面，就当多认识两个朋友嘛！"

"好，我试试。我爸爸确实非常忙。这样吧，我现在就先打个电话。"何明睿拨通电话，刚喊了一声"爸"，对方说了句什么，就把电话挂了。"我爸说工地上发生了一起事故，他处理完再回电话。"何明睿带着歉意解释。

五

这两年，何庆东参与了一条高速公路施工，管辖的工地发生了桥墩垮塌事件。此刻他盯着垮塌的那座桥墩，脸板得像一块磨刀石，久久不言不语。

现场负责人严志刚在一边唉声叹气，喃喃道："这个标段地质条件特别复杂。"

何庆东没有说话。

严志刚接着解释：“事故发生之后，我们第一时间组织技术力量找原因，初步分析是施工的时候工人看错了一个技术参数，又遭遇连夜暴雨，所以垮塌了。”

何庆东还是不说话。

严志刚低着脑袋自言自语：“压力太大了！怪不得说失之毫厘，谬以千里。”

这样的垮塌当然会造成修路成本增加，但这还不是最可怕的事情。可怕之处在于，这一事件暴露了严重的问题，这项工程存在巨大隐患。

何庆东从牙缝里挤出几个字：“全体开会！”

他有备而来。他决定让整个标段停工整改，交代司机负责播放一个警示教育片——《生命的代价》。片子讲述某地大桥坍塌，导致64个活生生的人遇难，同时造成直接经济损失六千多万元。教育片播完，人们沉浸在事故的悲痛里，有人悲愤，有人低泣。

播完这段时长二十多分钟的视频，何庆东发话了：“同志们，这次事故，万幸是在建成通车以前发生的，没有造成不可挽回的损失。我们简直不敢想，万一通车以后出事，那会是什么后果？安全生产，绝无小事，希望大家吸取教训，从今往后认认真真做事。我们的工程，必须是零隐患、零风险。现在，每人写一千字观后感，认识要深刻，态度要认真，写完之后才能离开。”

趁着众人写观后感的时候，何庆东去会议室外给儿子回电话。

何明睿正准备带着大家离开共青森林公园，找地方吃饭，手机响了，他看了一眼号码，对大家说：“是我爸。”

“爸，我以前跟你提到过的女孩子林雨蓝，她的爸爸妈妈来上海了，您有没有可能抽空来上海，大家见个面？”

“儿子，按理说，你很少跟我提要求，我应该来上海。可是，这一阵真的不行。我们工地上，两个小伙子婚期都推迟了，我就更加不能离开。你不知道我们这里的情况，真的是从早忙到晚，甚至都没有时间喝水。你替我问候雨蓝的父母，以后我一定找机会拜访他们，去台湾，或者在上海，都可以。"

何明睿叹口气说："只能这样了，您自己要保重身体啊！"

林致中听了何明睿转述的话，感慨地说："怪不得大陆这些年变化这么大，就是因为有许多像你爸爸这样的人，舍弃了自己的个人生活，为大众做出了贡献和牺牲。没关系，以后有机会再见，欢迎你们全家找机会去台湾。"

谢思虹道："也只有我们这一辈人做事特别拼，现在的年轻人啊，大部分都喜欢玩，然后只顾自己的感受。"

林青青觉得这话打倒了一大片，于是打圆场道："其实我们身边的孩子们，雨蓝啊，明睿啊，做事还是挺投入、挺负责的。这一代年轻人，很多是独生子女，自我观念强一些，也是可以理解的。"

六

这天天气格外好，下午，林雨蓝特意请了半天假陪伴父母。谢思虹夫妇第二天要回台湾，何明睿下了班会来请他们吃饭。他们仍然来到共青森林公园，林青青带了几个洗好的苹果。

毕竟已是初冬，难得遇到如此晴好的天气，许多人在公园里晒太阳。有两三岁的孩子吹着五颜六色的泡泡跌跌撞撞地经过，后面有老人追着喊："慢点慢点，小心摔跤了！"不远处的石凳上，一位上了年纪的男人在给另一位满头白发的老太太梳头，两人似乎是一对母子。突然那边有人高声叫骂起来，原来有人悄悄带了宠物狗进来，吓到了别的游客，于是双方发生口角，差点厮打起来。公园管理人员及时赶到，把两边劝开。总之，形形色色的人都有。

到了一片松林，谢思虹提议大家在林子里休息一下。林青青拿出苹果，一人分了一个。林青青笑着说，这是新疆苹果，特别甜。

谢思虹咬了一口，说牙疼。林青青马上说："嫂子，那你要注意自己的身体了。不怕你忌讳，我生大病之前就牙疼过好多回。有一句话'牙疼不是病，疼起来真要命'，恰恰错了，牙疼就是病，说明与病牙相关的身体组织出现了问题。如果不及时治疗，后果严重着呢。"

谢思虹道："有道理。从医学角度来说，身体的任何疼痛都是有原因的。不过，我比你虚长几岁，牙齿有问题也正常。"

林青青道："不见得是这样，我不知道你是否发现了，有的人七八十岁仍然有一口好牙。"

谢思虹边皱着眉头慢慢啃苹果，边若有所思地点点头。

林雨蓝突然眼前一亮道："我们为什么不成立一个保健机构，指导人们如何保持健康、不生病呢？"

林青青赞许道："雨蓝真是聪明。我可以自己先写一本书《生命密语》教人们如何保持健康，好像我跟你说过。"

林雨蓝说："书可以写，机构也可以做。姑姑，您跟吕总说说，他一定也会有兴趣的。"

正说着，何明睿提前下班找到了他们。

这顿饭算是饯行，比较丰盛，鲍鱼、野山菌，还上了澳洲进口的高级红葡萄酒，也算是何明睿的一片诚心。然而毕竟大家各怀心事，这顿饭吃得有些沉闷。

谢思虹几次欲言又止，林致中知道她的意思，对她使过几次眼色。然而谢思虹终于忍不住，还是说道："明睿，我知道你是个好孩子。可是，我们雨蓝的家毕竟在台湾，她爷爷身体也越来越不好。年轻人的事，我知道我们长辈干涉太多也不好，可是，还是希望你们考虑周全。我敬你一杯，至少雨蓝在上海这段时间，你要好好照顾她。"

何明睿郑重地说："阿姨，请您放心，我们一定会非常认真地面对这一切。"

林雨蓝突然落下泪来。无法预知的命运，难以割舍的爱情和亲情，她觉得自己异常纠结。

七

周末，何庆东好不容易从几百公里外的工地回武汉，打电话让何明睿带林雨蓝来家里做客。毕竟林家那边的父母已经见过他们何家的儿子了，何家也该看看这还没过门的准媳妇。

何明睿在武汉有一个大家庭，亲戚不少，主要是何明睿的几个姑奶奶以及李开霞的兄弟姊妹，也就是何明睿的舅舅阿姨。何家在酒楼设宴欢迎林雨蓝，并将她介绍给所有的亲戚。林雨蓝感到既新奇又高兴。

宴席中，大家七嘴八舌地说起可能去了台湾的大爷爷。何明睿大姑奶奶的儿子是政府机构里的一位处长，对台湾事务一直比较关心。他说，何明睿和林雨蓝回台湾的时候，可以带着大爷爷的照片找一找。如果台湾还留有亲戚，那么两岸的何家人应该认一认，何林两人也应该代表何氏后辈到大爷爷的坟上祭拜祭拜；如果没有留下亲戚，也要找到大爷爷的骨灰在哪里，看能否将之带回来。

之后大家又换了几个话题，这个大家庭的成员似乎笑点很低，特别容易快乐，林雨蓝也跟着有满满的幸福感。

笑声暂歇的时候，林雨蓝问李开霞："阿姨，明睿其实很有文艺天赋，是块读文科的好材料，您当初为什么让他读理科呢？"

李开霞道："这是有原因的。首先，我觉得文科可以自学，而理科自学就有难度；其次，可能是我自己有偏见，我觉得学理科会让人更踏实靠谱，而文科呢，容易自我膨胀，目空一切。我庆幸让明睿学了理科，目前这个社会的社会病，最终要靠理科来疗愈。"

林雨蓝愕然道："社会病？"

李开霞答："是啊！你不觉得目前这个社会的价值取向有问题吗？全民娱乐，全民狂欢，大家都关心明星啊、游戏啊。一个一线影视明星动不动就身价过亿，一个被炒作出名的画家，作品动不动就卖几百万几千万。可是，我们的科学家呢？那些真正为人类做出了贡献的人呢？我们还是要讲求实效，关心人类的现状和未来。说实话，我很后悔自己学绘画，小时候完全不懂事，就一时心血来潮选择了学习方向，现在思想越成熟，越明白应该怎样度过人生。明睿选专业的时候，我是积极主张他选理工科的。当然，如果他真的喜欢画画、喜欢文科到了痴迷的程度，我也不会阻拦。"

林雨蓝道："叔叔当年学的就是工科。"

李开霞说："是啊，我特别欣赏他这种做事踏踏实实的理工男。你叔叔参与了目前全国最大的桥梁的建造和设计，我真的挺崇拜他。理工科的东西，可以定性、定量，好不好全摆在那儿。可是文科不一样，真正能够创作出杰出作品的人毕竟寥寥无几，很多只是利用自己周边的资源沽名钓誉、追名逐利。可以毫不夸张地说，我的绘画作品，如果有朋友开相关公司来炒作，一样可以一幅就卖几万几十万，可是，这样除了我本人能赚很多钱，对这个世界有多大的意义？"

林雨蓝不禁听呆了。她没想到一位普通的美术老师居然有如此深刻的思想，怪不得何明睿会那么优秀。

此时，何庆东特意说要给林雨蓝一块祖传的玉佩。玉佩有两块，是一代代传下来的，以前的规矩是传子不传女。当年，何庆东的爷爷有两个儿子、三个闺女。大儿子就是大爷爷，小儿子就是何明睿的亲爷爷。两块玉佩一块在大爷爷那里，一块在何明睿的爷爷这里。何明睿的爷爷是共产党革命烈士，很早的时候就牺牲了，传下了这块玉佩。何庆东说，他决定改变这个规矩，将玉佩正式传给林雨蓝。

李开霞玩笑道："这媳妇还没进门呢，你就开始偏心。"

何明睿接口："妈，您放心，您儿子找的这个媳妇万里挑一，值得偏心。"又是一阵笑声。

何庆东本来计划在武汉待三天，结果工地上打来一个电话，说是一个技术参数有问题。他只好马上出发，提前离开了。

晚上，林雨蓝看手机新闻，发现两条跟求婚有关的社会新闻。一条说，一个小伙子在女孩子的必经之路上用 520 个苹果摆成心形表白，女孩子同意了，然后把苹果分给围观的人。另一条说，一个大学生用 999 个黄澄澄的柚子在地上摆了一个大大的心形——柚子代表一生有你，向暗恋一年多的师姐示爱，结果遭到拒绝，柚子被一抢而空。

林雨蓝大笑着说："我亏了我亏了，亏死了。你都没有正式跟我表白，我就快要变成你们林家的媳妇了。不行啊不行啊，要补上。"

何明睿答："好啊，你想怎么补？我给你定 9999 朵玫瑰好不好？"

林雨蓝迟疑着说："太浪费花了。虽然我喜欢花，可是不愿意浪费。"

何明睿道："那就再说吧，肯定补一个表白给你。"

这两天大家一直开开心心，除了吃饭就是找景点游玩。临行前，何明睿的妈妈忘了把大爷爷的照片和何庆东的玉给两个年轻人，只好过后另想办法。

第七章　他是大渣男还是优质男

再优秀的人也有渣的一面，渣不渣，取决于你是谁，以及他决定如何对待你。

别人怎么对待你，是你自己教会的。

一

林雨蓝不时跑到隔壁的实验室去看看，观察两份培养基长出的菌落及其数量。这是一个对比试验，两份细菌培养基其他成分都一样，只是一份加入老虎花成分，一份没加。实验结果是比较乐观的，没加汤剂那份培养基，不到 24 小时已经长成好些菌落；而加了那一份，三天过去了，还没有长出菌落。

观察完毕，林雨蓝重新回到办公室，开始制作实验报表、写报告。这时有人敲敲办公室的门，问道："我可以进来吗？跟袁来主任有约。"

朱雅迪和林雨蓝闻声同时抬头，见是曼莉化妆品有限公司年轻的美女老总杨曼莉。她已经因为一个技术问题多次前来，两人都认识她，不约而同地答道："请进。"朱雅迪起身去给杨曼莉倒茶，林雨蓝礼貌地起身，对杨曼莉微笑点头，袁来也听到动静，在里面应了一声："快进来。"

杨曼莉眼睛不大，但鼻梁高挺，嘴唇的线条极其优美，皮肤白净又红润通透，加上自然细致的妆容、极有品位的穿着打扮，实在是一个有气质、有魅力的美人。她经过林雨蓝身边的时候，微微一笑，甚至挑了挑眉毛。林雨蓝瞬间对她生出许多好感，同时隐约觉得杨曼莉虽然表面上看起来很阳光，神色间却似乎藏着些心事。林雨蓝说不清为什么会有这种感觉。

"这个女人可不简单。"朱雅迪送茶完毕，回自己办公桌时，压低声音俯身对林雨蓝丢了这么一句话。林雨蓝的胃口瞬间被吊了起来，她知道此时并不方便说话，然而心头痒痒的，于是决定用电脑上的 QQ 跟朱雅迪聊几句。

医院里的大部分办公电脑是不允许上网的，然而新药研究部门不时要查资料，是特批的几个可以上网的部门。袁来三令五申上班时间不允许做跟工作无关的事，尤其强调不许玩游戏、不许 QQ 闲谈，林雨蓝平常自我管理得很好，然而此刻，她想放纵一下，反正电脑设置成了静音。

"我很好奇，她怎么不简单？"

"两三年前，她还一无所有，跟我们差不多，结果，就靠卖化妆品，现在在上海拥有别墅和豪车。"

"喔，那还真是厉害！你怎么知道的？"

"我简直是看着她起家的。她用微信群营销，而且她的化妆品定位比较好，不算太贵，几百块一套，推广时说因为加了古代王室配方，被当作国礼送给外宾，所以很有吸引力。群里刚开始只有几十个人，后来增加了好几个群，客户过万，现在每天干的事情就是收钱。"

"不可能这么容易吧？"

"当然也不是这么容易，刚开始她还是挺辛苦的，我看她经常熬夜到三四点。我一觉睡醒，经常见她在线回答客户的问题。"

"精力这么好，简直是超人。"

"是啊！所以说她不简单！"

"确实，佩服！谢谢你告诉我。"

转眼到了中午休息时间，朱雅迪要去看望一个住院的朋友，跟林雨蓝打个招呼，准点走了。林雨蓝看袁来和杨曼莉一直没有出来，于是没有离开。

过了半个小时，两人才从办公室里出来。杨曼莉执意要请袁来和林雨蓝去外面吃饭，袁来道："你请林雨蓝小姐去就行了，我中午已经有约，有人在等我。"又转头对林雨蓝道："你跟杨总去吃饭把，下午晚点来上班没关系。"

林雨蓝看看袁来，又看看杨曼莉，婉拒道："不用了吧！我吃食堂挺好的。杨总别客气。"

袁来果断说："你自己别客气。食堂这个时候估计也没什么菜了，你去陪陪杨总。我平常对你们要求很严，偶尔也该给你们机会轻松一下。"

杨曼莉道："对呀对呀！我知道你是台湾来的美女，一直想认识你，以前事情多，时机也不对，今天你就别躲了。"

林雨蓝答："那就恭敬不如从命啦！"其实，她也很想认识这位"不简单"的美女。

二

两人进了离医院几百米的一家餐厅。

一坐下来，杨曼莉就说："你有没有什么忌口或者不想吃的东西？"

林雨蓝道："我还好。"

杨曼莉道："那这样吧，我先多点几样，你看看自己喜欢什么，再加。"

她一口气点下去，鹅肝、木瓜炖雪蛤、水果沙拉、羊排、蔬菜粥。林雨蓝赶紧说："别点太多了，我们吃不了。"

杨曼莉点点头，却继续点，什么提拉米苏、冰激凌、咖啡，都要双份。终于停下来，道："哎，我这两天有些小郁闷，就想暴食一顿。"

她把单子递给林雨蓝，问："你看看还需要什么？"

林雨蓝连忙摆手，单子都不接，道："不要了不要了，我估计再来两个人都吃不完。"

服务员送来一包纸巾、两杯柠檬水，点好单离开了。

杨曼莉道："之前见过你几次，感觉你是那种单纯又聪明的女孩子，一直很欣赏你。"

林雨蓝道："过奖了，我对你印象也非常好。"

杨曼莉点点头："所以，不知道为什么，在你面前我一点都不想伪装。要知道，想在社会上混得好，常常是不得不装的。"说着，她喝了一大口柠檬水，突然落下泪来。

林雨蓝起初没有觉察，低头喝水，突然一抬头，看见杨曼莉满脸泪水，一时呆住，拿不准自己是该假装没看见还是适当地表示关怀。这个年龄不大不小的女人几十分钟前还是职场女斗士，不想一转眼突然变得如此脆弱，落差实在太大了。

林雨蓝踌躇一阵，见她全然没有掩饰自己的意思，于是打开一包纸巾，抽出一张，体贴地递过去。

杨曼莉接过，轻轻点了点眼睛，嘴里说："失控了，不好意思。"

林雨蓝道："没关系，谁都有这样的时候。"其实她很想问出什么事了，又觉得两人实在没什么交情，最好不主动提问。

杨曼莉勉强笑道："像你这么好的女孩子，应该交男朋友了吧？"

林雨蓝笑一笑，点点头。

杨曼莉叹口气，说："男人啊，没几个靠谱的。古代就有这样的话，易求无价宝，难得有情郎。"

林雨蓝不知道该如何回应，只好喝水。

杨曼莉道："不知道为什么，好想跟你说说我的故事。不知道你愿不愿意听。"

林雨蓝不置可否，道："噢，谢谢你这么信任我。"

既然打开了话匣子，杨曼莉便一口气说下去。

"三年前，我还是一家银行的白领，后来遇上裁员，我所在的行政事务部要裁减一半员工。我们部门只做后勤服务，对业务能力要求不高，能够留下的几乎都是有背景的人。我根本没戏。失业后，我开始尝试卖化妆品，产品是一家生物公司生产的，效果非常好，价格也适中，加上我自己很拼，慢慢越做越好。生物公司答谢客户的时候，我认识了公司总裁。总裁是个中年人，传说中的钻石王老五。那天答谢酒会之后，因为顺路，总裁开车送我回家。他只是敬大家的时候喝了一小杯酒，所以敢自己开车。我下车的时候，他拉着我的手说，以后会照顾我。"

"那时候我孤身一人，真的特别需要安慰，简直觉得他是上帝派来的。后来他果然没有食言，卖出同样多的产品，我有比别人更多的利润，甚至，他还会把一些关键客户介绍给我。加上自己的努力，我的事业真是突飞猛进。不知不觉，我对他产生了感情。一次我们俩一起吃饭，喝了一点酒，很自然就在一起了。可是他说，他不打算结婚，无法给我未来。这真的让我特别痛苦。其实我自认为跟他很般配，尤其是我的资产越来越多，也比他年轻十来岁，他为什么就不能跟我结婚呢？他说他离过婚，对结婚没有欲望。我想，也许过一段时间他会改变吧！于是我耐心地等。跟他交往的过程中，我察觉到他居然有好几个女朋友。我设法了解了那几个女人的情况，都是那种年轻漂亮但没什么实力的。我想，他还没有真正收心，我相信他会有收心的一天，于是充满希望地继续等待。"

"结果，最近发生了一件事，我发觉自己不可能有胜算了。这个总裁居然找到了他心底一直最在意的女友，两个人关系很好，他几乎不再跟我见面。所以，这一阵子我痛苦极了。真的不知道感情怎么这么折磨人。我一天到晚心神不宁，做事情总不在状态。公共场合还能忍着，刚刚在你面前还是失控了。我一个人回到家，简直无法面对自己。大哭、摔东西、抓狂、崩溃，所以近来我常常暴饮暴食或者喝醉酒回家。你知道我为什么点这么多东西？把自己撑得再也吃不下任何东西，脑子就会懒洋洋地，转不动，就不容易太伤心。我试过好多次，都有用。可是，效果不能持久。过几个小时，又会开始痛苦。"

杨曼莉说着，又哽咽起来，却又明显在努力克制自己。

林雨蓝一边慢慢吃一边默默听，忍不住深深地怜惜她。跟杨曼莉交往，还有好几个女朋友，再然后又出现一个"一直最在意的女友"，这个男人也是渣男一枚吧！林雨蓝忍不住在心里给这个男人下了定义。

杨曼莉简单说完，补充道："那位总裁跟袁主任的新药研究中心也有业务往来，这个圈子很小，我怕万一你认识他，所以没说他的名字。"

林雨蓝不想太深地介入别人的隐私，于是转移话题问："你怎么会跟我们中心有业务往来呢？"

杨曼莉道："因为我有一套美白产品卖得特别火，可是又有传言说，美白护肤品特别容易致癌，所以我就通过朋友找到你们主任，看有没有可能把抗癌的新药也加入到美白产品里面。不管传言是不是真的，我希望我的产品是真正安全的。"

林雨蓝道："噢，这样啊！你真是非常聪明的一个人。"

杨曼莉叹息道："还是不够聪明，如果真聪明，怎么会连一个中年男人都无法征服。"

林雨蓝开解道："感情这种事，真的说不清楚，也要靠缘分和运气。你的条件这么好，说不定很快就会遇到真正相爱的人。"

杨曼莉道："但愿这样吧！其实追我的人也不少，我就是没办法把心思用在别的男人身上。也许我真的没必要吊死在一棵树上。我们常常说男人渣，其实男人的渣很大程度上是女人惯出来的。女人遇到对自己不负责任的男人，老是泥足深陷、无法自拔，这样只会让男人更渣。"

林雨蓝笑道："你看，其实你比谁都明白。"

杨曼莉叹气："明白是一回事，感情是另外一回事。"

三

这天林青青约林雨蓝去做美容，其中一个火疗项目令林雨蓝觉得很新奇，林青青怂恿她也试一试。

"姑姑，你做过没？"林雨蓝跃跃欲试。

"我做过两次，很舒服。"林青青道。

林雨蓝问美容师："有没有正在做的？我想先去看看什么情况。"

美容师犹豫一下，道："做的时候你最好别去看，看了很可能会觉得害怕。"

这下林雨蓝反倒更加来了兴致，非要亲眼看一下不可。林青青道："那你就去看看吧！我以前也瞧过别人做，这次就算了。看起来确实有些吓人，但是自己做的时候看不到，也就没什么感觉。"

美容师把林雨蓝带到另一个房间。

一打开门，林雨蓝就忍不住惊叫一声。美容师赶紧示意她嗫声。

只见一大堆毛巾把一个人形的物体裹得紧紧的，火焰呼呼地烧着。知道的，明白是在做火疗；不知道的，还以为是在火化。

看了不到一分钟，美容师把门关上，把林雨蓝领回林青青所在的房间。

美容师问："除了脸部护理，二位还做火疗吗？"

林雨蓝道："我还是只做面护算了，姑姑你加做火疗吧。"

林青青道："行，反正火疗时间不长，到时你等我一下就好。"又说："其实火疗是热敷的一种，帮助人加快血液循环，提高免疫力，更快地排除体内毒素和废物。你年轻，做不做都没关系。"

从美容院出来，两人决定随意走走，然后一起晚餐。

林雨蓝夸张地说："姑姑，我最近听到一个渣男的故事。"

林青青问："什么样的渣男？"

林雨蓝把美女老总杨曼莉和那个男人的故事简单地说了，林青青问："你真的觉得这个男人很渣？"

林雨蓝道："那当然。"

林青青问："如果我告诉你，这个男人就是吕谦，而那个他最在意的女友就是我，你还这么认为吗？"

"什么，竟然是吕谦？"林雨蓝彻底傻了。在她看来，吕谦算是人品不错、事业有成的优质男人。

林青青叹息一声，道："其实再好的男人也会有渣的一面，或者有偶尔渣的时候。只不过在我面前，他显示了他人性中美好的部分。"

"为什么会这样？"林雨蓝喃喃地问。

"其实吕谦跟前妻离婚之后，有一段时间确实相当放纵。后来跟杨曼莉交往的时候有所收敛，而我出现之后，他在我和杨曼莉之间有过摇摆和犹豫，只不过，他最终选择了我。有一次杨曼莉居然找上门来，恰好我没在。后来我回家，吕谦自己跟我说了他和杨曼莉的事。因为杨曼莉扬言不会就此罢休，所以吕谦决定主动告诉我。"林青青沉静地说。

　　"那，你不怕他重又花心？"林雨蓝急切地问。

　　"我也是赌一把。说实话，我和他失去联系期间，他的所作所为可以不用对我负责，毕竟我和他并没有婚约。现在既然他选择了我，应该会对自己的选择负责。俗话说，浪子回头金不换，毕竟我和吕谦还是很有感情基础的。而且我们相逢之后，依然相爱。"林青青看看林雨蓝，道，"不同年代，人们对于爱情、婚姻、性行为，会有不同的看法。"

　　"那您觉得，我们两代人对这些事情的看法有什么不一样？"林雨蓝好奇地问。

　　林青青想了想，回答说："我和吕谦所处的年代，人们对于性的束缚很多，男人反倒更容易不忠。到了你们这个年代，性行为更为自由，如果一对情侣真心相爱，男人反倒不愿意出轨。除非这个男人确实比较渣，或者本来就没有找到合适的对象。一个正经男人，对于拈花惹草是不会有兴趣的，他会在意自己所爱的人的感受。何况绝大多数真正的优质男，会以事业、家庭为重，也会信守自己的诺言。"

　　林雨蓝说："说真的，我对何明睿一直比较放心，不担心他背叛我。"

　　"那是因为你们之间的关系建设得比较好，各方面都比较协调。打个比方，一个在家里已经吃得很饱的人，对外面食物的欲望肯定就变得很小了。"林青青开玩笑道。

　　林雨蓝嗔道："姑姑，你跟吕谦在一起学坏了！"

　　林青青笑笑，然后突然收敛笑容，很认真地说："爱情确实是世上稀有的可以让人产生巨大的动力、给人带来深刻幸福的事物。然而，爱一个人就意味着，你允许对方伤害你，你看到的不仅仅是他最美好的一面，还可能会触及他人性深处最严重的弱点、最丑陋的疤痕。真正美好的爱情是，一旦认定，不离不弃，共同成长，甚至把那些伤疤变成一朵朵花。我和吕谦的关系就是如此。他现在越来越好了。"

闻听此言，林雨蓝忍不住动容。只有那些真正狠狠摔倒过又艰难爬起来的人，才会有如此深刻的领悟吧！

林雨蓝想起了什么，突然惊呼道："姑姑，好奇怪，我最近常常忘记你得了癌症这件事。"

林青青笑着答："一点都不奇怪啊！癌症只是一种病，何况我现在慢慢康复了。打个比方，如果一个人感冒过，难道他身边的人总要记得他感冒过吗？"

林雨蓝点头道："也对。都是生病，只是程度轻重有所不同而已。姑姑，你这么豁达，难怪更容易走出来。"

四

这天，杨曼莉给林雨蓝打电话，说是想请林雨蓝吃泰国菜。

电话里杨曼莉的声音有些低落，林雨蓝猜测她可能是心情不好，希望有人陪。可林雨蓝已经答应陪何明睿看电影，于是踌躇着对杨曼莉说："曼莉，我有一个建议，其实你可以去跟心理咨询师聊聊，能够更快地从情感纠纷里走出来。心理咨询现在也已经被大家接受了。"

杨曼莉说："这个建议不错，其实我也动过这个念头。你有熟悉的心理咨询师吗？"

林雨蓝说："嗯，我认识一位，不知道对方是否会同意。"

杨曼莉道："那你帮我约一下吧。你介绍的应该错不了。我不想自己去乱找，麻烦又不靠谱。"

林雨蓝先跟林青青沟通，再把林青青的电话告诉杨曼莉。接到杨曼莉的电话之后，林青青联系好上海一家知名的心理咨询机构，预约使用他们的场地。

杨曼莉一瞬间就被眼前这位女人的形象气质给镇住了——只是，她无论如何也想不到这就是吕谦嘴里"生命中最重要的女人"。

很少有女人能把灰色的衣服驾驭得如此有声势。林青青穿着一件灰色镶宝蓝边的薄款毛呢旗袍，她的身材不胖不瘦，眼睛亮而有神，五官恰到好处，面带微笑却令人尊敬，传说中的女王气场就是这个样子。

接到林雨蓝电话的时候，林青青是犹豫过的。按道理，她不便接受杨曼莉的咨询。毕竟林青青在暗处，知道杨曼莉曾经跟吕谦有情感纠葛；而杨曼莉在明处，她对林青青却一无所知。然而艺高人胆大，林青青打算只跟杨曼莉接触一次，然后就收手，毕竟这只是一例普通的心理咨询。

杨曼莉陈述自己跟吕谦的交往过程，如何因为业务相识，如何酒后相送，她对吕谦一片深情，然后陷入太深，而吕谦却不够真诚，最近明确跟她分手，原因是与他生命中最重要的女人重逢。她明明觉得吕谦表现得像渣男，自己却不能自拔。

林青青问："你真的觉得你的男朋友很渣吗？"

杨曼莉没精打采地回答："是真的觉得他渣。既然不愿意对我负责，为什么接受我？"

林青青道："既然你觉得他渣，或者其实他并不渣，只是在你面前表现得很渣，你连一个对你很渣的人都放不下，那你自己是不是也有问题？如果我用不客气的措辞，那你自己是不是也很渣？"

杨曼莉一下子愣了。良久，她点头道："确实，如果一个对我很渣的人我都放不下，只能说明我自己更渣。"

林青青道："人生中有的是比爱情更有意义的事。你的事业就很有意义，让女人们变美，值得你投入很多热情。至于爱情，如果你真的那么渴望，可以尝试接触其他合适的人。"

杨曼莉道："我觉得被你点醒了。既然这个男人在我面前这么渣，我还不尽快忘记他，那我自己也好不到哪里去。"

林青青微笑，不说话。

杨曼莉接着问林青青，下次是否可以继续找她咨询。林青青答："我可能要去外地。其实你的情况，完全不需要再咨询。一个把事业经营得那么好的人，只要真的愿意，肯定有足够的能力解决自己的情感问题。"

五

林雨蓝终于不无惊喜地知道，何明睿居然勉强也算得上一个高富帅。他家有一处老房产被拆迁，政府补助五百万，长辈疼爱小辈，把其中的三百万送给了何明睿。这就是他在上海工作时间不算长，却能够买车，而且手头比较宽裕的真正原因。

每到周末，他们或者两人，或者朋友数人，一起游玩或做些有意义的事。这个周末，他们有一项特殊使命，要去做公益。

为期两天的活动由吕谦牵头，何明睿具体实施，约人、筹备物资，准备工作做得非常充分。他们拉着几大车货物，开往距上海两百公里的一个小镇，去帮扶几户贫困的人家。

其中一个五口之家的情形非常可怜，住房破旧简陋，家庭成员呢，简直是老弱病残都被收集在一起。八十岁的瞎眼老祖母；本该是顶梁柱的男人三年前在外打工致残，摔断脊椎，生活不能自理；女人有严重的心脏病，只能勉强做些洗衣做饭之类的轻活；八岁的男孩有先天性心脏病，医药费高昂；唯一健康的女孩才三岁。

小姑娘躲在破旧的椅子后面，怯生生地望着一屋子不速之客。林雨蓝蹲下来，笑吟吟地逗小姑娘说话。女人一把鼻涕一把泪地对吕谦哭诉，吕谦很耐心地听，眼神温暖又慈悲。一旁边逗孩子边留意吕谦的林雨蓝被感动得不行。

这次已经是对这个家庭的第三次帮扶。

第一年，扶贫队送给这家一笔现金和一对牛，希望他们把牛慢慢养好，繁殖下去。然而他们把钱花光之后，把牛卖掉，买回一对羊，这样又有了一笔现金可以度日。想不到怀孕的母羊掉下悬崖，只剩下公羊于事无补，于是公羊成了盘中餐。

第二年，扶贫队带给这户人家的是现金和几百只小鸡。然而一场鸡瘟，使得所有的计划泡了汤。

噩运像一头凶狠的狼，紧紧咬住这家人不放。

这次吕谦做出决定，以资金、粮食扶持为主。在帮扶计划之外，他还启动备用方案，给这家人另外栽种二十棵桑葚树，施足天源公司的生物底肥，当年就可以吃到果实。到时候，这家人自己吃或者拿出去卖，都是不小的收获。

离开这户人家的时候，吕谦私人又给了这个女人一沓钞票，林雨蓝目测不会少于两千。她忍不住暗自感叹，这样一个看起来温暖又正直的男人，生命的某个阶段也有渣的一面。但总的来说，仍然不失为暖男。毕竟人性是复杂的，每个人都有阴暗面和隐私。

林雨蓝忍不住问吕谦："吕总，天源公司什么时候开始做这样的公益？"

吕谦想了想，道："应该有六七年了吧！"

"当时为什么想到做公益呢？"林雨蓝继续问。

吕谦笑笑，呼出一口气道："就是希望这个社会越来越好，其实现在精英阶层的人很多都以做善事为荣。不过，我特别反感有的人以做公益为由头，实际上中饱私囊。真正的公益应该是，先把自己发展好，再力所能及地助人。自己都不好，拉着大旗聚拢财物，然后趁势捞一把，那叫什么公益？公害还差不多！"

林雨蓝笑着点点头，她要一五一十说给有事没来的林青青听，并祝福她找到了一个虽然有瑕疵却是无价之宝的好男人。

六

"大帅哥好！明天中午有空吗？陪我去书城买几套书，我一个人拿不动。平常工作太忙，在上海不认识几个人，只好请你帮忙啦！"何明睿望着这条信息，又是喜又是愁。因为信息是小七发来的。何明睿不用细想都知道，小七其实是对他有意才跟他联系的。该怎么办呢？去还是不去？找借口推掉？是不是太不近人情了？踌躇了好一阵子，何明睿决定还是去帮一次忙，然后很自然地告诉她，他已经有女朋友了。林雨蓝不是说了，他可以跟小七正常交往吗？就交往这一次好了。

真的就这一次！何明睿暗暗对自己说。

小七穿着格子薄呢套裙，显得既端庄又时尚。她一见何明睿，便大大方方地挽住他的手，何明睿僵了一下，便任由她挽着。

"我本来老早就想约你。只是那时候我跟男朋友没有彻底分手。他在外地，我们不断分手又和好。这一次，两个月以前，我们说好再也不联系了。"小七非常坦白地说道。

何明睿于是把胳膊从她手里抽出来，回应道："我就说你这么优秀的女孩子，不可能没有男朋友。我也正要告诉你，我有女朋友了，她是从台湾过来的。真是好巧，上次我们一起喝酒，才过了几天，我就跟女朋友再度相逢。我们好几年前就在武汉认识，没想到居然又在上海相遇。"

小七明显有些沮丧，但很快调整好情绪道："你们好有缘啊！你女朋友太幸福了，我好羡慕她！"

何明睿安慰道："不用羡慕她。你很快就会找到合适的男朋友。"

小七摇头道："很难！人海茫茫，想要找个真正合适的实在难。"

何明睿说："不会很难啊！何况，你又怎么知道我可能是合适的呢？"

小七笑道："感觉啊！就像看一本书，我基本上读两页就知道这本书好不好，或者看一篇文章，我只需要扫一两行就知道这文章是否值得读下去。"

何明睿道："你有这本领，那就更容易了。"

小七叹口气："算了，不跟你说这个了。还好，你算是一个君子。否则遇到居心叵测的，脚踏两只船，那边跟女友谈恋爱，这边跟我玩暧昧，我就惨了。我这人轻易不动感情，真喜欢谁，会很投入、很认真。感情被玩弄，那是很痛苦的，我会去杀人放火的！"

何明睿说："知道，所以怕了你。我和我女朋友也是这样的人。"

小七突然笑起来："好吧，既然你送上门来了，好歹给我当一次搬运工吧！我要趁机报仇！报仇雪恨！"

何明睿大叫："谁跟你有仇啊！我这是来送橄榄枝啊！"

过了一阵，只见何明睿苦着脸，搬着一大摞厚重的经典跟在小七后面，步履蹒跚。终于把书送到小七家客厅，何明睿大叫一声，把书一扔，人也快趴下了。

小七问："喝杯茶好不好？"

何明睿赶紧道："谢谢，不用了，下午还上班呢！"赶紧揉着肩膀，快步走了。

小七在后面哧哧地笑。

第八章　上海：冲突与和解

有时候，爱情真的非某人不可。这世上确有这样的爱，不能被离间，也永不放弃。

一

这天晚上，何明睿的手机屏幕突然亮了起来。林雨蓝无意中发现光亮，却没有听到声音，显然手机被设置为静音。林雨蓝本能地扫了一眼亮着的屏幕，发现进来的是一个电话，来电者被标记为：MM。她不由得马上警觉起来，同时也充满好奇。MM，什么意思，美眉、妹妹、梅梅？

两人本来坐在茶几前喝茶、嗑瓜子，何明睿的手机放在茶几上，电话是在他去卫生间的时候进来的。林雨蓝继续盯着依然闪着亮光的手机屏幕，抑制自己去接听这个电话的冲动。他们平常心照不宣地不动对方的手机，一来是彼此信任，二来是尊重隐私。

可是，这个MM究竟是谁？何明睿还把手机设成静音，这难道不是明摆着心虚吗？

对方终于挂了电话，屏幕再度黑下来，林雨蓝的脸也黑了。

何明睿回来，亲昵地拍拍她的脑瓜，若无其事地继续嗑瓜子。林雨蓝突然忍不下去了，酸酸地问："你哪来的妹妹？"

何明睿一头雾水状："什么妹妹，我没有妹妹啊！"

林雨蓝指着手机说："你自己看。"

何明睿拿起手机，一看，释然道："什么妹妹，这是我妈妈好吗！看你这醋吃的！"说完，他拨过去，还特意按了免提，对方很快接听了。

何明睿道："妈，你刚刚打我电话了？没什么事吧？"

"没事，我看你好久没给我打电话了，问问你过得怎么样，也问问雨蓝好不好。"

"嗯，没事就好。我这一阵挺好的，雨蓝也好。哎呀，你就别操心了，照顾好自己！"

"我好得很。你以后没事多给我打几个电话嘛！你都个把星期把你老妈抛在脑后了。"

"好的，以后没事我多给你打电话。好啦好啦，挂了啊！"

"好，早点休息。"

何明睿挂了电话，坏笑着望着林雨蓝道："这下相信我了吧？"

林雨蓝蓦地脸红起来，嘴里嘀咕道："我从来没有不相信你啊！我还是解释一下吧，我可没故意偷看你手机，刚好屏幕亮起来，我一眼就发现了。可是，妈妈就妈妈，为什么要弄个拼音啊？还有，谁让你莫名其妙地手机静音啊！"

何明睿大笑道："你吃醋的样子真可爱。我也解释一下吧，我妈妈换了新号码，那天她给我打电话，我正忙，也偷懒，存新号的时候，输入的是 MM 两个字母，直接保存，我自己懂就行。今天晚上我们好不容易在一起安安静静待着，估计公司那边也没什么事，加上这阵子有一些来路不明的骚扰电话，我不想受到干扰，所以把手机设成静音。"说着，他停顿一下，坏笑着问："这个解释你满意吗？"

林雨蓝羞得不行，无话可说，扑到何明睿怀里耍赖道："不满意不满意，整个就对你不满意。"

何明睿坏笑道："我马上就让你满意。必须让你满意。"

林雨蓝捶他道："你这个人，越来越坏了。"

两人笑闹着洗漱去了。

第二天中午休息的时候，朱雅迪拿着手机来找林雨蓝，说道："雨蓝，你关注一下我的直播吧！我们互粉一下啊。"

以前因为袁来，朱雅迪很排斥林雨蓝。然而现在半路杀出程咬金，袁来和吕卓晴结婚了，朱雅迪不再把林雨蓝当成敌人，有事没事会跟她聊聊。

林雨蓝一脸愕然，问："什么，什么直播？"

朱雅迪似乎不相信的样子，问："你居然不知道直播？"她确信林雨蓝不知道后，解释说："这是一种新的模式，你可以在网络上开通直播，如果有人关注你、喜欢你，就会送各种礼物给你，然后你可以直接从网络上得到现金收入。简单地说，就像你自己开通一个电视台，可以时时刻刻随心所欲地直播，吸引观众或者粉丝。"

林雨蓝似乎懂了，但是她毫无兴趣，打着哈欠说："这样吧，雅迪，你帮我弄，然后关注你。我现在有些困，想休息一下。"

朱雅迪说："好吧！你想要一个什么昵称？"

林雨蓝想了想说："蓝眼泪。"

下班以后，林雨蓝在一家餐厅等何明睿，一时无聊，想起中午朱雅迪帮她下载的直播软件，拿起手机研究起来。

她很容易就弄清楚了如何进行直播，于是马上尝试一下，对着假想的观众自我介绍，说自己是台湾女孩子，最近在上海实习。想不到才直播五分钟，立刻有几百人来看她说话，而且马上关注她，还纷纷送电子礼物，什么樱花啊、小黄瓜啊，居然还有人送了一辆保时捷。

林雨蓝觉得非常振奋，她本来就不怯场，这会儿更是眉飞色舞地说个不停。不知不觉半个小时过去，林雨蓝居然收获了两千多名粉丝。她一下子来了兴趣，开始研究直播软件，直到何明睿出现，她才放下手机。

林雨蓝边吃套餐，边眉飞色舞地给何明睿讲直播的事。何明睿扫了一眼，说："你觉得好玩就玩呗，我不反对。现在新事物越来越多，保持对新鲜事物的好奇心，挺好的。"

“你也开通一个吧！”林雨蓝热心建议。

“我就算了。最近公司一堆事。对了，你觉得姑姑用老虎花到底有没有用？”何明睿的兴奋点似乎在事业上。

“姑姑对老虎花不反感，也觉得确实有一定的疗效。但是她认为，纯粹靠药物在现阶段是不够安全的，不能彻底康复。她说，没有一种药物真正可以药到病除，尤其是重病、慢性病，需要靠病人科学调理。”

何明睿若有所思。

林雨蓝对直播的兴趣一发不可收，她很快成为一名网络红人。目前，“网红”几乎清一色大眼睛、高鼻梁、红嘴唇、尖下巴、皮肤白皙，不少是整容或者浓妆的结果，而林雨蓝只要稍稍化点淡妆，就会非常美，而且美得相当自然。加上她娇柔甜美的声音、优雅的气质、丰富的知识储备，非常受欢迎。

每天晚上定时直播一个小时，林雨蓝就可以收到一笔非常可观的收入。一位网名“假面王子”的男人，居然送给她一个非常豪华的礼物套装，可以兑换几千块人民币。

这位“假面王子”每天都来看林雨蓝直播，每次一定会给她送礼物。

礼物收得太多，林雨蓝慢慢有些不安起来。她直播的时候直接说：“谢谢这位‘假面王子’，不过，请不要再送这么贵重的礼物了好吗？我参与直播，主要是为了跟大家分享自己的一些观点和故事，无功不受禄，礼物送得太多太重，我于心不安。”没想到当她说完这段话，“假面王子”又送她一套豪礼，可以兑换更多的现金。林雨蓝不安极了。

林雨蓝迅速蹿红，朱雅迪看在眼里，心里仿佛进了条毒蛇一般不得安宁。明明她比林雨蓝先开通直播，然而她开通几个月了，依然没什么人注意到，三十几个粉丝还是自己邀请来的，而林雨蓝开通后很快成为红人。凭什么，为什么？就算林雨蓝确实长得漂亮，可自己也没有差得太远啊！看到“假面王子”给林雨蓝赠送如此贵重的礼物，真是恨不得给自己几个耳光。如果她不给她下载直播软件，也就不会忍受嫉妒煎熬了。心里的毒蛇嘶嘶地吐着信子，嫉妒之火使她产生了一个念头。朱雅迪找袁来要到何明睿的手机号，默默记录下来。她相信这个号码一定会有用的。

一周之后，"假面王子"先在林雨蓝直播时说要请她吃大餐，然后又私信约她吃饭。林雨蓝犹豫一阵，还是答应了。不完全是拿人手软，而是林雨蓝对这个人产生了好奇心，想看看这位出手阔绰的男士现实中究竟是什么样。不过，她觉得自己不能单独去见他。

二

约会地点在上海新天地一家高档酒店的顶层套房，时间是下午六点半。

收到地址的时候，林雨蓝决定邀请朱雅迪陪她一起去。她实在没有其他人选。朱雅迪满口答应，林雨蓝把那条包含时间地点的私信转发给她。朱雅迪却让林雨蓝一个人先去，她说得加班，但可以在七点左右赶到。林雨蓝觉得这样似乎有些不妥，然而她是非常守时的人，于是自己一个人先去了。

"假面王子"是一个相貌普通的男子，让人觉得此人非常和善，不像什么坏人，他身材高矮适中，略略有些胖。两人一见面，林雨蓝就说她的女伴要迟到半个小时左右——答应这场约会的时候，她已经提前告知会带一个女伴来。

"我怎么称呼您比较好呢？"林雨蓝问。

"我姓杨，杨家明。我又怎么称呼你呢？"

林雨蓝踌躇了一下，说："你就叫我的网名吧，蓝眼泪。"

言谈中，林雨蓝知道杨家明和同伴开了一家网络游戏设计公司，短短三五年，销售收入居然过亿。"我们也想不到网络游戏居然有这么高的利润。"杨家明坦言，这套顶层套房是他们公司几位合伙人年度聚会，为接待贵宾订的。年会预计开三天，结果两天就结束了。多出来一天，杨家明想起恰好要跟林雨蓝会面，索性就把会面地点定在这里。

"看来杨先生是一个非常诚恳的人。"林雨蓝笑道。

杨家明说："确实是这样，虽然我们的网络游戏是虚拟的，我本人却非常务实。"他喝口茶，接着直截了当地说："我在直播软件上找了许久，觉得你的样子非常符合我心目中完美女神的形象，所以对你情有独钟。"

林雨蓝错愕道："可是我有男朋友啊！"

杨家明怔了怔，说："我想到了这种可能性。不过，看你这么年轻，应该没有结婚，有男朋友没关系，可以公平竞争啊！"

林雨蓝叹息着摇摇头说："感情的事，没有办法公平，竞争就算了。我跟我男朋友感情很好。"杨家明说："谢谢你这么诚实，换一个女孩子，说不定会玩脚踏几条船的游戏。其实也没关系，我们先作为普通朋友交往就是。许多事情是变化的。"

正在这时，酒店准时送来"假面王子"预订的晚餐。除了专门替两位美女点的"血燕"，其余的菜式倒也简单。但林雨蓝知道，这家酒店消费非常高，住一晚的价格都以万元为单位，至于餐饮，哪怕只是一份白菜，肯定也是昂贵的。

已经到了七点，菜都凉了，朱雅迪却没有露面，打她电话却显示"无法接通"。林雨蓝暗暗有些担忧，嘴里却说："算了，干脆我们先慢慢吃，不等她了，她今天加班，加上又塞车，她打出租过来，也不知道什么时候能到。"

杨家明道："行，我们不等了。她到了再加菜就是。"

朱雅迪确实在加班。不过，她边加班边换手机卡，用一个匿名的手机号码，把林雨蓝和"假面王子"约会的时间地点发给了何明睿。何明睿接到这条短信，脸色变得很难看。他准备直接给林雨蓝打电话，想想又放弃了，直接开车到新天地，守在那家酒店的楼下。

林雨蓝和杨家明吃完饭，又聊了一阵，已经八点半了，朱雅迪依旧没有出现。杨家明笑着说："你的这位女伴估计不会来了。"

孤男寡女待了这么久，林雨蓝觉得非常不安，她说："杨先生，今天先告辞了，我还有事。"

杨家明爽快地答应，并且绅士地送她下楼。杨家明说要送林雨蓝回家，林雨蓝坚决拒绝，他也不坚持。

何明睿在车里冷冷看着他们道别，顺手拍了张两人的照片。林雨蓝上了出租车，何明睿驱车远远跟着。

林雨蓝刚到家，朱雅迪的电话就来了。她在电话里拼命道歉，说临时有新的任务，实在走不开。林雨蓝淡淡地说没关系，并且告诉她自己已经到家。过了一会儿，何明睿也回来了。两人平常一到家就又是拥抱又是亲吻，这一次林雨蓝照例朝何明睿扑过去，何明睿却冷淡地把她推开，并且冷冷问："'假面王子是谁'？"

林雨蓝吃了一惊，一时语塞。

她拿不准何明睿是在直播软件上看到"假面王子"给她送豪礼了，还是已经知道她刚刚跟这个人约会了。如果是前者，无伤大雅，只是一种询问；如果是后者，想都不用想，无疑是朱雅迪出卖了她。

"说啊！那是个什么人？"何明睿咄咄逼人。

"就是一个普通粉丝。"林雨蓝无奈地回答。

"普通粉丝？普通粉丝会送那么贵重的礼物？"何明睿酸酸的。

"这又不奇怪，网上什么人都有啊！"林雨蓝继续应对。

"是啊！什么人都有。接受了人家送的豪礼，然后跟人家一起开房，还若无其事的也有。"何明睿变得阴阳怪气。

"你，你少在这里胡说八道！"林雨蓝气急败坏。

"我胡说八道！我刚好有个朋友看见你从新天地的酒店里出来，刚好看见那个叫'假面王子'的人送你出来，拍了你们的照片发给我。你没有想到世界会这么小吧！"何明睿不屑地说，他不想让林雨蓝知道自己的消息来源，更不想让她知道自己居然守在酒店门口，随口编了一套似乎说得过去的说辞。

林雨蓝叹口气，说："看来我高估你了。君子坦荡荡，我林雨蓝敢作敢当，我确实跟'假面王子'有约，只不过是吃饭而已，而且我还叫了女伴一起去，只不过不小心被女伴卖了。但'假面王子'确实是个正人君子，他一直很绅士，我们只是吃饭、聊天。"

何明睿脸涨红了，大声说："孤男寡女在酒店房间里，谁会相信只是吃饭聊天！如果不是因为对你还算有所了解，我这辈子都不想再见到你！"

林雨蓝又惊又怒，盯着何明睿说："算了，什么对我有所了解，你根本就不信任我。早知今日，何必当初呢？"

何明睿说："是啊！我也料不到我们会走到今日。你现在成了网络红人，那么多大款追捧你。可惜，我不稀罕，一点都不稀罕。"

"你，算了，我不想跟你解释。我已经把话说清楚，信不信是你自己的事。"林雨蓝转头冲出房间，重重把门带上。何明睿一屁股坐在客厅沙发上，也不去追。

林雨蓝重又回到医院安排的单身宿舍里，一进门就跌坐在床上发呆，泪水也不听话地流了下来。她非常后悔自己答应住进何明睿的出租屋。仅仅在一起一个多月，两个人就闹崩了。这样的人怎么可能一辈子呢？再一次，她萌生了回台湾的念头。林雨蓝觉得自己的心一阵一阵地痛，倒在床上，迷迷糊糊地睡着了。

她诚然重视爱情，但爱情不是生命的全部，没有什么事情比爱自己更重要。

三

第二天到办公室，林雨蓝脸色有些憔悴。袁来粗心，没发现有什么异样，而朱雅迪做贼心虚，都不敢跟林雨蓝对视。林雨蓝心中雪亮，冷冷瞥她一眼，也懒得说破。

何明睿在天源公司上班，更是心事重重的样子。吕卓晴跟他谈事，他居然半天反应不过来。吕卓晴奇怪地问："帅哥，什么情况？"何明睿苦笑着摇摇头。

下班之后，林雨蓝决定继续直播。她之前有承诺，说好了会每天坚持，何况，已经有几万个粉丝关注她。

这一次，林雨蓝抛出的话题是：你是如何走出失恋阴影的？

出现在镜头前的林雨蓝依然微笑着，似乎看不出有什么不开心。然而，她的反应似乎比平常慢了小半拍。不少粉丝纷纷述说自己失恋时的惨状，更加触发了林雨蓝心底的痛。有粉丝觉察了，说："蓝眼泪，你好像有点心不在焉。"

林雨蓝回应道："是吗？也许有一点。谁都有状态不够好的时候。"

有粉丝问："蓝眼泪，你还会在大陆待多久？"

林雨蓝犹豫一下，回答："也许只有几个月了。不过，回到台湾我一样可以坚持直播呀！"

"假面王子"又出现了，不过，这次他送的是普通的礼物。

林雨蓝说："谢谢'假面王子'的礼物，你是一个绅士。"

一个小时的直播很快结束，锥心的痛苦却向林雨蓝袭来。这么晚了，她不想打扰林青青，于是在网上搜索到一位心理咨询师，发问："如何解除失恋之痛？"

那位心理咨询师回答说："每个认真恋爱的人失恋的时候，都会有不同程度的痛苦，据说失恋之痛的级别，仅仅低于女人生孩子的痛苦。当你感觉到痛，说明你需要疏通。你需要静下心来问自己，使你痛苦的究竟是什么？是因为担心自己再也找不到那么爱的人吗？是确实放不下对方吗？总之，一定有真正的理由让你觉得痛。比较好的缓解痛苦的方式是转移注意力，和朋友交流、购物，把痛苦表达出来，比如写、画、运动，都可以比较好地缓解自己的痛苦情绪。"

于是林雨蓝拿出一张纸，一遍又一遍地写：何明睿，你这个大笨蛋！林雨蓝，走吧！走吧！回台湾吧！

何明睿一个人待在家里，从头到尾看林雨蓝直播。他看到她依然明艳动人的脸，心里亦是塞满了痛。他看到"假面王子"出现，送的不再是豪礼，而且林雨蓝当众赞美他"是一个绅士"。

难道，真的是他自己错怪了林雨蓝？

四

接下来是一个有暖阳的周末。

在冬天，真是没有比赖床更舒服的事情了。林雨蓝翻翻身，打开手机，已是上午十点。手机里除了几条广告信息，没有其他消息，何明睿依然没有消息。两人已经冷战三天。

林雨蓝胡思乱想了一阵，痛苦的感觉一阵阵袭来。她决定给林青青打电话，说要去找她。林青青已经离开协和医院安排的住地，和吕谦住在一起。使用老虎花治疗基本成功，袁来准备进行下一个阶段的临床试验，开展更多病例的研究。

林雨蓝没精打采地出现在林青青面前，她认真看一眼林青青，忍不住笑了起来。原来林青青刚刚在侍弄花草，一些泥土沾在手上，又不小心弄到脸上，变成个花脸，自己却浑然不觉。

林青青笑着去洗了把脸，出来时，整张脸灿若桃花，真的完全不像一个病人。

林雨蓝问："就你一个人在家吗？"

"吕谦出去办事，中午会回来，我们三个可以一起吃饭。"

"姑姑，你好幸福。"

"你不是也挺好的吗。怎么，闹矛盾了？"

林雨蓝委屈地把两个人的冲突一五一十地说了一遍。

林青青道："也不能完全怪何明睿，孤男寡女在酒店房间里通常会发生什么，绝大多数人都会像他那样想。"

"可是，本来不是孤男寡女呀，我约了一个女朋友，谁知道她不但没去，还把消息告诉了何明睿。她本来就嫉妒我。"

"雨蓝，你的社会经验还是不够。像这种情况，你应该等到女朋友一起去，不然宁可取消约会。"

"可我事先也不知道那是酒店套房啊！我还以为是私家会所之类的地方。"

"总之，这是一个误会，一个你长许多张嘴都说不清楚的误会。也许冷处理一下也好。你爸爸妈妈不是本来就不希望你跟大陆的男孩子结婚吗？如果你们相爱，你还有理由坚持；假如你们真的闹崩，至少回到台湾，你爸爸妈妈会非常高兴。何况，你还这么年轻，以后一样可以爱上别的人。"

"我觉得我可能再也不会爱上别人了。"

"傻话，那可不一定。"

"你看你不就是心里只有吕谦一个人吗？幸亏你们又相逢了。"

"我们情况不一样，时代也不一样啊！我们这一代人，因为成长环境的原因，从小没有得到足够好的照顾，容易把感情，尤其是爱情看得太重、过重，可是你们这一代不一样。你看，你现在不是好好的吗？"

"可是我心里很痛苦。"

"痛苦也是正常的，说明你在用真心对待这份感情。毕竟爱情确实是生命中美好而重要的东西。总之呢，不管发生任何事情，哪怕再坏的事，你都要努力寻找这件事情积极的一面，很多时候，坏事可以变成好事。比如我，曾经病得那么严重，可是，正是这场病，让我真正开始重视自己的身体并且有所收获。你看，天气这么好，我们去附近公园走走吧！"

两人在公园里走了一阵，恰好吕谦打来电话，于是三人一起去用餐。

吕谦精神状态非常好，谈笑风生，不时给林青青夹菜，把她的碗都堆满了。两个人都是满脸幸福的样子，又怕冷落了林雨蓝，不时劝她多吃。林雨蓝想，怪不得有人说爱情是世界上最好的一味药。对比她与何明睿的状况，忍不住一阵伤感，只好掩饰地大口喝汤。

晚上八点，林雨蓝闷闷不乐地回宿舍，八点半她要准时直播。

天气实在有些冷，她边走边搓手，偶尔对着手心呵口气。走过拐角，何明睿居然捧着一大捧百合花站在宿舍门前等她。

这么冷的天，这个人一声不响地等她回来，也算是有诚意了。她的脸上绽开无法掩饰的笑容，嘴里却说道："你不是不理我吗，不是不相信我吗？

还来干什么？"何明睿却一言不发，一把将她搂在怀里。她假装用力推开他，伸出小粉拳打他。何明睿夸张地叫："好了好了，饶命饶命！"两个人的脸上都笑开了花。

直播的时候，有粉丝就说，美女主播精神状态特别好。看来，群众的眼睛果然是雪亮的。

五

丁雯雯陪着她的富豪男友郭伟鹏来上海出差。郭伟鹏身家过亿，壮年丧妻，是台湾著名的钻石王老五，不少适龄的影视明星、大美女都对他青睐有加。丁雯雯作为舞蹈老师，本来受命教跳舞，怎么也没想到郭伟鹏会把大明星撇到一边，独独对她情有独钟。

丁雯雯对郭伟鹏充满仰慕之情，但她总觉得自己是一个比较普通的女孩子，一直压力非常大，不太敢相信一个大富豪会爱上她。郭伟鹏一次又一次鼓励她，说她绝对是非常漂亮的女孩子，要身材有身材，面容也非常美，更重要的是，她有一颗无比单纯善良的美丽心灵。

林雨蓝见了郭伟鹏，突然明白他为什么会对丁雯雯情有独钟，因为这两个人的气质非常相似。郭伟鹏虽然是无可争议的富豪，但他为人低调、务实，待人处世非常诚恳。丁雯雯虽然小他近三十岁，两人看起来却非常和谐。而那些大明星，毕竟是许多人的偶像，举手投足难免太入戏，生活中表演成分太多，相处起来容易让人累。

第二天下午，郭伟鹏和丁雯雯邀请林雨蓝、何明睿一起去看中法艺术交流会。这是一次规格比较高的酒会，副市长到会致欢迎词，发表热情洋溢的讲话。会上摆满了各种西点，以及多种高端红、白葡萄酒。

一支有名的法国乐队别出心裁，做了一次特别的演出。何明睿低声对林雨蓝说："艺术，还是要有难度、有美感的。"林雨蓝认同地点头。

丁雯雯一直陪着郭伟鹏跟各类人物寒暄，很少注意表演。

如何回请丁雯雯和她的富豪男友，林雨蓝特意跟何明睿讨论了一番。

"太一般的酒店显得怠慢，够档次的地方消费实在不低，毕竟人家找了亿万富豪来着。"林雨蓝嘀咕道。

何明睿说："正因为人家是亿万富豪，见过的场面多了去了，我们尽力就行，也没必要太刻意吧！"

"必须隆重一点啊，毕竟他们来了上海嘛！"林雨蓝用强调的口气说。

"行，你说怎么办就怎么办。反正我账户上有几十万活期存款。"何明睿妥协道。

林雨蓝想了想说："我给天源公司当模特不是得到十万吗？这笔钱一直没怎么动，业余当网络主播收入也不错，既然我的好朋友来了，我自己招待，偶然如此，也没有太大的关系。你的钱，再想想办法，我们按揭一套房子吧！"

"什么你的我的，分那么清楚干什么？"何明睿把林雨蓝搂在怀里说，"我会尽力让你过上尽可能好的生活。"林雨蓝温柔地回应道："我们一起来努力。"

林雨蓝把吃饭地点定在她去过的那家豪华酒店，同时把吕谦和林青青也邀请过来。她把有十几万存款的银行卡硬塞给何明睿，让他餐后买单。

席间每个人都很开心，林雨蓝又非常会调节气氛，没有一个人觉得受冷落，大家都轻松愉快。郭伟鹏听说林青青是心理咨询师，还特意留了她的电话。席间，丁雯雯说喝了好多水，离开了一下，大家都认为她去了卫生间。没想到何明睿去买单的时候，早被丁雯雯悄悄抢了单。

何明睿惭愧地说："这怎么好意思啊？"

郭伟鹏了解地笑着说："我们心领了。这种地方太隆重了，以后不要这么客气，不然我有压力。"他这番话以玩笑的口吻说出来，大家都会心一笑。

吕谦也微微一笑，他也想过去买单，而且他买这个单毫不吃力。丁雯雯离席的时候，他就猜到她可能是去结账。为买个单抢来抢去的话，他觉得意思不大，便不动声色。

林雨蓝非常感动，觉得丁雯雯很贴心，如此善解人意，怪不得郭伟鹏那么喜欢她。

丁雯雯和郭伟鹏回台湾的时候，林雨蓝和何明睿特意送到机场。两个好闺蜜抱在一起，简直不想分开。

六

周末，林青青邀请林雨蓝、何明睿到吕谦家吃午餐。除了鸡翅、虾仁等几个外卖热菜，她还亲自下厨做了两道拿手菜，一个是辣椒炒肉，一个是大块冬瓜，还炖了一锅淮山排骨汤。

辣椒炒肉的精华部分是辣椒，有红有绿，用油煎得熟透微焦，比肉还好吃；大块冬瓜名副其实，冬瓜切成正方体，削了皮的一面用刀纵横划过但依然连在一起，用油煎熟煎透，加上大蒜、姜、蚝油调味，可口极了。

喝汤的时候，林雨蓝在汤里发现一根卷曲的植物，问林青青："这是什么？"

林青青道："这是石斛，非常滋补。"顿了顿，又笑着说："上次一个朋友带着五岁的孩子来，我也做了这道菜，那孩子说石斛像龙卷风，有意思。"

大家都笑，林雨蓝说："姑姑，我发现你很喜欢小孩子。"

林青青道："小孩子可爱啊，谁不喜欢？"

林雨蓝道："也是，都喜欢。不过，我只是一般般地喜欢，你是特别喜欢。"

何明睿道："没觉悟。"林雨蓝用筷子敲敲他的手臂。

吕谦说："这小两口，一天到晚打情骂俏的。"

林雨蓝平常只吃遮不住碗底的一点点米饭，有时候干脆只吃菜，米饭都不沾，可是这次她居然吃了两碗半。半碗是刚开始林青青盛的——知道她吃得少，后来的满满两大碗是她自己添的，大呼"好吃得停不下来"。

饭后林青青正要收拾，吕谦说干脆请钟点工来彻底打扫，于是叫了几个钟点工，其中一人专门负责收拾厨房，一人专门擦窗户，另有一人整理家什。

四人集中到书房喝茶，说些闲话。

何明睿望着堆得满满的书问："我可以翻翻这些书吗？"

吕谦道："请便。以前我对书很沉迷，有什么好看的书，千方百计都要买来，而且绝对不肯借出去，曾经宣布'女友与书，恕不外借'，生怕别人弄丢。现在好久不看书了，好像没时间。还把不少书捐了。"

林雨蓝道："主要是我们现在获取信息已经很少依赖纸媒了，读书的依然大有人在，只是不一定读纸书。不只是书，现在报纸、杂志听说销量都雪崩式下滑，不少杂志社、报社都关门了。"

林青青道："现在读者在减少，作者却越来越多，或者说出书的越来越多。你们看，连我都在琢磨着要出一本养生的书。"

林雨蓝道："姑姑，你的书最好真的做出来。真正有意义的书还是很有必要出版的。虽然书的整体销量下滑，但是那些真正的好书一样在大卖。"

何明睿问："你觉得什么是真正的好书？"

林雨蓝道："应该是有用又好看的书吧！"

林青青抢话道："关于有用这个说法，我有过一个想法转变的过程。以前我觉得小说啊、文学啊，甚至心理学，这些东西都是无用的，顶多是一种审美享受、一种消遣。后来我突然明白了，它们其实是有用的，可以改变人的精神状态，可以给人带来精神能量。我们总是容易忽略那些看不见的东西。"

林雨蓝赞道："姑姑，你说得太对了，比如有时候我心情不好，看一本好的小说，受到吸引，不知不觉重又开心起来，这也是有用。"

吕谦道："不只是这样，一些伟大的人物，他们的信念、处理事情的方式，会给我们提供许多方法和动力。我特别喜欢读著名人物的传记。"

七

办公室的门突然"嘭"的一声被推开，几个人拥进来。林雨蓝和朱雅迪吃了一惊，望向进来的人。

"医生，快救救我爸爸，他突然昏倒了！"为首的高个子慌慌张张地说道。

林雨蓝和朱雅迪面面相觑，不知道他们怎么会找到这里。

林雨蓝犹豫一阵，直接拿起电话拨急救中心的号码。朱雅迪对他们说："我们不是临床医生，没有办法。"

高个子又气又急，大声吼叫："你们怎么见死不救！"

林雨蓝说："别急，我在打电话。"

朱雅迪对那人说："骂人也没用，我们真的救不了！"

高个子急得眼珠子都要暴出来，对着朱雅迪就是一巴掌。朱雅迪尖叫一声，林雨蓝惊得电话从手里掉下，朱雅迪的鼻子被打出血了。

袁来恰好进来，大声质问："怎么回事，怎么搞的？"

高个子急叫："医生，我爸爸，我爸爸晕倒了。"

袁来赶紧边给那位老人做人工呼吸，边对林雨蓝说："快！让急救中心来人！"又对朱雅迪说："你赶紧捏住鼻子，压迫止血。"

林雨蓝这才缓过神来，继续打电话。

几分钟后，急救中心来了张移动病床，把老人接了过去。

朱雅迪捂着鼻子开始哭起来，边哭边说："痛死我了！"

袁来问林雨蓝："究竟怎么回事？"

林雨蓝说："我也不知道怎么回事，他们突然闯进来要我们救人。我们没有太多救人经验，也怕误事，我赶紧打急救中心电话，雅迪只是解释两句，他们就动手打人。"

袁来说："可能老人家是在我们办公室附近突然晕倒的，他们又分不清方向，不知道怎么办，就乱来一气。唉，现在医患关系真的太糟糕了！一些病人和家属对医生根本没有起码的敬畏和尊重。前一阵子就有不少媒体报道过病人家属伤害医生的事情。唉，现在我们医生成弱势群体了！"

袁来拍拍朱雅迪的肩膀说："让林雨蓝陪你去急诊看看。如果没什么事，你今天先回去休息一天。"

一个小时之后，林雨蓝面色沉郁地回到办公室，对袁来说："朱雅迪鼻梁骨被打得移位了。"

袁来叹息一声，无话可说。

林雨蓝道："袁主任，我们要不要报警？雅迪被打，真是太冤了！"

"朱雅迪自己有没有说要报警？"袁来问。

"那倒没有。"林雨蓝道。

"如果她没有主动要求，伤势又不是太重，那就息事宁人吧！幸亏事情不是太严重。"袁来叹口气。

林雨蓝道："现在医院压力确实太大了。像我们这样的大医院，每天那么多病人，好多诊室挂号都挂不上。一些病人或者家属素质又不高，还真是很麻烦。当然，可能人在焦急的时候本来就容易失控。"

袁来摇摇头说："其实健康这件事，自己才是第一责任人，我们医生能够做的是有限的。医生也不是上帝啊！"

林雨蓝喃喃道："是啊！其实让自己尽可能健康，是一种责任，更是一种尊严，根本不应该把全部希望寄托在医院和医生身上。医院只能救急，没有魔法让病人一劳永逸地保持健康。"

八

"雨蓝，今天要加班吗？"林青青的声音在电话里听起来很平静。但林雨蓝觉得这平静有些勉强，回答道："今天不用加班。"

"那我们找个地方吃晚餐吧，就我们两个人。"林青青说道，后面一句话是用强调的语气说出来的。

"哦，没问题。不过，姑姑，你是不是有什么事要跟我说，哪方面的事情？"林雨蓝略微不安地问道。

"也没太大的事情。见面再说吧！我来你们医院门口等你。就这么说定了。"林青青匆匆挂了电话。

林雨蓝觉得有些纳闷。林青青显然有事要跟她谈，可她实在想不出来会是什么事。突然林雨蓝心里一紧，该不是林青青癌症复发了？她被这个念头吓了一跳。然而定定神，觉得林青青的声音虽然低沉，但是并不虚弱，应该不会是这样。

想不出什么头绪，林雨蓝索性不去琢磨，安心工作起来。

林青青很少表现得如此心事重重。

医院门口，林雨蓝看了林青青一眼，很是担忧，但外面很嘈杂，不是说话的地方。好不容易找到一家比较清静的茶餐厅，两人点好餐，林青青才说："吕谦突然有了一个四岁多的儿子。他自己都是今天才知道，也是今天才见到那孩子。"林青青用平缓的语调述说。

林雨蓝一声惊叫："什么！怎么可能他也是今天才知道？"

林青青喝了一口柠檬水，叹口气说："他的前妻去美国的时候已经怀孕了，她开始也不知道。后来，她没有告诉吕谦，想独自把孩子养大。可是，她在美国又结婚了，而且生了一对龙凤胎。她觉得照顾不过来，于是跑到上海把孩子丢给了吕谦。"

"怎么会有这样当妈的人？"林雨蓝目瞪口呆。

"这世界上什么样的人都有。"林青青郁闷地喝水。

"那你打算怎么办，这个孩子真是吕谦的孩子吗？可以做亲子鉴定啊！"

"根本不需要鉴定，长得就像吕谦的翻版。"

"那你能够接受这孩子吗？"

"倒也不是不能接受，我本来就喜欢小孩。问题是，我需要一个过程。何况，这孩子刚来，就让我和吕谦闹翻了。我是跟他生气出来的，我们从来没有这么不愉快过。"

"到底什么情况啊？"

"这孩子非常淘气。他是十一点多到家的，刚开始还好，还听话，不乱动。午餐以后，我和吕谦轮流照顾他，轮流午休。我带孩子的时候，大概是下午三点多，我去厨房给他倒水，结果他跑到阳台上爬栏杆，一不小心从栏杆上摔下来，脑袋鼓了很大一个包，嘴巴肿得像猪八戒，还流了好多血。我真是吓坏了，赶紧喊吕谦。结果吕谦一看到那种局面，又担心又心痛，居然对着我大吼大叫，怪我不用心。"林青青喝了很大一口水，叹口气，才继续说，"他对我从来没有如此恶劣过。我真是又惊又怒，陪他一起把孩子送到楼下卫生院，然后我就出来了。他根本没有注意到我离开。我离开半个多小时，才接到他的电话。他的口气很冷淡，好像还在怪我。我也懒得跟他解释太多，就说在外面有事。"

林雨蓝喃喃道："这样啊……"

林青青继续说："看来我和吕谦之间的关系要经受一次考验，彼此需要好好调整，不然，我也不知道会走到什么局面。之所以找你，是因为在这座城市，你是我唯一的亲人，想跟你聊聊，整理一下思路。"

林雨蓝叹息一声道："我本来觉得你和吕谦的关系已经很完美了，没想到也有麻烦。"

林青青反倒笑了，说："这世界上哪有真正的完美，不过是妥协与平衡。"

正在这时，林雨蓝电话响了，居然是谢思虹打来的。"妈，我跟姑姑在一起。没什么事，一起吃饭。"林雨蓝用轻松的语气应答，边说话边吃了一口刚送来的烤羊排。羊排烤得又鲜又嫩，味道也非常棒。

"一切都还好啦！妈妈你放心好了。怎么又提让我回台湾的事？"林雨蓝吃得停不下来，表情却有些不满。然而她的面容很快僵住了，她看着林青青，嘴里重复着谢思虹刚刚说过的话，"什么，爷爷病情突然加重？"林青青的表情也变得凝重起来。

"那……妈妈，你的意思是要我回台湾看望爷爷？"

谢思虹说："也不是非要你现在就回来。反正要找机会多回来。你爷爷的健康状况反反复复，每况愈下，谁也不知道他能挺多久。而且，爷爷说要你带男朋友一起去看他。你自己考虑清楚，究竟是选择何明睿，还是选择游思聪。"

"妈，跟你说了一万遍，游思聪只是好朋友。"

"你自己用脑子思考一下吧！游思聪的家人又来过两次，人家还是挺有诚意的。人生大事，你爸爸总劝我要让你自己决定，你要好好把握。"

"妈，我知道了。"林雨蓝挂了电话犹自发呆。她真是不明白游思聪为什么要让家长去提这件事。是他自己不够成熟，还是他很腼腆？他不直接跟她把话挑明，她也不便直接去跟他说什么。

九

何明睿前一天夜里加班，早上想睡个懒觉，于是林雨蓝独自下楼吃东西。平常不管在哪里，这对小情侣都是尽量一起吃早餐的。

巷子口有一家馄饨店，也卖小笼包。店面虽小，但收拾得干干净净。这家小笼包用料货真价实，林雨蓝不止一次听店老板对顾客说："不管是谁，只要发现我店里有假冒伪劣的东西，不要说假一罚十，我无条件赔一百倍。"事实上，他家的东西确实美味，而且从没吃出过问题。

林雨蓝不常在外面吃东西，多数时候去医院食堂，偶尔在外面聚会，一般都选择档次不错的餐馆。上海竞争本来就激烈，消费者也不是傻瓜，食材好不好、新鲜不新鲜，一吃就知道，不好的饭店很容易就垮掉了，最后吃亏的是店老板。真正聪明而成功的经营者，必须保证产品的质量和信誉。

平常来馄饨店，几乎都是客满，根本没地方坐，只能打包带走。这次运气不错，恰好一个打扮得非常精致的老太太起身离开，林雨蓝决定坐在店里从容地吃。

老太太刚离开，就有一个中年女人对她的伙伴低声说："你知道刚刚那个老奶奶是什么人吗？"那人问："哪个老奶奶？"中年女人用手指了指老太太的背影。

林雨蓝的好奇心立刻被调动起来。打扮得这么精致的老奶奶，应该不是普通的人吧？

"你看她的样子根本无法想象她是一个扫厕所的。"中年女人继续说。

"哎呀，别说了，影响胃口。"伙伴抗议道。

"啊，不是，不是，这不是重点。这个老太太以前是个大富婆呢，是最早拥有千万资产的一批人。"

"啊？真的，那怎么会沦落到这种地步？"

"她的生意里有非法的涉黑项目，被抓去坐牢，没收非法所得。"

"那她家里的人呢？"

"不知道，听说死的死，跟她划清界限的划清界限。"两人唏嘘感慨一番，又扯别的事情去了。

林雨蓝听着心里被震动了一下。有的人，一生跌宕起伏，充满传奇色彩。普通和传奇，要看自己的选择和决定，毕竟命运普普通通是放弃奋斗的结果；而传奇人生是需要热情和勤奋去谱写的。

手机响了，屏幕显示"明睿"。林雨蓝右手拿着筷子，左手接电话。

"雨蓝，我爸爸刚来电话，他下周二会来上海开会，顺便看看我们。"

"啊！"林雨蓝惊叫一声，即使已经见过何庆东一次，她心里还是有些惴惴不安，马上有人转头看她一眼。

何明睿开玩笑说："丑媳妇又要见公婆啦！"

"你还笑，人家好紧张呢！"

林雨蓝带回一份馄饨给何明睿，跟他说起那个从富豪到扫厕所的老太太，何明睿道："这样的人，我一点都不欣赏，也不同情。"

"为什么？"林雨蓝非常惊讶。

何明睿边吃边说："因为这个人太没有底线了。为了赚钱，涉黑的事也做；现在为了糊口，厕所也扫。我倒不是说不能扫厕所，我是说，这个人智商肯定是够的，能够成为最早一批富豪，肯定要聪明勤劳，可是如果她有底线，知道什么能做、什么不能做，不就有可能是真正的人生赢家，可以笑到最后吗？一个真正优秀的人，必须有所为有所不为。"

林雨蓝道："也是噢！我发现你现在越来越成熟了。"

何明睿道："好的爱情，就会让人越来越好。你不知道，我现在一天到晚就琢磨怎么让一切变得更好呢！"

林雨蓝用手撑着下巴，静静看着他，不说话。

何明睿继续道："比起你刚刚说的那个传奇女富豪，我更欣赏卖馄饨的小老板。现在不是在说工匠精神吗？这个提法太好了。我一直对劣质的、假冒的东西深恶痛绝。我们这个世界就是需要这种人，这种不管做什么都一定认真去做，对得起自己的良心又对社会有贡献的人。"

林雨蓝道："喔，我突然发现你可以成为政治家。"

何明睿道："谢谢你夸奖，我还是好好享受你买的馄饨吧！"

十

周日，何明睿去公司加班，林雨蓝一个人赖床。

冬天冷冷的早晨，可以赖在暖暖的被窝里，实在是一种福利。

她从手机上看到一个真实的新闻故事，居然被感动得掉眼泪。

那个故事是这样的：英国一位患自闭症的男孩，只肯用唯一的一只蓝色水杯喝水，如果换成其他杯子，即使渴得快要晕倒，他也一口水都不肯喝。有几次一家人外出忘了带这个杯子，这孩子不肯用别的杯子喝水，时间稍长，孩子因为脱水被送进医院打吊针。时间流逝，杯子老化，孩子的爸爸在网上求助，希望找到一模一样的杯子。位于东莞的厂方看到后，发现是他们十几年前的产品，于是重新启动早已停用的流水线，为孩子生产了一千只一模一样的杯子，足够这个男孩用一辈子了。一位网友留言：对有的人而言，是一只杯子；对有的人而言，是一辈子。我更希望，有一天，男孩可以从容地放下杯子，过好一辈子。

泪水落下来的时候，林雨蓝想起林青青说过的话：当你为一件事哭泣，你一定是在那件事情当中发现了自己。

发现了自己的什么呢，为爱执着？竟然为了一个何明睿，离开台湾，离开父母，心甘情愿到一个陌生城市。对何明睿的爱，就是她心头无可替代的蓝水杯吧！

林雨蓝翻身起来，看向窗外。

窗外的几棵大树，树叶已经所剩无几，在风中瑟缩着。林雨蓝对这种树一点都不陌生。它们被称为法国梧桐，据说是以讹传讹，其实它并不是真正的梧桐树，只不过叶子的形状跟梧桐相似，不过呢，这树确实是法国人带到中国来的。南京有更多的法国梧桐。它们大多有几十年甚至百年的树龄。前一阵子刷爆朋友圈的一篇文章说，当年宋美龄喜欢法国梧桐，于是蒋介石下令在南京全城遍植法国梧桐树；最近，有人从空中拍照片的时候，发现这些树看起来像一条项链，而蒋介石夫人的官邸美龄宫恰好如同这条项链的宝石。于是有人就说，哪怕这是一个无心之举，但确实成就了最美的项链，见证了一段浪漫的爱情。

林雨蓝不由得感叹，真正的爱情都是美好而浪漫的，无论是美好的故事，还是她跟何明睿，以及林青青跟吕谦。

她临时决定去陪林青青和四岁的吕帅帅，何明睿出发前说过吕谦也加班。

十一

吕帅帅正趴在地上玩小火车。小火车在轨道上呜呜响着，跑得很欢，小男孩眉开眼笑，不时给小火车设置一点障碍。

林雨蓝问："帅帅好带吗？"

林青青说："还算好，就是特别好动，只有在他玩的时候好带。吕谦给他买了好多玩具。你看，航空母舰模型、小飞机模型，海陆空都齐了。"

吕帅帅跑去玩小飞机模型，小飞机飞起来差点把吊灯碰坏。

林雨蓝好奇地问："难道这些模型都是能动的？"

林青青说："是啊，都是可以动的，不仅仅是摆设。这个航空母舰可以下水，遥控的。"

吕帅帅听后马上吵着要去公园，说要去玩航空母舰。小孩子总是特别容易受到大人言行的影响。

林青青无奈地看看林雨蓝，说："那好吧！我开车，我们一起去吧！虽然天气冷，好在今天有太阳。"

航空母舰模型在水面上航行得有模有样，吸引了不少游人的眼光。

一阵孩子的嬉笑声传来，吕帅帅一看，原来不远处的草地上有一群鸽子，孩子们从管理人手里买粮食，可以去喂鸽子。这下吕帅帅又不玩航空母舰的模型了，喊着要去看鸽子。

林青青只好又依着他。林雨蓝道："姑姑，帅帅喂鸽子要特别小心哦！"

林青青惊讶道："为什么，鸽子很温驯啊！"

林雨蓝答："我妈妈有个医院同事是眼科医生，在我家吃饭的时候聊过，每年都有不少幼儿被鸽子啄伤眼睛。因为鸽子喜欢亮晶晶的东西，如果孩子靠鸽子太近，很可能会被鸽子啄伤。那个医生还说，鸽子的窝里经常会有一些玻璃弹子之类亮闪闪的东西。"

林青青笑道："喔，鸽子还有这种特性啊！你不说我还真不知道。"于是她认真地跟帅帅说："帅帅，你可以喂鸽子，但是必须保护自己，鸽子可能会来啄你的眼睛，那会很痛的。"帅帅点点头。

林雨蓝拍拍手对所有的孩子说："小朋友们一定要小心啊，离鸽子远一点，小心鸽子会啄眼睛哦！"她这么一说，所有的人都警惕起来。生活中许多事，防患于未然才是最重要的。

玩累了，帅帅又喊着要吃牛排。

林青青说："那些洋快餐店很会照顾小孩子，每次去都发些小玩具，孩子又有吃又有玩，就每次都喊着要去。"

林雨蓝道："没事，反正我都可以。"

林青青道："早知道要去那种热闹地方，就不开车出来了，停车太麻烦。"

餐厅爆满，好在出口处刚好有人离开，吕帅帅马上跑过去把位置占了。

吕帅帅果然好动。吃牛排的时候也不安分，把番茄酱弄到林雨蓝头发上去了。林雨蓝惊叫一声，幸亏她把米白色羊绒大衣脱下来搭在椅子背上了，不然番茄酱能毁掉一件新衣。

餐后林青青先去开车，让林雨蓝带吕帅帅去门口等车。林雨蓝答应了。

等林青青离开，林雨蓝对吕帅帅说："小家伙，听话啊！姐姐下次给你买玩具。"说完，林雨蓝转身穿大衣。然而等她转过身来，吕帅帅不见了！

林雨蓝惊惶地四处望，餐厅没有！跑到门口，但见人流滚滚，哪里去找吕帅帅？

林雨蓝立刻拨打林青青的手机，林青青可能在倒车，一时没接。

林雨蓝当机立断，赶紧打110，请求警察帮忙，110答应出警。

林雨蓝东张西望到处看，根本没有吕帅帅的影子，继续打林青青的电话，这次通了。林青青也吓呆了，赶紧过来。

林雨蓝一见林青青，一把抓住她，语无伦次地说："我就只是转身穿大衣，大衣都没穿好，还没扣扣子就又转身，想边看着吕帅帅边扣，人就不见了。"说着，都要哭了。

林青青相对冷静些，说："别急，急也没用。你估计他是怎么不见的？"

林雨蓝带着哭腔说："我完全不知道啊！是不是有人把他抱走了？"

林青青也慌乱起来，她说："这孩子，等下找到他，我要给他一个教训！"

林雨蓝说："我已经报了警，我们先在附近找找吧！十分钟之后回到这个门交流情况。"

两人分头乱找了一阵，一无所获。这个时候警察也到了，开始询问情况。

突然林雨蓝眼前一亮，那个匆匆往门边跑的小男孩，可不就是吕帅帅！

林青青一把抱起他，说："你吓死我们了，你干什么去了？"

吕帅帅喘着气说："我找你去了！"

突然放松下来，林雨蓝简直要瘫倒了。

警察笑笑说："幸亏是一场虚惊。以后注意一点！"

晚上，林雨蓝把吕帅帅差点失踪的事说给何明睿听。何明睿道："带小孩子真是不容易，我们结婚以后晚点再要小孩吧。"

林雨蓝一万个同意。

十二

再一次见到林雨蓝，何庆东依然觉得她的一举一动非常有修养，忍不住在心里赞赏自己儿子的眼光。眼前的女孩子，明艳动人又气质优雅，假如她运气够好，成为王妃都无可挑剔，更别说当自己的儿媳了。

看着眼前一对正处于青葱岁月的璧人，何庆东觉得自己仿佛也重回青春岁月了。他要了一瓶红酒，三个人慢慢喝起来。

何明睿对何庆东讲述了自己和林雨蓝的相识过程，以及谢思虹的顾虑和反对。

何庆东说："可以理解，大部分父母都希望儿女不要离自己太远。"

林雨蓝突然微笑着发问："何叔叔，如果明睿去台湾工作，您会支持吗？"何明睿马上表明立场："我什么时候说过想去台湾工作？完全没有的事啊！"林雨蓝依旧笑容可掬："我是说如果呀，听听叔叔的想法而已。"

何庆东答："说真话，我没有认真思考过这个问题。如果明睿真想去台湾，而且确信自己在那里能够得到发展，我肯定不会太反对的。"他啜一口红酒，继续说："现在交通那么发达，而且会越来越发达，如果你发展得好，到哪里都可以说走就走；相反，如果事业不顺心，什么都做不好，就算在我身边也无法让我开心。如果一定要在大陆和台湾之间选择，我想，毫无疑问，还是在大陆更有发展前景。雨蓝，你说呢？你们年轻人自己决定。"

林雨蓝道："叔叔，您的思想真是很开明。"

何明睿笑道："我爸爸一直是，有个词，对了，'与时俱进'。他现在是高级工程师，年轻的时候就到国外去修过公路。"

何庆东说："好汉不提当年勇，现在是你们年轻人的天下。"

林雨蓝说："何叔叔，您在上海待几天？明天我可以请假，跟明睿一起陪您在上海到处看看。"

何庆东摆手道："我哪有时间啊！这次来只能见你们这一面，明天白天开一天会，晚上就要坐飞机赶回去，工地上事情太多了。"

倒是何明睿对父亲的忙碌习以为常，林雨蓝不由得叫道："啊！您的时间这么紧啊！"

何庆东道："这次还不算最紧的，前年我好不容易休三天假，陪明睿的妈妈去旅游。结果刚刚到达丽江，工地上有紧急事件，临时要修改技术参数，要求我结束休假。我只好定了最早的飞机票，马上回工地，害得你阿姨一个人旅游。我到丽江就只在机场停了两个小时，工地上还左一个电话右一个电话地跟我讲情况。"

"真是无法想象，叔叔太不容易了。"林雨蓝感叹。

何庆东从自己随身带的小包里掏出一个精致的盒子，先拿出一张照片递给何明睿道："这是你大爷爷年轻时候的照片，如果你有机会再去台湾，想办法用心找找他。"接着拿出一块玉佩，对林雨蓝说："这个块玉佩，我已经说过是要送给你的，先让明睿带着，去找他大爷爷。"他转头对着何明睿说："如果你能找到你大爷爷，他手里肯定也有一块这样的玉。这是咱们何家的传家之物。"说着，何庆东重新把照片和玉佩收好，把小盒子递给何明睿，嘴里叮嘱："一定要好好保管啊！"

何明睿郑重地接过来，说："爸，你放心吧！"

十三

林雨蓝已经彻底得到何家的认同，然而没过几天，她又跟何明睿狠狠地赌了一回气。起因是何明睿只顾玩游戏，害得好端端的一锅靓汤烧烟了。

近来，林雨蓝脸上长了两颗痘痘，对爱美的她来说简直不能忍，于是跑去向医院的一位老中医请教，得到一个食疗方法，说是一锅汤就能让痘痘一夜之间消失。

她费了好大的劲才把食材和药材准备齐全，一锅炖着。眼看还有半个小时汤就炖好了，一个在网络上交流比较多的女孩子给她打电话，说是恰好在林雨蓝家附近，希望跟她见个面。这个网名叫"绿色珍珠"的女孩子在网上也很火，林雨蓝早就有心见见她本人。

望着咕嘟咕嘟冒热气的汤，林雨蓝犹豫了一下，决定还是下去一趟，于是对着正在玩游戏的何明睿叮嘱半天，让他给手机上个闹钟，帮她注意汤，半个小时就关火。何明睿连连答应。

何明睿似乎越来越多地沉迷在游戏中，这令林雨蓝有些不满。好在他还懂得适可而止，每次当她快要生气的时候，他总会停止游戏逗她开心。

林雨蓝和绿色珍珠两个人兜圈子，互相找，半天才见到对方。好在一见如故，绿色珍珠提议就近喝杯咖啡，稍晚她有约会。林雨蓝本来想拒绝，又觉得毕竟在自己的地盘，还是应该尽尽地主之谊。于是打电话给何明睿，让他马上把火关掉算了。何明睿答应道："好，放心。"

两个网红就着咖啡谈兴极浓，大有相见恨晚之势。绿色珍珠的电话响了，她的朋友在催促她赶紧过去，说是只差她一个。她想把林雨蓝拉过去，林雨蓝想想自己炖的一大锅汤，一口谢绝了，说是以后再找机会聚。

一打开家门，林雨蓝就闻到一股极其难闻的味道。她尖叫一声，冲进厨房一看，整个汤锅冒着浓烟，如果她再晚回一步，厨房可能就会着火。这时候，何明睿才惊慌失措地冲过来把火关掉。

林雨蓝心头的怒火却熊熊燃烧起来。她盯着何明睿看了会儿，一言不发就往外走。何明睿赶紧拉住她道歉："对不起对不起，今天刚好冲关，一下子就什么都忘了。"

林雨蓝用力甩开他的手，继续往外走，嘴里说："你去冲你的关，让我安静一下。"

何明睿一把将林雨蓝抱在怀里，柔声说："别生气啦，明天我给你重新炖一锅一模一样的汤。"

林雨蓝大叫："放开！走开！我出去安静一下！"平常林雨蓝非常好哄，何明睿稍稍示弱，她也立刻见好就收。看来这次确实是生气了。何明睿默默放开她，林雨蓝马上像子弹一样冲了出去。

十四

除了林青青家，似乎没有更好的选择。林雨蓝到达的时候，他们刚吃过饭，林青青准备洗碗，吕帅帅吵着要玩小飞机。于是，吕谦带吕帅帅出去玩。

林青青见林雨蓝神情沮丧，又这个时候来，事先也没打电话，知道她遇到状况了，嘴里问："雨蓝，你没吃饭吧，我给你弄个蛋炒饭？"

林雨蓝摇头说："喝过咖啡，不饿，也不想吃。"

于是林青青把碗堆在厨房里不管，先来陪林雨蓝。林青青端出一盘水果，两人进了书房。林雨蓝委屈地把汤被烧煳的事一五一十地说了出来。

林青青笑道："小事一件嘛！这个时代，年轻人痴迷游戏的太多了，网络成瘾的太多了，何况何明睿只是偶尔为之吧？"

"把汤都烧煳当然是偶尔为之，可是他现在玩游戏的时间越来越多，陪我的时间越来越少，我还没跟他结婚呢！如果以后他老是玩游戏，这样的男人不如不要。"林雨蓝噘着嘴说。

林青青思忖半晌，说道："现在这个时代，娱乐、游戏确实成为一股主流。不过，并不是说主流的就一定是好的。娱乐、游戏，可以带给人一时的快感，要是整个人类社会耽于游戏和享乐，人类就没有未来了。"

林雨蓝睁大眼睛问："既然这样的主流不见得好，为什么会成为主流？"

林青青皱眉说道："我思考过人类的近代史。你看，人类基本上摆脱了被同类奴役、压迫的命运，慢慢地温饱问题也得到解决，那么，接下来人类何去何从？在找到我们的使命之前，大部分人只是得过且过，寻求舒适、快乐、安逸。寻找快乐其实是好事，照顾好自己的肉身，让自己健康、美丽是一种智慧，可惜，绝大部分人不知道怎么去做，只懂得短暂的感官享受。你看，连我都摔了一个大大的跟斗。只有极少数人才会要求自己经常离开舒适区，去探访不熟悉的事物，去关注未来的命运。"

"未来的命运？"林雨蓝喃喃重复，不由得对自己的姑姑生起佩服之心。

林青青点点头，继续说："我个人的思考是，在未来，只要没有亡族灭种的灾难，人类将分成四类，一类是现有的普通人，一类是自己领悟或者通过学习而进化得更为长寿又年轻态的人，一类是利用智能手段改善健康缺陷的半智能人，还有一类是全智能仿生人。人类已经能够战胜疾病，保持健康，真正的长寿也变得可以期待，修身养生会成为人类的主流。更远一些，人类需要真正操心的是环境的变化，比如太阳的改变将如何影响地球？也许人类会大规模向外太空移民。如果不移民，人类需要具有改造太阳的能力，让它持续发光发热，又不会对人类造成伤害。"

林雨蓝简直要拜倒了。这时，她又想起网上一个关于探月的讨论。有人感叹"登月无用，不如改善民生"，而一位网友的回复让林雨蓝眼睛发亮，她把那段话接连看了两遍：

600 年前，我们拥有世界上最大的舰队，但当时中国人认为探索海洋无用。我们失去了海洋，让给了葡萄牙、西班牙、荷兰、英国这些未来的海洋霸主。

100 多年前，我们就有了中国第一辆汽车，但当时的皇室不能忍受司机竟然要坐在他们前面，就算司机跪着开，也觉得这奇淫巧技根本无用。我们又错过了陆地，坐等德国、法国、日本、美国占完了市场。

80 多年前，国民政府就打算发展空军，但后来觉得太贵，飞机也换代快，不如把军费放在银行吃利息。结果被日本空军打得趴在地上不成样子，最后还得跪求美国人支援。

我们失去过海洋，失去过陆地，失去过天空！

现在有人告诉我们，那个全人类都只认识了一万万万万万万万万万分之一的太空没啥意义，别费钱了吧！

我们还要失去更多吗？

船舶、汽车、飞机、航天器，都让人类的身体得到了极大延伸。

然而，如果思想不愿意延伸起来，又怎么会有未来呢？

原来，林青青也已经在关注太空了。和一个有智慧、爱思考的人交流，实在是一件有乐趣的事。林雨蓝心里那些小委屈消失了。这时何明睿打来电话，问清她在哪里，然后主动说开车过来接她。

林青青说："明睿这个孩子，其实是非常优秀的。如果你真的那么不喜欢他玩游戏，那就努力培养一些共同的、有益的爱好，分散他的注意力。动不动就跟他赌气、出走，肯定不是好的解决办法。这样做，你们感情比较好的时候，他会来哄你；一旦你们之间感情变淡，他对你听之任之，你们的关系就会很危险。其实这世上还是有长久的爱情的，只是需要双方都有智慧和诚心。"

林雨蓝若有所思地点头。

车上，何明睿道："我觉得我们以后处理矛盾的方式要成熟一些，不能再动不动憋在自己心里彼此打冷战，也不要动不动就跑掉。"

林雨蓝叹口气道："好吧，我承认你说得对。"

何明睿停下车，认真地说："是真的，我们都是非常有诚意的，没有特殊情况，以后还打算结婚，那么，什么事、什么话都可以好好面对，不要逃避。"

林雨蓝听他用"特殊情况"这样的字眼，忍不住心里咯噔一下，不满道："你说的特殊情况是什么情况啊！"

何明睿笑道："看，你又抓我的小辫子。你知道我说话，做事喜欢严谨好吗？多少人海誓山盟一定要结婚，不一样还是分手了。当然，我相信我们应该不会的。对了对了，你看你小痘痘还在，我要亲手给你熬汤。"

十五

何明睿果然不食言，趁着中午休息，按照方子重新去药房买药、买食材的时候，他为了表示自己的诚心，没有买普通的猪排骨，而是买了那种被称为"乡村黑猪"的小排。林雨蓝要帮忙，何明睿把她赶到一边，让她去看电视。

何明睿忙乎了大半个小时，可是熬汤至少还要熬两个小时。林雨蓝觉得饿了，于是两个人先去楼下吃快餐。何明睿有意少点了一些东西，生怕等会儿林雨蓝喝不下他熬的汤。

吃完饭上来，两人在家又消磨会儿时间，终于听得电饭锅嘀嘀响了几声，汤熬好了。这次何明睿吸取教训，不用液化气灶熬汤，怕又烧煳了。

林雨蓝跳起来跟何明睿一起去厨房，打开锅盖，一股香味飘来，林雨蓝赞道："嗯，闻着不错，很香。"

何明睿却叫道："啊！这是什么？"他拿汤勺捞出一个方形的、已经被烫得变形的不透明塑料袋，张大了嘴，兀自发呆。

林雨蓝凑过去仔细看了看，说道："晕死，这可能是防腐剂、保鲜剂之类的东西，这汤肯定不能喝了。"

何明睿道："啊，怎么会这样？"一副痛心疾首的样子。然后他喃喃道："应该是那个乡村黑猪排的盒子里放了保鲜剂包，那些排骨冻成一大块，谁会注意里面还有一个塑料包啊！"

"可这塑料包实在不小啊！它比普通的保鲜剂包装大了三倍，你竟然没看到？"

"我打开盒子，就看到一大块冻在一起的排骨，谁想到还会有这个不明物体！"

"你干脆说谁想到还会有不明飞行物吧！唉！看来这种药膳跟我有仇。一次两次都喝不成。算了算了，不就是两颗痘痘吗，不管它了！"林雨蓝摸摸脸上的痘痘，心灰意冷。

何明睿发狠道："不行，这两次都是我的错，明天我再煮！"

第二天晚上，林雨蓝总算喝到了一大碗汤。清晨醒来，痘痘真的消失了，只留下一点淡淡的痕迹，慢慢地会彻底消失不见。

"太神奇了！"林雨蓝对着镜子左看右看，轻轻拍自己的脸。

"怎么谢谢我？"何明睿也凑到镜子边上。

"还谢你，不罚你就已经是好的了！浪费我两大锅汤！还让那讨厌的痘痘在我脸上多长了两天。"

"好吧，那就算扯平吧！"何明睿做个鬼脸。

"什么扯平啊？我们永远都扯不平！"林雨蓝蛮横道。

第九章　台湾：半世情仇

渡尽劫波兄弟在，相逢一笑泯恩仇。上一辈人恩恩怨怨，这一辈人却心手相牵。

一

一个好消息，一个坏消息。

整个上午，林雨蓝又喜又愁，很受煎熬。跟谢思虹通电话的时候，她得知台湾那边亲人的状况有了一些重大变化。

好消息是，她亲爱的弟弟林戴维考上了美国西点军校。华人考上西点军校难度可不是一般地大，她由衷地为自己的弟弟自豪。

坏消息是，爷爷的病似乎越来越重，谢思虹甚至担心他也许坚持不到春节，爷爷这些天总是一声声喊着要见孙女。

离过春节只有半个月。为了不留遗憾，林雨蓝跟何明睿商量之后，决定一起请假，提前去台湾。毕竟林雨蓝还在实习期，又面临特殊情况，袁来很爽快地批了假。何明睿请假就更容易了。一则吕谦是非常大度的人，他又极为重视何明睿，二则他们很快就要成为一家人，当然可以也需要在有正当理由的时候对何明睿网开一面。

林雨蓝、何明睿到达台湾已是晚上，他们决定第二天一大早就去花莲看林爷爷。

上次来台湾，何明睿没有去林雨蓝家。这次他事先准备了好几份礼物：送给林致中夫妇的是一对小巧可爱的纯金碗，送给林戴维的是一件品牌T恤，还给林又喜带了两支老山参。林雨蓝说家里房子比较大，有一间书房兼客房，可以给何明睿落脚。但何明睿一颗红心两种准备，如果林家欢迎他，他就住下来；如果觉得气氛不对，他就自己去宾馆开房。

一进门，何明睿就开始分礼物。林致中推让了一阵，还是收了下来。因为他觉得收下礼物就意味着接受这个人。

何明睿还是第一次见林戴维，一见之下，忍不住大赞，非常欣赏。林戴维一米八的个头，剑眉星目、玉树临风，如此优秀的青年，又接受各种严酷考验，考进西点军校，确实值得骄傲。

何明睿亲热地捶了捶林戴维的肩膀，把T恤递给他，嘴里说："这么帅的学霸，太酷了！"忍不住跟他交谈起来。林戴维很自然地收下礼物，道了谢，然后说其实他小时候是很淘气的，和姐姐一起学钢琴的时候，他每次弹一会儿就不想再弹，姐姐会在后面追着他跑，逼他把曲子弹完。初中二年级以前，他的成绩也并不出色。

"那后来是怎么发生转变的？"何明睿好奇地问。

"因为我妈妈每天上班很忙，我爸爸又经常到处讲学，他们只好让姐姐读寄宿学校，又把我安顿在一个很优秀的老师家里住，周末才回来。那位老师改变了我。他让我确定目标，每天努力，更重要的是老师和我一起努力，包括做体能训练，每天跑五公里。反正不管什么事，成了习惯就好办了。"林戴维侃侃而谈。

何明睿又问："你的文化成绩也很好，你觉得是自己天赋好还是努力的结果？很多学生觉得学习很枯燥，难道你真的那么喜欢学习吗？"

林戴维笑道："一半一半吧！成为学霸完全没有天赋仅仅靠努力是很痛苦的，但是就算有天赋，不肯努力，一样不可能成绩好。从内心来说，我也没有特别喜欢学习，开始时给自己定下目标，然后坚持，养成习惯之后，慢慢就会有好成绩。"

何明睿叹服地连连点头。

一直旁听的林致中欣赏地望着儿子说："其实他妈妈也付出了很大的努力，平常她工作很忙，一旦休息，就总是陪在儿子身边。需要送去老师家的时候，即使遇到非常恶劣的天气，他妈妈也是亲自开车送过去，从不放松。"

林戴维说："爸，你也起了很大的作用，从小就给我讲过好多故事，什么'头悬梁、锥刺股'，什么'知之者不如好之者，好之者不如乐之者'，也给了我好多动力呢！"

林致中哈哈笑着说："好儿子，主要是你自己聪明又努力，起决定作用的是你自己。"

林戴维笑笑道："也感谢老师对我寄予的厚望。我很欣赏一种态度：'梦想总是要有的，万一实现了呢！'尽量努力就是。"

林雨蓝突然想起一个人，于是问："对了，蔡意涵的弟弟蔡思凯呢，他考上大学没？"

林戴维说："他，因为偷东西失去自由了。"

林雨蓝大惊失色，脱口道："啊，怎么会这样？"

林致中说："那个孩子的情况我知道，他们家的家庭教育有问题，加上他自己又不求进步，沦落到这样的地步并不奇怪。"

林雨蓝想起蔡意涵曾经抱怨过，说她爸爸经常喝醉酒，酒醉之后如果弟弟稍稍不听话，就会被关到黑屋子里。那时候蔡思凯才两三岁，受到这样的惊吓，简直要吓出病来。后来他念小学的时候，完全不懂事，经常破坏东西：用剪刀剪坏老师的包啦，悄悄剪女同学的头发啦……一直让人头疼，是个典型的问题孩子。蔡意涵还说幸亏自己是女孩儿，她爸爸没有这样对她，不然不知道自己会变成什么样。

关黑屋子对一个幼儿有多大伤害，林雨蓝是有切身体会的。她十岁那年跟小伙伴玩耍的时候，被一个更大的少年捉弄，关在黑屋子里好几分钟，吓得大哭大叫，对她来说，那几分钟像待在地狱里一样漫长。多年以后，她一直无法忘记那种恐怖感觉。幸亏她绝大多数时候是被善待的。没有谁天生就堕落，成长过程中受到各种挫折和伤害，没有得到良好的教育和疏导，才会形成病态心理，最终发生反社会行为。

谢思虹对何明睿的态度算是中立起来，不再像刚开始那样排斥。她表现得既不是非常热情，也并不冷淡。能够如此，何明睿和林雨蓝已经松了一口气。

何明睿跟大家聊了一阵，便试探道："今天已经比较晚了，就不再打扰各位休息了，我还是去宾馆开房吧！"

林致中道："这么晚了，不用去宾馆，就住家里，有地方给你住，你住书房就是。"

谢思虹犹豫一下，才附和道："是啊，今天太晚了，就别出门了。"一对恋人闻听此言，高兴地意味深长地对望了一眼。

林戴维热情地帮何明睿提行李，把他带到书房。

临睡前，林雨蓝悄悄溜进书房，给了何明睿一个鸡啄米式的吻，然后飞快地逃回自己的房间。何明睿傻呆呆的，还没反应过来，就眼睁睁地看着她溜走了。

二

第二天中午，在花莲的医院里，何明睿、林雨蓝见到了林爷爷。

林爷爷瘦了许多，不停地咳嗽。

"爷爷，您会好起来的。"何明睿拉起林爷爷的手，安慰道。林雨蓝倒了杯温水，插了一根吸管，把吸管送到林爷爷嘴边，柔声说："爷爷，您喝水。"林爷爷喝下半杯，摇摇头。林雨蓝把水杯拿开，何明睿见林爷爷挣扎着想坐起来，赶紧上前帮忙。

林爷爷叹口气，又咳嗽几声，慢慢道："爷爷这身体怕是不行了，以前日子苦，动不动又饿又渴，把身体搞坏了，老了就更加经受不住病痛煎熬。你们年轻的时候就要学会爱护自己。"

说话中，林爷爷提起曾帮助何明睿打听他大爷爷的下落，但一无所获，没有人认识叫何光远的人。于是何明睿拿出特意带来的大爷爷年轻时的照片给林爷爷看。谁知林爷爷一看，手不停地颤抖，指着照片上的人，似乎想说什么，又控制不住自己的情绪，猛烈咳嗽起来。何明睿和林雨蓝很惊讶，不由得面面相觑，他们猜测这里面一定有什么缘故。

　　林雨蓝赶紧给爷爷倒了一杯水，一下一下慢慢帮他拍背。

　　林爷爷好不容易才平静下来，说："这个人，我死也不会忘记他，死也不想放过他。"一声长叹之后，他说起了那些往事。

　　那个把林又喜拽上火车的国民党军官，就是照片中的这个人——何明睿的大爷爷。这一拽，使得林又喜生生与家人分开了几十年，他这一生再也没有重回故土。

　　林又喜痛恨这个改变了自己一生命运的国民党军官。但这个军官并不姓何，而是姓田，叫田思恩。林又喜怎么也想不到，他的仇人就是改了名字的何光远，更不可思议的是，他们的后代居然阴差阳错地成了恋人。林又喜长叹一声，眼神复杂地看看何明睿，索性闭上眼睛。

　　何明睿讷讷地说，自己的老祖奶奶姓田，现在早已经去世了。显然，何光远改用了母辈的姓氏。

　　两家上辈人的恩怨让何明睿和林雨蓝很尴尬。但那毕竟是自己的大爷爷，何明睿决定还是要找到他。茫茫人海，到哪里才能找到他呢。

　　林雨蓝猜爷爷其实知道他的下落，只是不愿意说。她撒娇道："爷爷，你就想想办法嘛！明睿这次来台湾，主要是陪我来看您。他的大爷爷是什么人，做过什么事，跟明睿又没有关系。你就帮明睿想想办法嘛！"林又喜还是闭着眼睛不说话。

　　何明睿轻轻说："别难为爷爷。每个人都有自己的命运，我自己另外想办法。爷爷的身体要紧。"

　　好一阵，林又喜终于睁开眼，吃力地说："台北有一个湖北籍荣民同乡会，名誉会长就是你的大爷爷。他以前是会长，现在老了，不再管具体的事情了。就因为他在台北，我才躲着他，来到花莲安家。我这一辈子都不想再见到他。"话没说完，又剧烈咳起来。

林雨蓝赶紧给林又喜轻轻捶背，但捶背完全于事无补，林又喜咳着咳着，突然晕过去了。

林雨蓝焦急地大叫："爷爷！爷爷！"何明睿赶紧叫来医生。医生吩咐立刻用呼吸机抢救。

很快，助手送来呼吸机。一阵忙乱之后，大家望着那台机器，发出"呼哧呼哧"刺耳的声音，仿佛机器本身就是一头不祥的野兽，在一点一点吸走林又喜的气血。

过了一阵，林又喜悠悠醒转，医生松了一口气，但还是摇头。

三

在花莲陪了林又喜一天之后，何明睿让林雨蓝继续陪着林又喜，他独自来到台北，按照林又喜说的地址，辗转找到何光远的住地，在一栋老房子的三楼。何明睿摁响了门铃。

过了好一阵，才有一个苍老而沙哑的声音问："谁呀？"

何明睿略带紧张地说："是我，我姓何。"

里面的声音喃喃问："姓何，你找谁？"

何明睿说："我，我找一个人。您打开门说话好吗？"

门打开了，一个拄着拐杖的老人漠然而警惕地问："你找谁呀？"

何明睿注视着他，把那张照片递了过去。

老人拿过照片，嘴唇哆嗦着问："你是谁？"

何明睿说："如果我没有弄错，您是我爷爷的亲哥哥。我爷爷叫何光辉。"何明睿拿出自己的玉佩，递给老人。

老人本来就瘸了一条腿，此刻几乎站立不稳，伸出手似乎要抓住什么，却又没抓住。何明睿一步跨进门里，扶住老人。

何光远已近90岁高龄，他在台湾终身未婚。弄清楚何明睿的身份和来意后，他拿着照片和玉佩，说起了曾经的往事。

20世纪40年代，距离武汉市大约50公里的何家村处在兵荒马乱的境况里，时不时有兵马来惊扰这个村子。

村子里有一处齐整的大宅子，宅基是大块厚重的青石，墙壁由一块块烧制的青砖砌成，很是气派。宅子主人姓何，算是当地的大户。

何光远十五岁的时候已经长成翩翩少年，自小立志当兵，于是成了国民党军队里的一个小兵。此后，肯吃苦的他一步步获得提拔。他的弟弟何光辉也逐渐长大，到武汉求学。

1949年解放军渡江前夕，何光辉是武汉的学生领袖之一、共产党员。而何光远是国民党华中剿匪总部一位长官的侍从副官。何光辉受党的委托，准备寻找时机联系亲哥哥，希望他能策动自己的长官起义。

这一天深夜，何光辉带着几位同学偷偷在墙上贴标语，嘴里不住催促："快！快！"只剩最后两张标语了，何光辉让那几位同学先走，自己一个人继续贴。同学们走后，突然从另一个方向传来好几个人走路的声音，何光辉立刻悄悄把手里最后一张标语撕破一点，丢开，然后假装痛苦万分的样子，靠在墙上。走来的几个人中，为首的竟然是何光远。何光远假装不认识何光辉，质问道："你是什么人，在这里干什么？"一名手下看到墙上的标语，说道："长官，这些标语肯定是这小子贴的，看，糨糊都没干。"何光远虚张声势地吓道："说！是不是你干的！"

何光辉是何等聪明的人，早已想好一套说辞。他假装惊慌地说："你们可别冤枉人啊！我的未婚妻跟着富人跑了，我痛苦得要死，哪有心思管其他事，这是些什么标语啊？"

那名手下道："装蒜！装什么装？"

何光远挥挥手道："算了，我们是去抓人的，执行任务要紧。走！立刻走！"

几个人匆匆走了。何光辉也赶快离开。

过了几天，何光辉把一张字条塞进一盒香烟里，让卖香烟的孩子把这包烟卖给何光远。那孩子也是何家村人，兄弟俩用这种方式联络过好几次了。随后，他们在一个地下室秘密碰头。

何光辉道："哥，你要看清楚形势。现在共产党节节胜利，这个政党确实是得民心、为人民的。你不如带着部下投奔共产党。"

何光远道："不行，我曾经发誓要忠于长官，信仰三民主义。"

何光辉苦劝一阵，没有效果，道："哥，上次我们狭路相逢，谢谢你救了我。如果我们兄弟不同心，说不定什么时候战场相逢，子弹可是不认人的啊！"

何光远道："世界没有那么小吧。既然我们选的道路不同，亲兄弟之间，但愿再也不要遇见，至少战场上不要遇见。"何光远说完，转身欲走，突然想起什么，停住脚步继续道："光辉，前阵子你订婚的时候，我本来想回家一趟，可惜非常时期，无法分身。你已经成家，如果可以最好回家去。"

何光辉道："不是说天下兴亡，匹夫有责吗？总要为国家尽一份力。"说罢，何光辉拂袖离去。不料他出门没多久，就被国民党保密局特务盯上了，在武汉的一条小巷子被三个尾随盯梢的特务逮捕了。

何光远虽然人生道路与弟弟不同，然而毕竟血浓于水，他想了不少办法营救弟弟，但没能成功，特务反而将怀疑的视线转向了他。幸亏长官私底下帮何光远改名换姓，并让他下到基层部队当军官，躲开了特务的调查。何光远选择了自己母亲的姓，改姓田，从此成了田思恩。不久何光辉被国民党特务杀害，田思恩忠于自己的长官，随着他一起败退到了台湾。

老人久久沉浸在往事中。他这一生，杀过多少人自己都记不清了，也有好几次差点死于非命。一次，何光远所在的部队跟日本人打仗，日军装备更好，打得他们抬不起头。后来，日军还出动了飞机。飞机呼啸着一个俯冲扔下一堆炸弹，何光远被震晕了，等他醒来，发现自己躺在死人堆里，周围都是战友的尸体。他疯了似的呼喊熟悉的战友的名字，却没有一人醒来。后来，他和几名幸存者被并入另外一个团。好多年过去了，何光远还常常做噩梦，梦见死人勒住他的脖子。

何明睿问："后来政策放开了，您为什么不去老家寻亲呢？"

何光远叹口气，好久才从回忆中回过神来。他说："我没有救出自己的亲弟弟，非常内疚；而且也后悔当年的选择，所以这么多年一直不敢跟大陆的亲戚联系。你大爷爷这辈子，真的做过不少坏事呀！"

怀着内心的纠结与悔恨，何光远后来成立了湖北荣民老乡会，致力于帮助其他台湾老兵与大陆联系，而且做了很多为两岸沟通搭设桥梁的事情。

何明睿告诉大爷爷，自己的奶奶当时已经怀孕，坚强地生下了一个遗腹子，就是自己的父亲何庆东。奶奶终身未再嫁，独自把何庆东带大。

何光远说："你奶奶是好样的。"

何明睿说："历史造成的悲剧，我们后辈不应该再记恨，大爷爷您更不要觉得内疚。"

"唉，内疚也好，记恨也好，一切都过去了。"何光远喃喃说道。

何明睿问："大爷爷，您还记得这样一件事吗？曾经，在湖北的火车站，您和几个国民党兵把一个卖鸡蛋的人抓上火车？"

何光远非常震惊，连声说："记得啊，记得啊！那时候也不知道怎么想的，上级命令，说要不顾一切扩大我们的力量，硬抓过好几个人当兵。后来，我还动过念头要找他们，对他们表示歉意。可是慢慢都没有音信了。"

何明睿说："那个卖鸡蛋的，您还记得他的名字吗？"

何光远说："我记得最清楚的就是他，叫林又喜，这个人后来还给我当过通信兵。"

于是，何明睿把林又喜在花莲的情况告诉了他。一老一小聊着，不知不觉天黑了，林雨蓝打来电话，说林又喜已经到了弥留之际。何明睿一听，马上要赶回花莲，何光远执意要跟着他一起去。

两人赶到了林又喜的病房，林家的主要成员都到了。一进门，何光远很是内疚，什么话也说不出来，竟然拖着自己的一条残腿给林又喜跪了下去。

林又喜喘着气说："快起来，我，我也有对不住你的地方。你的腿，就是在战场上被我打的黑枪。"

闻听此言，何光远变得非常愤怒，用发抖的手指着林又喜说："你，你怎么能这样？"然而想想自己对他做过的事，一时百感交集，竟然一屁股坐在床上，老泪纵横。

何明睿赶紧用手扶住他，嘴里安慰道："大爷爷，都是过去的事了，别再想那么多了，身体要紧。"

林又喜说："老兄弟啊，你对不起我在先，我也对不起你，我们一报还一报吧！其实我良心上也一直很不安，所以才躲到花莲来，很少去台北找自己的战友。"

何光远满脸的泪，哭一回，又笑一回。

林又喜艰难地把林雨蓝的手拉过来，放在何明睿的手里，嘴唇哆嗦着，无法发出声音，含笑而去。

林致中、谢思虹以及几位亲属纷纷抹眼泪。林雨蓝却只是呆呆的，她似乎不相信爷爷已经去世，而认为他只是睡着了。直到医生进来，把白布蒙在林又喜的脸上，林雨蓝才真正明白她已经失去了爷爷，突然放声哭叫："爷爷！"

四

游思聪独自在花莲老家的海边徘徊，不时捡起一块石头，砸到海里去。他这些天心情非常不好，生林雨蓝的气，也生自己的气。

小时候几个小伙伴一起玩过家家，每次都是他和林雨蓝扮演新郎、新娘。在他心中，林雨蓝理所当然会是他的女朋友，想不到何明睿一来，一切就变了样子。

他知道林雨蓝回了台湾，也知道林雨蓝爷爷去世了，还知道何明睿跟林雨蓝正式恋爱。这些都是丁雯雯转告他的。他独自一人到了花莲，远远望望林又喜的老宅子，一赌气，跑到海边，始终没有出现在林雨蓝面前。

但他绝对是不甘心的。

不甘心。

他要采取行动。

处理完林爷爷的后事，何明睿和林雨蓝去了何光远家。

电视里正播放新闻，新就职的台湾地区领导人在发表电视演说。

房间里的气氛却有些沉重。

于是何明睿说了一个笑话去逗林雨蓝。林雨蓝本来没心思笑，却又忍不住发笑。何明睿道："好吧，就是故意要你笑一笑。"

何光远说："不管谁上台，不管台湾的政局怎么样，在我心里，只有一个中国。"想想自己曾经的选择，又说："也许兄弟之间会有不同的理想，会有思想上的隔阂，会有各种误解和矛盾，但是一家人永远是一家人。可以各有各的理念，但希望永远不要有战争。"

林雨蓝问："大爷爷，假如你现在仍然年轻，又要你带兵打仗，你会怎么办？"

何光远想了想，说："怎么办，我会让我的兵通通回家！打什么仗！人类自相残杀是最愚蠢的。"

何明睿说："大爷爷，你可以回大陆去，我爸爸妈妈，还有一些亲戚都希望你回去。"

何光远道："大爷爷年纪大了，腿脚也不方便，不能跟你们回去啦！回不去啦！"

何明睿继续劝："正因为腿脚不方便，才需要亲人照顾你。"

何光远坚决地摇头，他说："久病床前无孝子，何况我自己还没有孩子，必须靠自己啰！"

何明睿说："大爷爷，您要相信我们，我们都是非常有诚意的，家族聚会的时候大家都会念叨您，说要把您接回去。"

何光远说："大家的心意我都领了。你也要理解我，我老了，残了，哪里都不想去，不愿意动。"

林雨蓝说："那我们多拍几张照片吧，单人照、合影，都要。"

拍完照，何光远把自己一直小心挂在脖子上的玉佩解下来，交给何明睿。何明睿把何庆东给他的那一块也拿在手里。两块玉佩，雕着一模一样的玉佛，只不过玉的质地稍稍有差别，一块颜色鲜艳，一块通透明亮，都是价值不菲、让人垂涎的好玉。

何光远说："希望两块玉佩从此合璧，你带回大陆，让它们在何氏家族中代一代传下去。"

五

安葬好林又喜，林致中决定抄经文对亡者表示悼念，同时为生者祈福。

抄写经文在清代已经是非常流行的文化活动，沉寂一段时间后，近年来又开始风行。人们尤其喜欢抄《金刚经》。历史上，康熙皇帝抄过两次《金刚经》，一次是他十五岁习字时抄写的，一次是康熙三十二年，为了给孝庄太后祈福，表达自己的一片孝心抄写的。

何明睿、林雨蓝准备回上海的前夜，林致中独自在书房反复抄写："一切有为法，如梦幻泡影，如露亦如电，应作如是观。"林雨蓝悄悄进来，嘴里轻轻念着这段文字，说："爸，你要好好保重自己的身体。"

林致中喃喃道："我的身体很好。我总在想你爷爷。你爷爷这辈子真是吃够了苦。但愿真有天堂，让爷爷过过好日子吧！"

这时候，林雨蓝的手机里进来一条短信，居然是游思聪发来的："雨蓝，我要单独见你一面，你欠我一个说法。明天见怎么样？"

林雨蓝叹息一声，回信息道："这次没时间了，明天就要回上海，还有好多事没有处理，下次再见吧！"

游思聪又发来一条："我后悔自己没有早点鼓起勇气面对你。"

林雨蓝又回："每个人都有自己的命运。晚安。"

游思聪却没有再回复。

哪怕出于礼貌，他应该回应一个晚安的。林雨蓝有隐隐的不安，但也不便再说什么。她回看自己发的信息，"下次再见吧"，会有下次吗？那时候又会是什么情况呢？人只能活在现在。

林雨蓝叹息一声。

第十章　危急时刻

急中生智，一串作为订婚礼物的珍珠项链瞬间成了救人道具。生和死，有时候仅仅在一念间。

一

转眼已是 2016 年夏天。

这一天快下班的时候，林雨蓝得到了好消息——医院同意她转正。

袁来说："雨蓝，恭喜你。这是你努力的结果。老虎花药效分析的报告做得非常好，主管副院长很欣赏，他指名要把你留下来。"林雨蓝谦虚地说："这是袁主任的功劳，我只是帮忙打杂而已。"

何明睿也有开心事，他买的房子价格翻了一番，假如现在才买房，他需要多花三百万。何明睿眉开眼笑地说："雨蓝，你好旺夫。你看，要不是你那时候建议我买房子，我现在到哪里去多抢三百万。"

林雨蓝白他一眼道："房子增值当然是好事。可我不接受什么旺夫不旺夫的观点。幸好你认为我旺你。有的男人，自己不够努力或者运气不够好，动不动就怪老婆不旺夫。"

何明睿笑道："别人旺不旺我不管，反正我们两个是互相旺。对了，一直说要给你补一个表白，就用珍珠项链表白好吗？我知道你喜欢珍珠，走，陪你去挑一条。"

林雨蓝说："算了吧！现在正是要花钱的时候，你又算不上富豪。我只是随口说说而已。"

　　何明睿道："你是随口说说，我可是认真记下了。再说，我从来没有送过你什么像样的礼物，你也要让我表表心意嘛！"

　　两人挽着手进了一家珍珠专卖店。

　　专卖店女老板恰好在，她对林雨蓝说："你买珍珠找我就对了，我做了二十几年珍珠生意，连名字都叫珍姐。"

　　珍姐看起来四五十岁，风韵犹存，身上的首饰全是又大又亮的珍珠，项链、耳环、戒指，全都亮瞎眼。当然，她这样做主要是为了推销珠宝，日常场合戴一件首饰就足够了，否则让人眼花缭乱，感觉俗气。

　　最后，林雨蓝在两串珍珠之间犹豫。一串有三圈，每颗珠子直径大约八九毫米；一串单圈，珠子直径十二三毫米；价格方面，那串大珍珠要贵两三千块，打完折还要上万。她嘴里嘀咕道："我还真是不知道怎么取舍，好像都不错。"

　　何明睿说："这个看你自己喜欢。要我选，我肯定要这串大的。大珍珠当然珍贵些。你看，多大气，也霸气，配你合适。当然啦，如果你实在都喜欢，那就我霸气一点，都给你买下来。"

　　林雨蓝说："都买就算了，等你成为霸道总裁钱用不完了再说吧！"最终选了大的那一串。

　　珍姐让服务员用一个酒红色天鹅绒盒子包装项链，还主动把电话留给林雨蓝。

　　林雨蓝抱着礼盒满脸笑容地倚着何明睿走出店门，却发现整条街的人指指点点仰头往上看。林雨蓝顺着指的方向一看，瞬间呆住了：一个年轻女人披头散发，站在十几层高的楼顶，似乎要跳楼。

　　何明睿道："看情形很危险。"

　　林雨蓝说："是啊！我问问姑姑在不在附近。"

　　何明睿道："你姑姑又不是上帝，你觉得她有办法？"

　　林雨蓝说："我姑姑有经验，她以前参加过类似的救助。"说完马上给林青青打电话。林青青正好在附近，于是第一时间赶了过来。

据说这个女人因为男朋友悔婚，一时想不开，起了轻生的念头。警察通过群众提供的线索，已经把那位姓朱的男子请到了现场。

楼道已经被警察看守着，闲杂人员不能上去。林青青拿出心理咨询师证件，并且说明自己有过相关救助经历。警察向上级汇报，林青青和林雨蓝顺利进入电梯间，何明睿被挡在楼道外。

林雨蓝问："姑姑，你有把握吗？你打算怎么办？"

林青青一眼看到酒红色的盒子，问："这是什么？"

林雨蓝说："何明睿刚刚送给我的珍珠项链。"

林青青喜出望外地叫道："太好了！我有一个好办法了！这个给我用一下，你全力以赴配合我就是！"说着她一把抓过了项链盒子。

林雨蓝困惑地失声叫道："啊，姑姑！你要干什么，我怎么配合啊？"

林青青说："来不及解释了，而且还不清楚现场究竟是什么情况，总之，你顺着我的意思说话做事就行。你紧紧跟住我，我说什么就是什么，我做什么你就做什么，记住！"

林雨蓝一头雾水，也有些心慌。她胡思乱想道：林青青究竟要干什么？会不会把她刚刚选好的珍珠项链从楼上丢下去？那就损失惨重了！不过，为了救人，也顾不了那么多了。

到了顶楼，两位警察迎上来，对林青青说："快来！"林雨蓝寸步不离地跟上。

年轻女子在栏杆外声嘶力竭地叫："别过来！谁都别过来！过来我马上就跳！"林青青马上停下来。姓朱的男子弱弱地说："梅梅，你过来，我答应继续跟你结婚。"那位叫梅梅的姑娘说："你当我三岁吗？你也答应跟那个狐狸精结婚，她都怀孕了！除非她去打胎，不然我不会再相信你！"

林青青抬起手，用非常平静的声音说："梅梅，我可以请你看一样东西吗？"林青青手上天鹅绒质地的美丽盒子吸引了梅梅的眼光，平静的声音如同安抚剂，女子不再那么歇斯底里，迟疑了几秒，她问："这是什么？"

林青青说："我再靠近你几步可以吗？不然你看不清。你说我可以走几步？"

梅梅说："六步吧！"然后又指着林雨蓝尖叫："她不要过来！"

林青青点头道："好，她不过来。"她看了林雨蓝一眼，林雨蓝弄不清该走还是该停，于是慢慢往前挪了一步，停了下来。

林青青边走边数出声音："一、二、三、四、五、六，六步了。"

然后林青青打开盒子，梅梅看了一眼，问："你想干什么？"

林青青指指项链又指指身后的林雨蓝道："你看，珍珠项链很漂亮，这个女孩子也非常漂亮吧？"

梅梅问："你什么意思？"

林青青说："两年前，这个女孩子跟你一样，被男朋友抛弃了，可是今天，她跟自己的新男朋友订婚了。新男朋友比以前那个更帅、更聪明、更优秀，这是他送给她的订婚礼物。"

林雨蓝赶紧说："是的，两年前，我跟你一样，被男朋友甩了。我前男友跟一个富婆跑了，说都没跟我说一声，我还傻乎乎地在装修房子。梅梅，还是有好男人的。"

林青青说："其实，每个人都有好的一面，也有渣的一面。我们自己足够好，遇到的人也更容易是好的。"

梅梅对着林雨蓝问："你，你也被男人抛弃过？"

林雨蓝做出无辜的样子说："是啊！有时候运气背，遇到的人不好，又不是我不好。"

林青青慢慢靠近梅梅，左手举着珍珠项链，嘴里说："梅梅，你看看这漂亮的珍珠。你这样的好姑娘，一样可以有更好的选择，如果你都不对自己负责任，还有谁会对你负责任呢？"

林青青说着突然用力，右手一把拉住梅梅，林雨蓝也冲上去拉住她，警察早已一拥而上，成功地把梅梅解救了下来。

警察把痛哭失声的梅梅护送下去，早有亲友迎了上去。

林青青叹息一声，把珍珠项链还给林雨蓝。林雨蓝兴奋地说："姑姑，你真厉害！"林青青道："你表现也非常好，反应特别快！"林雨蓝问：

"这个梅梅，如果又去自杀怎么办？"

林青青道："她不会再去自杀了，她本来也不是真想自杀。真想自杀，根本不会来这样的公共场合。当然，如果处理不好，也有可能弄假成真。"

林雨蓝再问："如果不是恰好有这串珍珠项链，那你怎么办？"

林青青说："我也不知道我会怎么办。这个纯粹属于临场发挥。紧急情况，你以为还有时间等你设计一个妥当的方案呀？"

林雨蓝不禁用无限崇拜的眼神望着林青青。

二

林雨蓝打开门，映入眼帘的是茶几上一个极其精美的红色心形礼盒。

何明睿双手拿起来递给她，说："情人节礼物，打开看看。"

林雨蓝道："前两天才送我珍珠项链，怎么又有礼物？"

何明睿道："只要你高兴，我愿意每天都送你礼物。今天是情人节，当然必送。"

"怪不得有人说找对了人，每天都是情人节；找错了人，每天都是愚人节。"林雨蓝说着，打开盒盖，发现里面是樱桃、玫瑰花、巧克力。

她喊着："太好了，好喜欢，谢谢！"然后拥抱何明睿，给了他一个甜蜜蜜的亲吻。

林雨蓝突然想起什么，拿出手机道："我今天看到一首诗，恰好是写情人节的樱桃，我读给你听，算是我送给你的情人节礼物。"

她清清嗓子，认真地读起来：

> 我知道你一直在，
> 因为我也从不曾离开。
> 那些樱桃告诉舌头的味道，
> 还有樱桃树告诉春天的消息，

我和你都很熟悉。

可是这世界如此不确定，

一会儿咫尺成了天涯，

一会儿天涯又变成咫尺。

有时候你的笑容刻进我的骨头，

有时候我居然彻底忘记你的样子。

我知道你一直在，

因为我也从不曾离开。

有时候我假装生气，

让你看不到我；

有时候我真的生气了，

你却无法感受我的泪滴。

这世界真的很大吗？

也许人类生存的整个空间，

仅仅来源于巨神的一声叹息。

人的一生真的很短吗？

也许当我们掌握某个秘密，

就能始终和日月一同呼吸。

我们试图给每一个日子打上印记，

那一天立春，

这一天是情人节。

其实每一个日子都如此相似。

也许这世间真的有一个人，

当我们在一起，每一天都是节日。

何明睿听完，道："这首诗写得很有智慧，我喜欢。"

"我还要告诉你一件事，两天前，我在网上买了一棵樱桃树苗，这两天应该要到货了，到时候我们一起把树苗种到小区里。"林雨蓝道。

"好。快去换衣服，吕总定了一个包厢，刚好离我们这不远，我们去吃饭。"

第二天樱桃苗就到货了，林雨蓝早就看好了地方，跟何明睿一起，把樱桃树种了下去。

何明睿问："怎么想要种一棵樱桃树？你自己又不一定能吃到。"

林雨蓝道："因为喜欢樱桃啊！那天突发奇想，想知道网上能不能买到樱桃树，结果居然有卖的，于是就买了。反正总有人能吃到就行。"

没想到一个月之后，这樱桃树就开了十几朵白色的小花，可惜树苗太矮，被小区里的顽童一朵朵摘掉了。

林雨蓝默默祈祷："小樱桃树啊，希望你可以长成大树，熊孩子就拿你没办法了。"

三

林雨蓝在电脑前分析老虎花的数据，听到朱雅迪问："袁主任，你怎么啦？"她闻声抬头，见袁来眉头紧皱，略显疲倦地走进来。袁来没有回应朱雅迪，直接进了自己的办公室。

朱雅迪跟林雨蓝对视一下，都有些疑惑。袁来素日很少把情绪带到办公室来。

袁来昨天夜里没有睡好。

他跟吕卓晴在找老虎花的过程中产生激情，觉得她爽朗痛快，很快闪婚。相处久了，没有料到两人的三观相差很多。

整容的事不了了之，吕卓晴没有去断骨增高，不过还是开了眼角。手术不算失败，眼睛确实看起来大了一些。然而她平常就化妆，化妆的效果也把眼睛放大了，因而开眼角并没有达到她预期的目的，整天嘀嘀咕咕说要有更大的改善才好。她刚刚做完手术那几天门都不出，最严重的时候眼睛肿得像一个核桃，当时口口声声说以后再也不去整容，结果好了伤疤，又要"更大的改善"了。

袁来跟她说少折腾，干脆生个孩子好好带，就不会一天到晚胡思乱想了。不想吕卓晴说，不到四十岁不考虑生孩子。这下袁来急了。在他的人生规划里，生孩子是这一两年的事，何况他的老妈也念叨着要抱孙子。吕卓晴是个说得出就做得到的主，如果真要四十岁以后才肯生孩子，他怎么跟父母交代？

昨天晚上两个人为这事闹得不愉快，吕卓晴居然一言不发跑出去跟朋友泡吧，凌晨两三点才回来。这可不是他想要的老婆。本想找个干脆利落不需要费心哄着的女人，没想到这人如此新潮另类爱折腾。

看来闪婚真是不够明智。袁来想着，不禁长叹，打起精神开始工作。

林雨蓝拿着分析数据进来。袁来稍稍振作起来，接过实验报告扫一眼，嘴里说："不错，不错。这个结果非常可喜。"然后他双手抱头，靠在椅子上往后仰，眼睛望着林雨蓝说："我们家吕卓晴要是像你这样通情达理、乖巧懂事就好了。"

林雨蓝问："怎么啦？"

袁来简单说了一遍，满以为林雨蓝会同情他，不料林雨蓝说："每个人都有自己的缺点，或者说特点。两个人在一起，需要彼此妥协，或者一起改进。"

"那说说看，你有什么缺点，不是，特点。"袁来问。

林雨蓝说："我，比如，我容易把家里搞得一团糟。何明睿刚开始老是不习惯，慢慢就好了。现在要么我们一起收拾，要么请钟点工。"

袁来摇摇头，嘴里却说："这倒不是什么原则问题。"其实，把家里弄得很乱也不是他能够接受的。吕卓晴这一点还挺好，她会定期请人做卫生，自己平常也保持得不错。至于两个人不同的理念，也许，还可以花更多心思跟她沟通交流。

"今天发了这么多牢骚，好吧，不说闲话了，任务压头，大家分头努力吧！"袁来笑着说。

四

吕谦和林青青一起送吕帅帅进幼儿园。

吕帅帅被老师牵着手往园里走，不忘回头对他们说句"Bye-bye"（再见）。

林青青温柔地、目不转睛地望着吕帅帅的背影，直到那小小的影子消失。

吕谦认真地说："要不，我们再要一个孩子，一个真正属于我和你的孩子。"

林青青叹口气说："再说吧！目前不知道我的身体如何，暂时不去想这些事。我一直把帅帅当成自己的孩子。"

"我陪你去医院做个体检吧。你好像很久没去医院了。"吕谦不由分说地发动了车子。

过两天体检结果出来，林青青的全部指标都正常，也就是说，她彻底恢复了健康。

"恭喜你，青青。"吕谦微笑着说。

"这里有你的一份功劳。知道吗，爱情是这世上最好的药。"林青青挽住吕谦的手。

"不过，不能掉以轻心，需要巩固你的健康成果。"吕谦低头抚抚林青青的长发。

"不要那么紧张。避免走极端、掌握正确的养生方法就可以了。"林青青拍着胸口说。

"我是真心为你感到骄傲。我们成立一个保健康复机构吧，帮助人们保持健康。在天源公司新设立一个养生部都可以，你不用太操心。"

林青青道："可以考虑。不过，我不太倾向设在天源公司。不然，我们俩工作、生活通通搅在一起，太辛苦了。我们在一起还是轻松一点比较好。"

吕谦道："有道理。反正，按你的意思办。如果你愿意，一直当全职太太也挺好。"他想了想，又道："我觉得我们需要一个婚礼。"

林青青想了想，说："这个免了吧，干脆我们旅游结婚算了。选一个国内景点，然后，再选一个我们都想去的国家。"

"好主意！就这么办！"吕谦紧紧拥住林青青。

五

这个周末，林青青和吕谦要跟几个重要的客户聚会，委托林雨蓝、何明睿照顾吕帅帅。

林雨蓝好不容易下定决心自己在家里做一顿饭，于是让何明睿陪吕帅帅在客厅玩。何明睿开玩笑道："好吧！我先实习一下怎么带孩子。"林雨蓝道："带小孩其实挺简单，就是让他玩、让他动。我们家没玩具，你给他纸和笔让他画画好了。"

过了一阵，林雨蓝在厨房听到何明睿叫："这下糟了！帅帅把墙壁画得乱七八糟。"

林雨蓝出去一看，雪白的墙壁上果然有一大片线条，简直惨不忍睹。"你怎么不盯着他呀？"林雨蓝有些不满。

"我就只是处理了一下手机信息。"何明睿道。

"算了吧！改天我们请人贴墙纸，不然房东会找麻烦。"林雨蓝说。

"或者请人重新把客厅的墙面刷一遍。"何明睿道，然后顺手拍了拍吕帅帅的小屁股，警告道："别再干坏事，不然小心我揍你！"吕帅帅挤眉弄眼地做鬼脸。

吃饭的时候，吕帅帅更是不安分，不停地东张西望，不住地问这问那，半天才肯吃一口。何明睿和林雨蓝已经吃完了，吕帅帅碗里的饭菜基本还没动。

突然啪的一声，吕帅帅失手把碗倒翻在地上，幸好那碗结实，掉在木地板上没有摔破。

林雨蓝只好重新给吕帅帅盛了一碗饭，并且调好闹钟说："帅帅，你再不好好吃饭，我就让你爸爸惩罚你。看好了，给你十分钟，十分钟必须吃完。"

闹钟嘀嗒嘀嗒响着，吕帅帅倒是变乖了，真的十分钟就把饭吃完了。

何明睿道："想不到你这么有办法。"

林雨蓝说："我突然想起小时候，我爸爸用这个方法对付过弟弟。"

何明睿道："怪不得你和弟弟都那么优秀，果然教育方法很重要。"顿了顿，又笑着说："还要表扬我自己，太有眼光了，找了一个这么好的老婆。"

吕帅帅道："我长大了也要找一个好老婆。"

林雨蓝逗他："帅帅，你知不知道什么是老婆？"

帅帅想了想，说："老婆就是穿漂亮裙子的女人，像公主一样。"

何明睿大乐道："对对对，一个女人穿上漂亮裙子，跟你结婚，就变成你老婆了。"

帅帅说："我要跟我妈妈结婚，我妈妈是我的公主。"

林雨蓝、何明睿对望一眼，没有接话。这么小的孩子，当然不太清楚婚姻的真正含义。把一个新生命带到这世上来，就要尽可能负责，让他健康成长，尽量避免痛苦，感受生命的种种快乐。

六

林雨蓝平常很少戴首饰，因为医院规定一线医护人员上班不得戴首饰。这一天，她和朱雅迪被院里指派去街头参加医药知识普及的活动，她一时兴起，戴上那串珍珠项链，配了一件带领子的衬衣，只露出一小部分珍珠，不留心观察是不会注意到的。

前来咨询的人很多，林雨蓝一一耐心回答，遇到不懂的就把咨询者领到相关的专家面前。

活动结束，大家一起去吃工作餐。林雨蓝想起自己的珍珠项链，低头悄悄用手指抚弄一下，很是喜爱。她的动作幅度很小，也很快，不料还是被坐在身边的朱雅迪看到了，她夸张地叫："呦，林大美女什么时候买了一串项链啊？我看看我看看！"

林雨蓝瞬间很尴尬，她说："没什么啦！一件小饰物而已。"

朱雅迪说："让我欣赏一下嘛！"

林雨蓝看在座的还有男同事，只好婉拒道："不好意思，不太容易取下来。"

朱雅迪却靠近林雨蓝，边仔细看边说："好像只是一件时尚饰品，不是真正的珍珠项链。"

林雨蓝脸红了，轻轻说："是真的。"

朱雅迪道："你上当了，这珍珠绝对是假的。有一段时间我买过不少珍珠饰物，对珍珠还是挺懂的。像你这种又大又亮的，如果是真的，起码上万。现在假的东西太多了。"

林雨蓝更尴尬了，只道："这个应该是真的，确实花了一万多。"然后掩饰地喝水。

朱雅迪说："你如果真花了一万多，买的是假货，那更加冤大头呢！你这珍珠，真是越看越假。"

林雨蓝简直要坐不住了，只好沉默不语。旁边有男同事看不下去了，故意嚷嚷着大声说："哎，我们周末一起打篮球吧，或者去哪里烧烤。"朱雅迪来了兴趣，马上大声回应道："去烧烤吧！烧烤好玩。"

总算给林雨蓝解了围。

晚上，林雨蓝先到家，何明睿还在路上。

林雨蓝又想起白天的小插曲，虽然说朱雅迪的话不可信，可是，如何确定珍珠是真的呢？想起珍姐给留了电话，她闷闷不乐地打过去，说自己的同事认为珍珠是假的。

珍姐一听，情绪非常激动，她说："我做珍珠生意几十年，从来没有卖过一粒假珍珠，没有赚过一分冤枉钱。我所有的货品都有证书。"

林雨蓝情绪不太好，于是毫不留情地继续说："证书也可能是假的呀！

我同事很懂珍珠，她说这珍珠是假的。"

珍姐道："我是开店的，几十年的老店了，又不是摆地摊，如果卖假货哪里混得下去？这样吧，你的同事敢不敢跟我打赌，我赌一百万。我们一起去珠宝检测站检验，如果我的珍珠有一粒是假的，我给她一百万；如果是真的，我不需要她给我一百万，向我道歉就可以了！我拿一百万赌一个真相，赌一句对不起！"

听着珍姐说话如此掷地有声，林雨蓝选择相信她，于是说："还是算了吧，我选择相信你。"

珍姐说："我现在心里好难受。我做生意这么多年，靠的就是诚信。你那个同事信口乱说，好伤人的。"

林雨蓝道："是啊！要是每个做生意的都像你一样诚信经营，每个人说话都留口德，世界会美好很多。"

珍姐道："有一句说一句，珠宝行业确实有鱼目混珠的情况，但是，请你放一万个心，我家的珍珠和证书都是真的。"

林雨蓝道："好，我相信你。谢谢你的真诚。"

何明睿到家听说了原委，叹口气说："确实，这年头好多东西真真假假，让人无所适从。"想了想，又说："既然有了疑问，改天我们去检测一下。"

后来经过检测，果然是真珍珠。林雨蓝道："还是要相信他人。当然，也要有选择地信，这世界上确实有不少骗子。"

何明睿笑道："就是，就怕你傻乎乎什么人都信。"

林雨蓝道："要是什么人都不值得信，都不敢去相信，那这世界有多糟糕。"

七

这些天，林青青独自到处看场地，打算成立一个身心健康工作室。她胸有成竹，知道自己要什么，不再需要征求任何人的意见。

"太好了！太好了！这个地方真好！"林雨蓝一见到房间里那个透着绿色的阳台，就忍不住惊呼。

酝酿已久的工作室终于成立了，叫"生命动力"。工作室位于上海一家高端住宅区的二楼，两百来平方米，有大大的客厅和三个独立房间。小区绿化很好，种了很多银杏树、桂花树、棕榈树，隔着阳台玻璃看得清清楚楚。阳台上摆着茶几和舒适的椅子，茶几上一盆紫色玫瑰开得正艳，还整齐地摆放着茶具、水果、零食。

"这种紫色玫瑰太漂亮了！绝对人见人爱！姑姑，你好大手笔啊！这个楼层、环境，我喜欢得不行！"林雨蓝不住地赞美。这天她休息，听林青青说租到不错的地方，已经稍微收拾了一下，可以开始办公了，于是赶紧过来看看。

"二楼比较接地气，又不会很潮湿，人们看到这些绿植就会不知不觉地放松下来。何况，只要开窗，就会有大量的新鲜空气进来，多好。"林青青说着，递给林雨蓝一盘切好的黄灿灿的杧果。

林雨蓝尝了一块，高兴地说："这是我们台湾的水仙杧吧？很甜，我最喜欢了。"

林青青道："呀，你倒是挺识货。"

林雨蓝道："杧果是我喜欢的水果。我有时候不吃饭，只吃杧果就够了。"

林青青顺手倒茶给林雨蓝，嘴里说："这是特级龙井茶，尝尝看。"林雨蓝喝了一口，夸张地叹息一声，说："啊！一切都太美好了，美好得像梦一样。"

八

这阵子林青青累坏了，她不但要进行心理咨询，还要管理工作室的日常事务，常常觉得自己精力透支。

吕谦心疼得不行，私下里跟何明睿、林雨蓝协商，报了一个旅行团，利用周末时间去海边基地，可以玩滑翔伞、潜水。

周五夜里，当吕谦宣布第二天要去度假的时候，林青青大叫："太突然了，不行啊，我走不开啊！"

吕谦道："就不信没有你天会塌下来。明睿和雨蓝都准备好了，他们开心得要死，你可别扫大家的兴。我们的主要目的是让你放松一下。"

林青青无奈，喃喃道："好吧好吧！被你们绑架了。"

出发前的晚上，何明睿陪林雨蓝去一家便利店购物。林雨蓝挑了零食、矿泉水之类的东西，一位中年女服务员帮她用塑料袋装好，等着收钱。

林雨蓝拿着一张一百元的人民币，用手拎拎袋子说："麻烦您给我换一个大一点的袋子。"

服务员把袋子接过去，拉长脸说："你已经把这个袋子弄破了啦！"

林雨蓝很冤地辩解："怎么可能是我弄破的呢？我只提了一下，根本没有用力，怎么可能会把袋子弄破呢？"

服务员用不屑的口吻道："算了算了，懒得跟你争，不就是几毛钱的事吗？"

林雨蓝也不客气，说："谁跟你争啊！不是几毛钱的事，袋子确实不是我弄破的，我都不知道它破了。"

服务员看都不看她，嘴里嘀咕道："没素质！"

林雨蓝真是惊呆了，这辈子第一次被别人骂没素质。

何明睿帮腔道："你说谁没素质？"

服务员道："当然是说你们没素质。现在的年轻人，一个比一个没素质。"

何明睿变了脸，林雨蓝不怒反笑，拉着何明睿走，说道："好，好，是我们没素质，对不起，得罪了。"

挑好的东西不买了，他们去了另外一家便利店。

何明睿嘀咕道："这个女人是不是有点变态啊？有的人，确实欠揍，我刚刚是真的要生气了。"

林雨蓝道："算了，不跟这样的人一般见识。社会上什么人都有，有时候，忍一忍才是真正的素质。想想明天，我们一定会玩得很开心。"

第二天到了基地，林雨蓝、何明睿跃跃欲试要玩滑翔伞，吕谦和林青青选择潜水。

跟着教练学习一阵，何明睿、林雨蓝选择了双人滑翔伞。他们在教练的带领下一起奔跑，靠近高崖边缘的时候，林雨蓝拼命叫："停停停"！教练跟何明睿只好停下来。林雨蓝看着高高的落差，喃喃道："还是有点害怕。"

何明睿道："如果真那么害怕，我们就不玩了。"

教练道："其实没关系，玩这种刺激游戏确实有个适应过程，有的一玩还上了瘾，每个星期都来。体验一下也挺好的。你自己决定。"

林雨蓝咬咬牙道："再来一次！"

这一次，三个人奔跑一阵，向前一跃，伞包打开，猛然起飞。在飞起来的瞬间，林雨蓝开心地尖叫了一声。

"飞的感觉太好了！"在空中，何明睿满足地叹息，腾出一只手紧紧把林雨蓝搂在怀里。

"以后我们找机会多飞几次。"林雨蓝同意道，很少玩自拍的她忍不住拿出手机快速拍了几张，有两人的合影，也有她的单人照。

她迅速收好手机，说道："我以前做梦飞过，就是这种感觉。"

何明睿道："奇怪，我也梦见过飞，但总是飞不起来，只能腾空一下下，一跳一跳的。"

林雨蓝大笑："因为你笨啊！"

何明睿大叫："就是因为笨才会被你迷住啊！"两人笑闹不休，连身后的教练都笑了起来。

就在此时，一股极强的气流突然把滑翔伞拽向高空，教练赶紧操作起来，嘴里叫道："小心，这种气流很危险！"他严厉的语气使得这对小情侣心里打起了鼓。

与此同时，一直平静的海面起风了。风力虽然不大，但与这股气流叠加在一起，更为凶险。滑翔伞忽上忽下，猛烈颠簸起来。

教练脱口而出："糟糕！"

滑翔伞似乎已经失控，被气流刮得飞得更高，又重重往下坠。如同被一只看不见的巨手扯着，忽上忽下。

教练惊恐地喊："完了！完了！"

何明睿脸色也变了，他更紧地搂住林雨蓝说："雨蓝，我爱你！我从来没有对你说过，我爱你！"

林雨蓝瞬间哭出来。她突然说："明睿，我们自己想办法，保持滑翔伞平衡。我们都懂得保持平衡！"

何明睿突然清醒过来，他和教练一起用力，滑翔伞变得可控了一些，林雨蓝也尽力让身体的重量和力量随着滑翔伞的起落而调整。几分钟之后，滑翔伞猛烈摆动一下，那股强烈的气流消失了。教练立刻操作滑翔伞着陆。

刚一停稳，教练扑上来跟他们紧紧拥抱在一起，嘴里说："你们知道刚才有多危险吗？如果不是你们两个人如此镇静又懂得帮助我在运动中保持平衡，很可能我们三个人都完了！我当了七年教练，这是最危险的一次！"

何明睿呼着气道："幸亏我们命大！也幸亏你有经验！"

林雨蓝惊魂初定，什么也不说，只是紧紧依偎在何明睿怀里。

教练收拾装备去了，何明睿、林雨蓝拥抱着，静静躺在沙滩上，耳鬓厮磨。

过了一阵，林青青和吕谦浮出水面，朝他们走过来。林青青感觉气氛异常，奇怪地问："怎么了，你们怎么这么安静？"

林雨蓝这才跳起来抱住林青青道："刚才好危险，我和明睿差点见不到你们了！连教练都吓坏了！"

林青青拍拍林雨蓝道："啊！真的？那我们休息一下，哎，你们这些年轻人，那么喜欢玩冒险的游乐项目，现在知道危险了吧？其实刚才在海底下我也一直好紧张。以后我是不会再玩了。"

何明睿道："幸亏有惊无险。有过一次这种经历也好，以后会更加懂得珍惜生命。"

吕谦笑着拍拍何明睿。

九

　　林雨蓝受林青青委托，帮工作室买些用品。路上，林雨蓝遇到一辆救护车"呜呜"行驶驰过，知道车里是一个垂危的生命，心里黯然。

　　跑了好几家专业市场，林雨蓝抱着一堆东西走进工作室，嘴里说："姑姑，都给你买齐了。"

　　林青青正低头查看一堆文件，头也不抬地问："多少钱？"

　　林雨蓝道："六百多，这是发票。"

　　林青青扫一眼发票，说："辛苦啦！"拿出钱包，拈出一沓百元大钞，数也不数，直接递给林雨蓝，道，"你看够不够。"

　　林雨蓝一数，说道："多了，有九百。"抽出三百，递还给林青青。

　　林青青不接，说："都是你的，别还了，当作路费、辛苦费。"

　　林雨蓝也不客气，悉数收下，笑道："姑姑，你怎么这么大方？"

　　林青青道："如果你真的觉得我大方，应该是因为我不缺什么。富足的人容易大度，大度的人又因为人缘好更容易得到机会，变得富足，这应该是相辅相成的。"

　　林雨蓝道："可是，我知道不少有钱人很吝啬。"

　　林青青道："什么事都有例外嘛！如果一个人很有钱却很吝啬，说明他精神上不够富足。"

　　林雨蓝点头道："有道理。"

十

　　"啊！"林雨蓝尖叫一声，一下子蹦到沙发上去了。

　　从林青青的工作室回到家，林雨蓝本来情绪高涨，却突然被吓坏了。

原来她到家之后洗漱完毕，才晚上九点多，睡觉还早，于是心血来潮想拖一下地，用拖把拖沙发底下时，居然拖出一个软绵绵的、灰不溜秋的东西。她起初还以为是一团抹布，仔细一看，竟然是只死老鼠！她简直要吓晕了。

这几天何明睿在外地出差，远水救不了近火，于是林雨蓝给林青青打电话："姑姑，好惨，我住的地方居然出现死老鼠，我要怎么办？吓死了！我最怕老鼠了，何况是死老鼠！"

林青青问："死老鼠？"

"是啊！从沙发下面拖出来的。我一个人在家，不知道该怎么办！现在又是晚上，找人搞卫生也找不到。"林雨蓝战战兢兢地回答。

"看你吓成这个样子！没什么可怕的。这样吧，你什么也别管了，今晚锁了门上我家来睡。"林青青断然说。

林雨蓝看一眼死老鼠，一秒钟都不愿多停，抓起手提包，"嘭"地关上门，穿着家居服落荒而逃。

林青青给吕帅帅洗完澡，把他交给吕谦，便过来陪林雨蓝。

"怎么会出现一只死老鼠呢？"林青青疑惑地问。

"我也不知道啊！"林雨蓝很茫然，想一想，她又说，"很可能是偶尔门没有关好，老鼠偷偷溜进来了。它进来之后呢，又找不到东西吃，饿死了。现在吃的东西都收在冰箱里，老鼠进不去。"

"这是你自己的推测。当然，有一定道理。"林青青忍不住笑起来，并安慰她很快就可以搬进新房子，倒也不用太担忧。

第二天何明睿出差回来了，林雨蓝联系家政公司，请人从里到外彻底清扫一遍，还是心有余悸。她依在何明睿怀里说："我们快点结婚，快点装修，快点搬到新房里去。老鼠太可怕了！"连续用了三个"快点"。

何明睿道："好，我们尽快。你也别太紧张，有我在。"想想他又笑着说："你胆子怎么那么小？老鼠有什么可怕的！我小时候还抓过老鼠呢！再说了，你在医院里死人都常见，还怕什么死老鼠啊！"何明睿其实在偷着乐。前一阵子他跟林雨蓝聊过结婚的话题，林雨蓝似乎没那么热心。想不到一只死老鼠的出现，使得她如此迫切地喊着要结婚。可见坏事反而会催生出一些好事。

林雨蓝道："我自己也不知道为什么那么怕老鼠。其实动画片里，老鼠的形象还挺可爱的。"

何明睿道："是啊，咱们中国传统的十二生肖，就有老鼠这个属相，还有鼠年，老鼠哪有那么可怕呢？"

林雨蓝愣了愣，道："看来老鼠本身没那么可怕，我这是在自己吓自己。"

何明睿亲亲林雨蓝的额头，赞道："嗯，你就是聪明。聪明的女孩子最可爱。"

第十一章　两岸婚礼

那泛着幽幽蓝光的海浪翻腾着涌向岸边，长长的海岸线犹如璀璨的银河星空，一对新人牵手漫步其中。多么美的梦境，已然成真。

一

八月，何明睿、林雨蓝准备举办两场婚礼，一场在武汉，一场在台湾。

武汉这边，主要宴请何明睿的亲朋，林致中和林青青、吕谦、吕帅帅作为林雨蓝的亲人参加，谢思虹有事就不过来了；台湾那边是主场，根据双方至亲的时间，一对新人商定把何庆东、李开霞一起请过去。两位年轻人结婚期间，何庆东刚好结束一个项目，可以休息十天半个月。

去武汉之前，林雨蓝让谢思虹帮忙在台湾选购了大量台湾特产，直接寄到武汉，作为礼物送给亲友，高山茶啦、护肤保健品啦，每个家庭都有一套。

武汉的婚宴是请一家婚庆公司操办的，在香格里拉五星级宾馆举办。大幅喷绘婚纱照、玫瑰和百合主打的鲜花、各种彩色丝带，把婚礼现场衬托得喜气洋洋。尽管林致中和何庆东避免大操大办，还是有十几桌亲友，非常热闹。

《婚礼进行曲》响起来的时候，林致中牵着林雨蓝，缓缓走在铺满各色花瓣的大红地毯上，何明睿在红毯另一头守候。盛装的新娘突然泪流满面，脸上妆都花了。以前参加别人的婚礼，最能打动她的也是这个充满仪式感的场面。想不到在自己的婚礼上，她终于还是在这个环节泪流满面了。

林致中赶紧拿出面巾纸为女儿拭泪，嘴里说："傻姑娘，别哭，结婚要高兴。"

林雨蓝努力收住眼泪，不好意思地笑了起来。

林致中把一对新人的手拉在一起紧紧握住，说："你们一定要幸福啊！你们彼此选择、做出承诺，希望你们用真诚和智慧，一生一世在一起。"何明睿动容地说："爸，你放心！"这是何明睿第一次改口，真诚而自然。林雨蓝再一次满脸泪水，却笑得无比甜蜜。

新郎、新娘一桌桌敬酒的时候，吕帅帅一直乐颠颠地跟在新娘子后面。突然他淘气地大叫："小光头小光头！"林雨蓝转眼望过去，看见一个非常漂亮的女孩子，可惜脸色苍白，剃了光头。旁边有知情人低声说："那是亲戚家的孩子，才五岁，白血病，可惜了这么漂亮的孩子。太可怜了。"

林雨蓝的心尖锐地痛了一下。她决定做点什么。

回台湾那天，遇上严重雾霾，航班取消。烦恼也无用，婚期只好顺延一天，成了十五的月亮十六圆。

晚上，林雨蓝决定做一期特别的网络直播。因为结婚，她的直播已经暂停好几天了。直播标题叫作：为了我们都有明天。

林雨蓝这样开场："各位亲，好几天不见，好想你们。这一刻，我不知道是该开心还是烦恼。开心呢，是因为我马上要去台湾结婚，烦恼呢，是因为严重的雾霾，航班取消，我的婚期也要延迟一天。"

此言一出，立刻有无数粉丝又是安慰又是送礼物。

接着，林雨蓝说起了武汉婚宴上见到的光头小女孩，又谈起了健康与生命的话题。林雨蓝宣布了一个决定，她说："今天直播大家送礼物兑换的所有资金我会全部无偿捐献出来，用于儿童白血病的治疗。"

粉丝们如潮水般涌入，为帮助更多的不幸儿童尽自己一份力。

二

到台湾的时候，是下午四点多。何庆东、李开霞夫妇住进林致中预订的酒店。当天他们由何明睿带路去拜访何光远，并问他是否能参加婚礼。婚礼在花莲办，他们担心老人身体吃不消。不想，何光远连声说要去。

婚礼按照台湾习俗举办，何明睿心里不禁打鼓。他知道不少环节是要给新郎出难题的，忍不住问林雨蓝："台湾这边的亲友，尤其是你的小伙伴，不会捉弄我吧？"

林雨蓝道："那可说不准。"

何明睿抱住她说："那你可得跟我站在一边，胳膊肘不能往外拐。"

林雨蓝笑："问题是，这样的时候，我不知道哪里是内，哪里是外呀！"

何明睿道："考验你的时候到了。"

林雨蓝一本正经道："接受考验的是你。"

两人正笑闹着，林雨蓝的手机进来一条短信。居然是游思聪发来的："雨蓝，你必须抽空见见我。你欠我一个说法。"

林雨蓝发愁地问何明睿："怎么办？上次来台湾，游思聪就说要单独见我。上次确实是没时间了。"

何明睿反问："你自己想怎么办？"

林雨蓝自言自语道："我们一起去见他的话，好像不太合适；不理他，也不好，毕竟是从小一起玩大的，不能无情无义。可是如果我单独去见他，会不会出现什么不太好的局面呢？"

何明睿道："确实，你需要想清楚。有的人因为失望，确实会做出伤害人的举动。另外，你不会改变主意，跟游思聪私奔吧？"何明睿说完，一脸坏笑。

林雨蓝白他一眼，叹口气道："我还是去见见他吧。游思聪很善良，心又软，不可能做出什么坏事来。"

何明睿问："你确定？要不，我悄悄跟在你后面。我可是有点不放心。"

林雨蓝道："不要不要，被发现了多尴尬。我自己的事情自己处理。"

何明睿只得作罢。

林雨蓝回复短信道："实在太忙，你知道我今天刚到，明天又要举办婚礼。这样吧，晚餐之后，晚上八点到九点这一个小时，就在我家附近的咖啡厅见个面好吗？只能这样了。请理解。"

对方回了一个"好"字。

林雨蓝特别交代何明睿："不要告诉其他任何人，我们俩知道就行了。人多嘴杂不好，而且，也不想让其他人担心或者操心。"

何明睿点点头。

三

林雨蓝走进咖啡厅找到先来的游思聪，发现他在喝鸡尾酒。不过还好，他看起来应该并没有喝醉。否则林雨蓝会转身离去。

游思聪问："你喝什么？来杯鸡尾酒？我手里的酒叫'粉红恋人'。"

林雨蓝道："我喝咖啡。咖啡让人清醒。"

游思聪表情复杂地笑道："对，咖啡让人清醒，甚至失眠。"他招手叫了两杯咖啡，然后继续说："有个关于咖啡的冷笑话，不知道你听过没有。"

"哦，什么冷笑话？"林雨蓝表情有些敷衍。她忙得要死，哪有心情听笑话。

"据说以前有个孩子，家里很穷，亲戚送给他们家两罐咖啡，孩子的妈妈还以为咖啡是补品，每天晚上睡觉前冲给孩子喝。结果连续几个月，孩子都睡不好觉。"游思聪慢慢说道。

林雨蓝禁不住莞尔。恰好咖啡上来了，她慢慢啜一口，问："这笑话哪里听来的？是真事吗？"

游思聪答："网上看到的。说不定是真事。咖啡的样子跟以前一种被称为'麦乳精'的固体饮料很像，不知道的话，是可能闹这种笑话的。"说着话，他从口袋里拿出一个东西，放到林雨蓝面前。

林雨蓝定睛一看，居然是一块心形的彩色石头。她拿起来看看，茫然问："这是干什么的？"

游思聪目不转睛地盯着她，说："你竟然这么问！难道你真的不记得了？你不记得这块石头是怎么来的？"

林雨蓝毫不含糊地摇头。

游思聪道："那我给你讲一个故事吧！"

十几年前，两个七八岁的小孩子在小溪边玩耍。那溪水清澈透亮，水里和岸边错落分布着许多光滑的鹅卵石，不时有小鱼游来游去。两个孩子抓小鱼、用石头打水，开心极了。玩着玩着，小女孩突然尖叫一声，原来她不小心滑倒，膝盖摔伤了。小男孩把小女孩扶到自己家里去，因为小男孩的爸爸妈妈是医生，在当地开了药铺。小男孩的妈妈给小女孩上了药，然后笑着逗小女孩说："这孩子长得真漂亮，长大了嫁到我们家来，好不好？"小女孩眨了眨乌溜溜的大眼睛，点点头。

过了几天，一群孩子来到小溪边玩。那个受过伤的小女孩伤口已经痊愈了，这次她捡到一块心形的小石头，上面有斑斓的彩色纹路，美极了。孩子们笑闹着决定玩过家家，问谁愿意当新郎新娘，结果，那两个七八岁的小男孩、小女孩成了一对"新人"，很认真地拜了天地。

拜完天地，小女孩把石头当作礼物送给了小男孩。

游思聪说完，幽怨地把玩着那块心形的小石头。林雨蓝仍是一副什么也想不起来的样子。

游思聪问："我们小时候的这些事，难道你真的忘记了？"

林雨蓝道："真的忘记了！何况，那只是小时候做游戏啊！就算没有忘记，谁会当真啊？"

游思聪突然用石头一敲桌子道："我一直是当真的！唉，我恨自己一直没有勇气单独面对你，我应该早一点当面跟你挑明，早一点让家里正式跟你定亲！"

林雨蓝错愕道："可是，我们一直只是朋友啊！我心里一直把你当好朋友，就像我把丁雯雯、蔡意涵当朋友一样。"

游思聪道："算了，你别说了。你越说我越生气。生自己的气，也生你的气。"

林雨蓝突然笑起来。

游思聪也笑，然后满怀希望地说："雨蓝，你记得吗？我们以前和丁雯雯、蔡意涵一起看过一个电影，一个男生开车追到教堂里，从婚礼上把新娘抢走了。这个电影你总还记得吧？"

"啊，那是拍电影，电影里的故事都是假的啦。现实生活中一般不会这样。这不是搞得天下大乱吗？我们都不是这种人。"

"那可不一定。"

"当然一定不是。我不可能是这种人，你也不是。我们的父母都对我们那么好，我们怎么可能让他们非常尴尬、非常生气呢？"

游思聪喝口咖啡，不作声。

林雨蓝道："以后我们都好好生活，生活其实是挺美好的。时间真的太快，你看，一个小时已经过去了。"

游思聪闷闷地说："你先走吧！我还要坐一下。"

林雨蓝愣了一下，道："也行，我先走。我家里人都在等我呢。他们都不知道我干什么去了，我没告诉他们。毕竟这是我自己的事。"

游思聪叹息一声。

林雨蓝站起来道："不好意思，先走了。"

林雨蓝刚走出几步，游思聪叫道："等等！"

林雨蓝停步。游思聪走过去，拧着眉毛，满脸受伤的表情低声问："明天欢迎我参加你的婚礼吗？"

林雨蓝犹豫一下，回答道："如果你确定你出现，自己会开心，也让大家开心，那就欢迎。"

四

晚上九点多，林雨蓝回到家，何明睿关切地看看她，但什么也没说。林雨蓝饭后离开的时候，找了借口，说是有个朋友从美国回来，她要去看看，其他人并不知道实际情形。

林雨蓝跟何明睿、谢思虹商量婚礼流程和需要操办的具体项目，而林致中下午就已经提前去花莲做准备了。

林戴维在美国，无法回来，发来一段视频。

屏幕上，林戴维穿着正装，笑嘻嘻地说："祝我亲爱的姐姐、姐夫新婚快乐，爱情甜蜜，一生幸福。姐，这下有人一天到晚盯着你，我也就放心了。希望很快有人叫我舅舅。"

本来婚礼中有一道仪式是"泼水"，新娘上礼车后，女方家长应将一脸盆洗脸水泼出去，代表嫁出去的女儿已是泼出去的水，并祝女儿事业有成。谢思虹反对这一条。她说："雨蓝任何时候都是我的女儿，不是泼出去的水。"林雨蓝撒娇地抱住谢思虹道："就像妈妈永远是我的好妈妈。"

结婚那天，何明睿带着礼车来到林雨蓝家，一个六岁的小男孩端着茶盘在门口等候。何明睿下车之后，给小男孩一个红包答礼，再进入家门。这被称为"请新郎"。

何明睿对林致中和谢思虹一一拱手行礼，称呼爸爸妈妈，林雨蓝的几个闺蜜和游思聪通通守在房门口，做出拦路的样子，丁雯雯更是死死堵住门。

游思聪的表情很平静，林雨蓝特意好好地看了他一眼。他们用眼神达成了对彼此的理解和祝福。

何明睿赶紧拿出红包，但他们还是不依。从美国回来不久的蔡意涵叫道："才艺表演，才艺表演。"何明睿好歹来了几句"妹妹你坐船头，哥哥在岸上走"，引得众人大笑。游思聪道："我看看新郎的手究竟有多长，隔着海都把我们台湾的女孩子抢走了。"丁雯雯笑道："这是人家的缘分。"她上前请何明睿喝甜茶，并把门打开。

林雨蓝盖着大红盖头，由一位女性长辈护着，上了礼车。礼车上除了花，还悬绑一棵由根至叶的竹子，根上挂着猪肉和一个红包，礼车后方则有朱墨画的八卦竹饰，据说可以驱逐路上之不祥。

新娘上礼车后，何明睿也上车。此时林雨蓝向外丢了一把扇子，扇子上用红线绑了红包，寓意是把不好的脾气丢掉，请人包涵。

礼车到婚庆主场之后，由李开霞牵着两个拿着橘子的小孩来迎接新人。林雨蓝轻摸一下橘子，然后给婆婆赠红包答礼。这两个橘子要留到晚上让新娘亲自剥，意为"吉祥""长寿"。

新娘进入大厅之后，抬腿跨过火盆，并踩碎瓦片。不过那瓦片实在厚了些，林雨蓝踩了几脚都没碎，众人大笑。于是何明睿上来帮忙，用力踩了几下，终于碎了。跨过火盆表示去邪，踩碎瓦片则比喻"过去时光如瓦之碎"，要懂得珍惜未来。

而后有司仪高唱，小两口开始拜天地：新人一拜天地，二拜高堂，夫妻交拜，送入洞房。

洞房里，一对新人坐在预先垫有新郎长裤的长椅上，表示两人从此一心，并求日后有男丁。然后何明睿揭开林雨蓝的盖头，两人合饮交杯酒，并依次吃由黑枣、花生、桂圆、莲子煮成的甜汤，表示"早生贵子"。林雨蓝又拿出摆在一边的橘子，亲手剥开，拿几片递到何明睿唇边，两人边吃边彼此凝视，甜笑不已。

第二天傍晚，何明睿和林雨蓝说说笑笑牵着手走在沙滩上，他们惊喜地看到了海洋奇观——蓝眼泪！林雨蓝尖叫着说："快许愿快许愿！我们终于一起看到蓝眼泪了！"

一对佳偶在心里默默许愿，祝愿自己和家人幸福。

那泛着幽幽蓝光的海浪翻腾着涌向岸边，海岸线犹如璀璨的银河，两人牵手漫步其中。

多么美妙的梦境，已然成真。

后　记

凭什么让人读这本书？这是一本真正的生命与爱的故事。

写这本书以及这篇后记，有两件事令我非常纠结。

其实呢，深山、闹市，天上、海底，痴爱、闪婚，健康、疾病，活着、死去，仙女一样纯洁美丽的女孩、人性复杂的帅气总裁，战争与和平年代人类的命运、海峡两岸不同的人生，应该说这本书我写得非常尽兴与用力。严格意义上，这是我已经出版的第六部长篇。我的野心是，无论你在哪里，中国、美国、欧洲、澳洲，世界上任何一个角落，我要用这本书带给你一份生命礼物：让那些曾经拥有却已经忘怀的爱再度归来，让你有足够的勇气和信心去面对生活中的一地鸡毛，让你用身体的每一个毛孔去感受生命的美好，让你对我的作品和文字深度上瘾入迷。

好吧，还是先说说为什么纠结。

其一，我当然知道未经允许擅自爆人隐私是不对的，哪怕用化名。可是，这个美好又惆怅的隐私跟台湾有关，为了这本书的读者，还是狠狠心豁出去一次吧！

十几年前，1998 年，某君高大帅气，是玉树临风的一枚帅哥，经人介绍认识了湖南长沙市郊一位小土豪的女儿。因为城区飞快扩张，郊区居民土地被征收，小土豪家里一口气拿到几百万补偿费，跻身富裕阶层。这家人开了几个加油站，小日子过得红红火火。小土豪的女儿，叫她小兰好了，芳龄二十出头，生得眉目清秀，身材亦是高挑苗条。

某君其实也很挑剔，给他介绍过多少好姑娘也没有真正动心，却对小兰一见倾心，倾注了十二万分热情。小兰对他始终不咸不淡、不近不远、时好时歹，好的时候炖鸡汤给帅哥喝，歹的时候打几百个电话都不接。

　　话说某君被抽调去参加抗洪救灾，那一年的洪水号称百年不遇，当时抗洪设施并不先进，沙袋是用肩膀扛的。某君每天扛沙袋，肩膀都肿了，累得倒在地上就能睡着。小兰姑娘成了他心头最大的动力。每当他累得东倒西歪时，一想起小兰，立刻满血复活。因为表现优秀，抗洪结束后，某君荣立一等功。

　　然而，突然有一天，晴空霹雳，小兰姑娘嫁到台湾去了，再说一遍，嫁到台湾去了。

　　某君大半年萎靡不振。后来，他亦结婚生子，人生照常行进。小兰姑娘成了他心底的明月光、红玫瑰。

　　十几年后，又听到另外一个故事，这次反过来，是台湾姑娘嫁到大陆来了。这个故事中的姑娘就是本书女主角林雨蓝的原型。

　　突然想起另一个故事，一个北京人卖掉四合院去美国，奋斗十几年回来，发现自己挣到的钱已经买不回四合院了。天下大势、人生故事，常常此一时彼一时，三十年河东三十年河西，没有对错，只有取舍。

　　其二，究竟让女二号林青青患癌症还是患抑郁症，是更为严重的纠结。

　　癌症实在是太凶险了，令人望而生畏，尽管我们美丽优雅的女二号聪明勇敢地战胜了癌症，我还是很犹豫。抑郁症虽然也很严重，但好歹，轻度的抑郁是得到了审美认可的，比如《红楼梦》里的林黛玉。何况，从2014年6月起，我自己就是一路从癌症中挣扎过来的，好不容易彻底康复，简直不想再去回顾那段痛苦焦躁的时光，那时候一天到晚动不动就暴跳如雷，最低谷的时候老觉得自己快死了。写林青青最终战胜癌症，肯定逃不开我自己的某些感受和经历。而这本书，我本来打算把它写得跟作者本人毫不相干，最终，林青青身上免不了还是有我的一点点影子，她战胜癌症的历程就是我自己的经验。

　　最终主编黎靖发话了，正因为目前癌症有蔓延之势，我们才需要正视它，并推广保健重于治病的理念。还需要特别感谢黎靖先生的是，起初本书写到十二万字，我就觉得这本书已经完成了，在他的坚持下，我才逼着自己尽量写到极致。于是，这本书才从原本干瘪枯瘦的样子，变得亭亭玉立、妖娆明媚。真正的好东西都是需要打磨的，正如我的上一本小说《红唇》，能够两个月加印两次，这样的好成绩还真是磨出来的。

重新回到台湾。说起台湾，心头满满都是温情，虽然直到现在，我还没有踏上过那片土地。

"台湾有个小阿姐，给我寄来金凤蝶，金翅膀，亮灼灼，满身彩纹像花朵，满身彩纹像花朵。金凤蝶呀金凤蝶，请你告诉小阿姐，盼望亲人快团聚，早去台湾看阿姐……"

"鼓浪屿四周海茫茫，海水鼓起波浪，鼓浪屿遥对着台湾岛，台湾是我家乡。登上日光岩眺望，只见云海苍苍，我渴望我渴望，快快见到你，美丽的基隆港。母亲生我在台湾岛，基隆港把我滋养。我紧紧依偎着老水手，听他讲海龙王。那迷人的故事吸引我，他娓娓的话语记心上，我渴望我渴望，快快见到你，美丽的基隆港……"

"高山青，涧水蓝，阿里山的姑娘美如水呀，阿里山的少年壮如山……啊，姑娘和那少年永不分呀，碧水常围绕着青山转……"

这是20世纪80年代我读初中时学会的跟台湾有关的歌曲，时光流过三十年，多少记忆已无处寻觅，我还能够边随口哼唱边随手打出这些字来，已经是难得了。

对我而言，第二个跟台湾紧密相关的因素，应该是琼瑶女士的作品。

琼瑶是湖南衡阳人，她的言情小说在20世纪90年代前后红到什么程度，这样打比喻吧，现在的年轻人里有多少人玩网络游戏，那个时候的年轻人就有多少读琼瑶——也许这样说稍显夸张，我承认。

应该是高一那年，偶然发现女同学在读琼瑶，借来一看便被吸引，从此欲罢不能，几乎读过她所有的作品。偶尔上课的时候也把她的小说摆在抽屉里偷偷看，还被老师没收过。

及至大一，宿舍女生一起去学校门口的录像厅看琼瑶电影。剧情还没展开呢，我一个人已经在那里泪流满面。女生们索性不看电影了，都看着我笑。

参加工作之后，在湖南卫视任记者，据说当时的台长欧阳常林是拍琼瑶片起家的。欧阳常林先生想采访琼瑶，琼瑶起初不接受采访，硬是被欧阳常林的诚意打动，才破了例。此后两人便开始深度合作，拍摄了《梅花三弄》《六个梦》《鬼丈夫》等轰动海峡两岸的电视连续剧。后来的《还珠格格》《情深深雨濛濛》就更不用说了，简直妇孺皆知。

因为琼瑶，更喜欢台湾。（尽管我自己不承认，一位读过我的心理小说《谁的心中不曾有伤》的帅哥评价道：你的小说很像琼瑶小说。）

《蓝眼泪》这本书，虽然90后台湾女孩林雨蓝是绝对的第一女主角，但我最偏爱的是林青青，她经历的关于爱和生命的涅槃——爱情失而复得、生命走入绝境又重生，令人唏嘘。仔细揣摩她说过的每一句话，你会有巨大的收获——假如你有足够的慧心。

至于男主角，他们各有魅力，欢迎大家对号入座或者按需认领。

近年认识的一位美女富豪恰好在台湾有投资，几乎每个月都要去台湾，回来之后大家相聚，她总会一一分送台湾特产，盛赞台湾的美食。

台湾和大陆一直是骨肉至亲，任何人为的阻隔和对抗都是错误的，只有"一个中国原则"才能和平共处。大家也许只有把精力用在有建设意义的事情上，关注食品安全、人类健康、地球环境、太阳活动规律、宇宙秘密，让全人类可持续发展，才是我们共同的方向。